W0272340

Robin Stevens

Feuerwerk mit Todesfolge

EIN FALL FÜR

WELLS & WONG

ROBIN STEVENS

FEUERWERK MIT TODESFOLGE

Aus dem Englischen
von Nadine Mannchen

KNESEBECK

Titel der Originalausgabe: *Jolly Foul Play*
Erschienen bei Random House Children's Publisher UK,
a division of The Random House Group Limited.
Copyright Text © 2016 Robin Stevens
Published by Arrangement with Robin Stevens
Copyright Gestaltung © 2016 Nina Tara Design
Diese Ausgabe wurde vermittelt durch die
Literarische Agentur Thomas Schlück GmbH, 30827 Garbsen

2. Auflage 2018

Deutsche Erstausgabe
Copyright © 2018 von dem Knesebeck GmbH & Co. Verlag KG,
München
Ein Unternehmen der La Martinière Groupe

Umschlagadaption: Leonore Höfer, Knesebeck Verlag
Übersetzung: Nadine Mannchen, Helmbrechts
Lektorat: Theresa Scholz, Knesebeck Verlag
Satz und Herstellung:
VerlagsService Dietmar Schmitz GmbH, Heimstetten
Druck: PNB Print Ltd
Printed in Latvia

MIX
Papier aus verantwortungsvollen Quellen
FSC® C084698

ISBN 978-3-95728-054-1
Alle Rechte vorbehalten, auch auszugsweise.

www.knesebeck-verlag.de

Für meine Eltern.
Eigentlich ist alles, was ich schreibe, für euch –
vor allem dieses Buch.

Feuerwerk mit Todesfolge

Ein Bericht über

den »Mordfall Elizabeth Hurst«,
im Rahmen der Ermittlungen
der Detektei Wells & Wong.

Aufgezeichnet von Hazel Wong
(Vizevorsitzende und Schriftführerin
der Detektei), 14 Jahre alt.

Begonnen am Mittwoch, 6. November 1935.

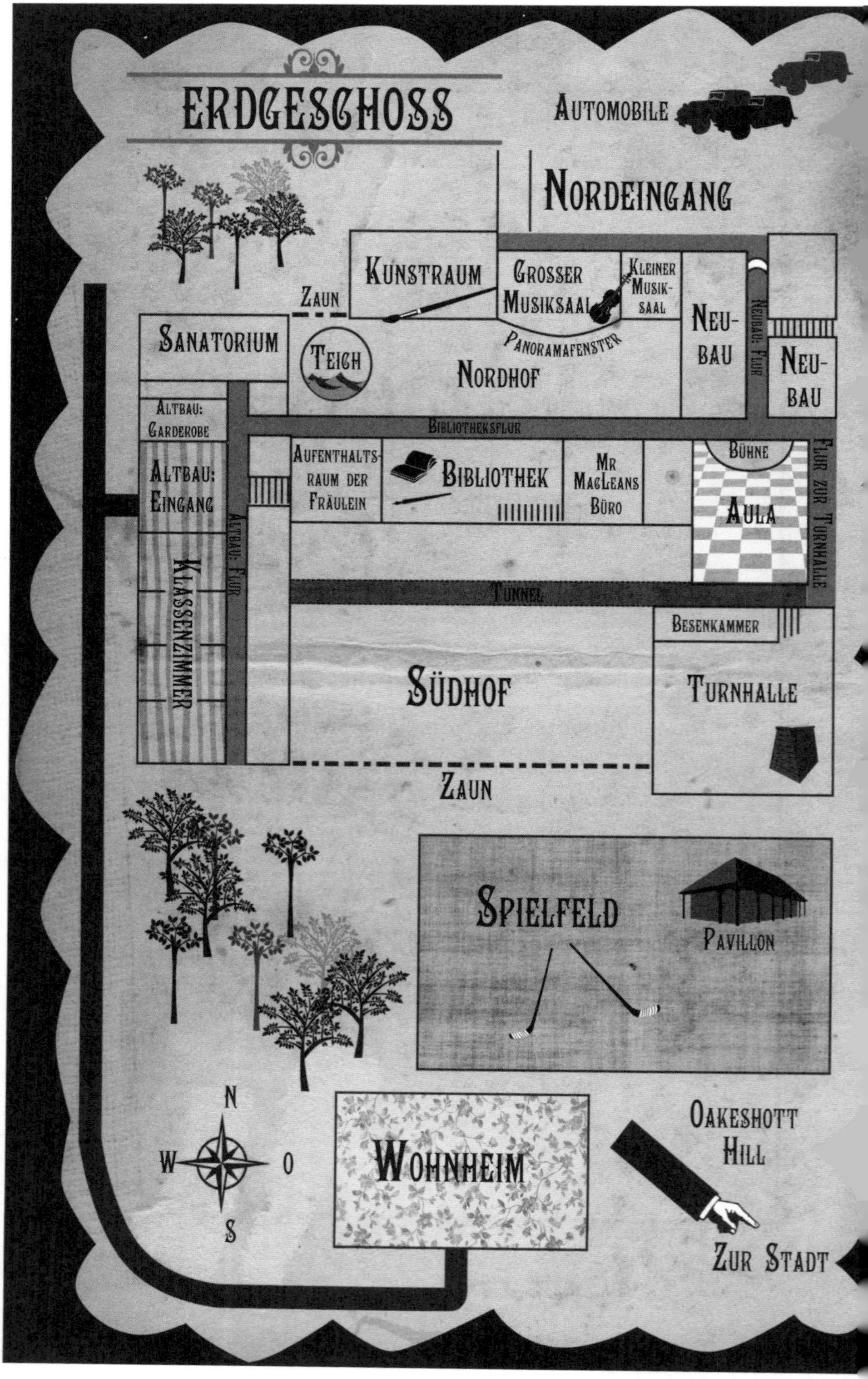

Erdgeschoss
Automobile
Nordeingang
Kunstraum
Grosser Musiksaal
Kleiner Musik-saal
Zaun
Sanatorium
Teich
Panoramafenster
Nordhof
Neu-bau
Neubau: Flur
Neu-bau
Altbau: Garderobe
Bibliotheksflur
Altbau: Eingang
Aufenthalts-raum der Fräulein
Bibliothek
Mr MacLeans Büro
Bühne
Aula
Flur zur Turnhalle
Altbau: Flur
Klassenzimmer
Tunnel
Besenkammer
Südhof
Turnhalle
Zaun
Spielfeld
Pavillon
N
W
O
S
Wohnheim
Oakeshott Hill
Zur Stadt

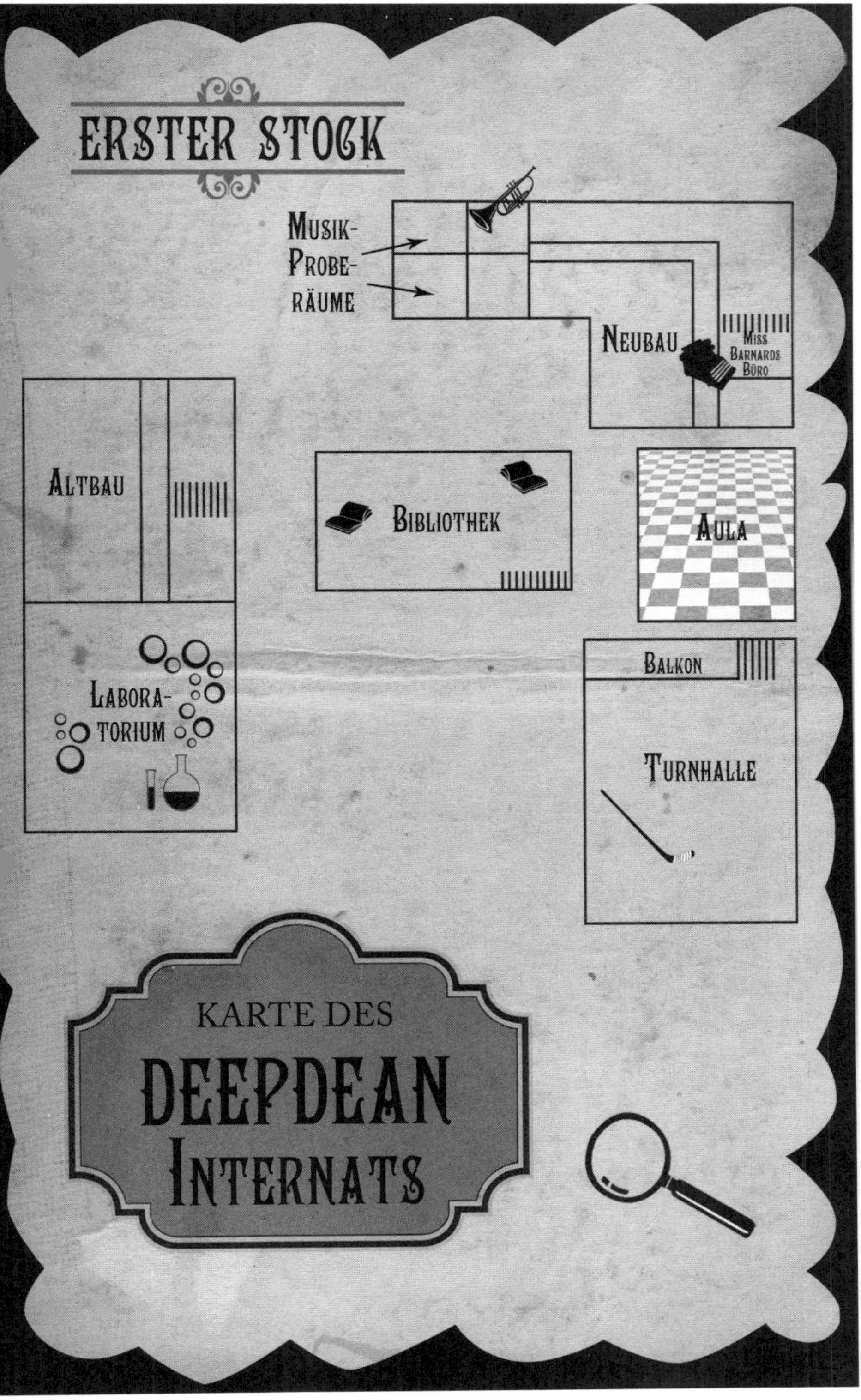

ERSTER STOCK
MUSIK-
PROBE-
RÄUME
NEUBAU
MISS
BARNARDS
BÜRO
ALTBAU
BIBLIOTHEK
AULA
BALKON
LABORA-
TORIUM
TURNHALLE
KARTE DES
DEEPDEAN
INTERNATS

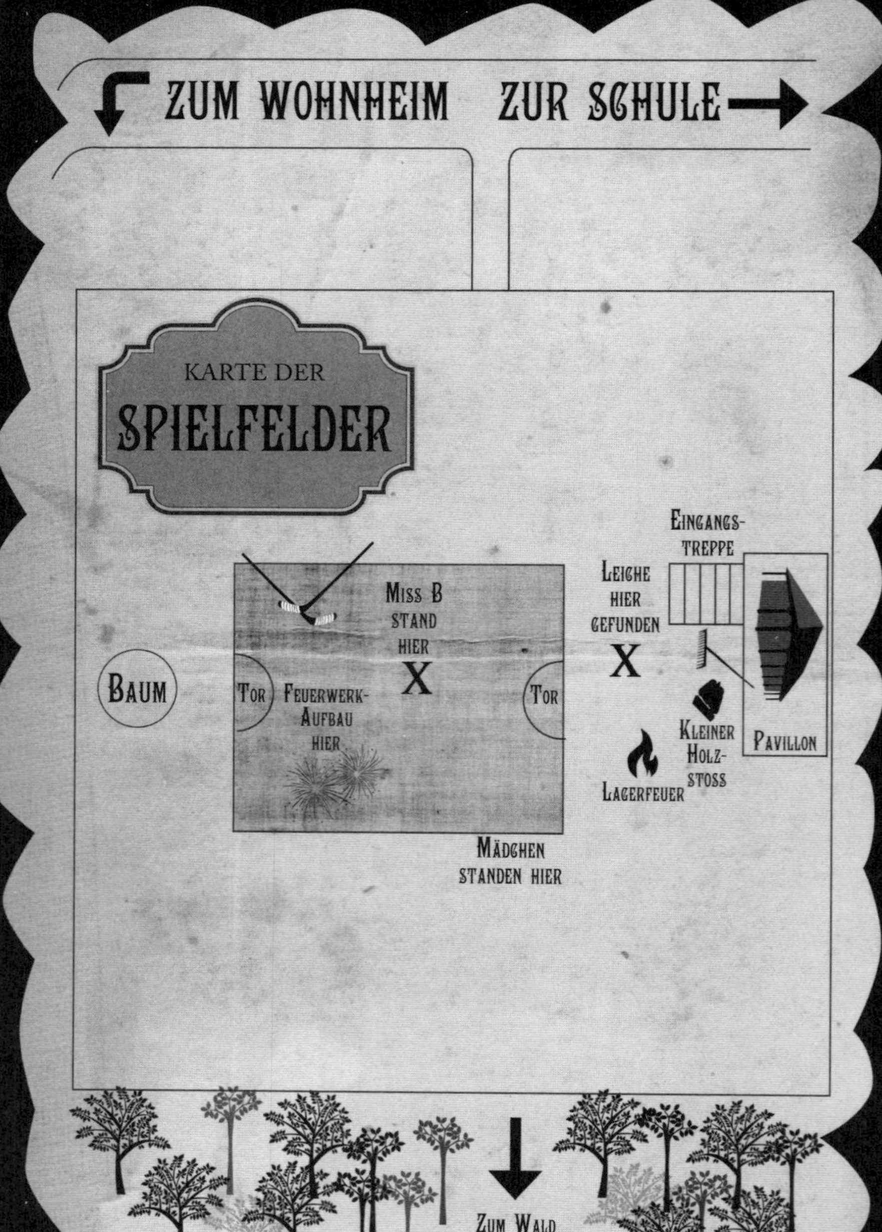

ZUM WOHNHEIM
ZUR SCHULE
KARTE DER
SPIELFELDER
Miss B
STAND
HIER
X
Eingangs-
TREPPE
Leiche
HIER
GEFUNDEN
X
Baum
Tor
Feuerwerk-
Aufbau
hier
Tor
Kleiner
Holz-
stoss
Pavillon
Lagerfeuer
Mädchen
standen hier
Zum Wald
von Oakeshott

Internat Deepdean

Angestellte

Miss Barnard – *Direktorin*
Miss Lappet – *Fräulein für Geschichte und Latein*
Mr MacLean – *Pastor*
Mademoiselle Renauld, »Mamzelle« – *Fräulein für Französisch*
Miss Runcible – *Fräulein für Naturkunde*
Miss Morris – *Fräulein für Musik und Kunst*
Miss Dodgson – *Fräulein für Englisch*
Miss Talent – *Fräulein für Leibeserziehung*
Mrs Minn, »Minny« – *Krankenschwester*
Mr Jones – *Hausmeister*
Hausmutter – *Hausmutter*

Die Mädchen

Daisy Wells – *Zehntklässlerin und Vorsitzende der Detektei Wells & Wong*
Hazel Wong – *Zehntklässlerin, Vizevorsitzende und Schriftführerin der Detektei Wells & Wong*

Schulsprecherin

Elizabeth Hurst

Aufsichtsschülerinnen

Florence Hamersley
Lettice Prestwich
Una Dichmann
Enid Gaines
Margaret Dolliswood

Die Grossen

Pippa Daventry
Alice Murgatroyd
Astrid Frith
Heather Montefiore
Emmeline Moss
Jennifer Stone
Elsie Drew-Peters

Zehntklässlerinnen

Lavinia Temple – *Assistentin und Freundin der Detektei Wells & Wong*
Rebecca »Küken« Martineau – *Assistentin und Freundin der Detektei Wells & Wong*
Kitty Freebody – *Assistentin und Freundin der Detektei Wells & Wong*

Clementine Delacroix
Sophie Croke-Finchley
Rose Pritchett
Jose Pritchett

Neuntklässlerinnen

Binny Freebody
Martha Grey
Alma Collingwood
Die Marys

Achtklässlerin

Betsy North

Siebtklässlerinnen

Emily Dow
Charlotte Waiting

• TEIL EINS •

Fliegende Funken

1

Alle von uns sahen nach oben, deswegen bemerkten wir nichts von dem Mord.

Noch nie habe ich Daisy so wütend erlebt. Sie hat richtig mit den Zähnen geknirscht (so fest, dass *meine* Zähne vor Mitleid wehtaten) und gesagt: »Oh Hazel! Wie konnten wir das nur verpassen? Wir waren *dabei*!«

Daisy muss nämlich immer alles wissen, alles sehen und sich überall einmischen. Daran erinnert zu werden, dass trotz all ihrer Bemühungen (sie hat Informanten in den jüngeren Jahrgängen und sich außerdem mit den älteren Mädchen, unserem Hausmeister Jones und den Lehrerinnen gut gestellt) an der Deepdean Dinge vor sich gehen, die sie nicht überblickt – nun, ihre in letzter Zeit ohnehin schlechte Laune wurde dadurch nicht besser.

Und wenn ich ehrlich bin, schäme ich mich irgendwie. Unsere Detektei hat bisher drei waschechte Mordfälle aufgeklärt, und trotzdem ist direkt vor unserer Nase ein weiteres Verbrechen geschehen, an unserer eigenen Schule, dem Deepdean-Internat für Mädchen – dem Ort, an dem unsere Detektivkarriere vor einem Jahr begann – und wir haben es nicht bemerkt!

Wenn ich darüber nachdenke, ist es schon merkwürdig. Irgendwie scheinen wir uns seitdem kein Stück verändert zu haben – oder als hätten wir uns im Kreis gedreht, um am Ende wieder dort zu landen, wo wir angefangen haben. Wahrscheinlich *sehe* ich noch fast genau wie die Hazel *aus*, die letztes Jahr im Oktober in die Turnhalle platzte und Miss Bell, unser Fräulein für Naturkunde, auf dem Boden liegend fand. Gewachsen bin ich seitdem jedenfalls kaum. Als ich mich letzte Woche gemessen habe, musste ich feststellen, dass ich nur unwesentlich größer geworden bin – zumindest in der Höhe. Meine Haare sind immer noch glatt und dunkelbraun, mein Gesicht ist noch immer rund und auf der Nase prangt noch immer dieser Pickel (vermutlich muss es inzwischen ein anderer sein, allerdings sieht er genauso aus). Doch im Innern fühle ich mich völlig verändert. Alles, was im vergangenen Jahr geschehen ist, hat mich ganz neu geformt, finde ich. Nun bin ich jemand, der sich dem Mord auf Fallingford, Daisys Zuhause, gestellt und der entgegen der Anweisungen seines Vaters den Fall im Orientexpress gelöst hat. Auf der anderen Seite habe ich manchmal den Eindruck, dass Daisy zwar ständig an Höhe zulegt, immer blonder und hübscher wird, aber dafür innerlich dieselbe bleibt. Sachen prallen von ihr ab wie Flummis von Mauern – nicht einmal die Ereignisse auf Fallingford haben sie wirklich verändern können.

Vor dem 5. November hat mir Deepdean dieses Trimester nicht viel Freude bereitet. Nicht nur bin ich im Innern eine völlig andere geworden, auch die Schule hat sich anders angefühlt als im Vorjahr – und zwar auf keine gute Art. Ich hatte schon die ganze Zeit über das unheimliche Gefühl, als würde uns etwas Schreckliches bevorstehen. Der Abend gestern war schlimm, aber nachdem es nun endlich passiert ist, bin ich fast erleichtert. Es fühlt sich ein bisschen so an, als hätte man einen Termin beim Zahnarzt vor sich, und dann, wenn man tatsächlich in seinem Stuhl sitzt, ist wenigstens das bange Warten vorbei.

Außerdem, jetzt, da es einen Mord aufzuklären gilt, können Daisy und ich wieder Detektivinnen sein – als Daisys beste

Freundin hat man es manchmal nicht leicht, ihre Vizevorsitzende und Schriftführerin zu sein, ist dagegen wesentlich einfacher. Auch wenn dieser Fall alles andere als leicht ausfällt.

Die Person, die gestorben ist – und unserer Meinung nach ermordet wurde – ist nämlich unsere neue Schulsprecherin.

2

Dieser Fall begann gestern, an einem Dienstag, dem 5. November. Doch um alles ordentlich erklären zu können, muss ich weiter ausholen, nämlich bis zum Ende des Sommertrimesters.

Damals waren Daisy und ich vollauf mit den Vorbereitungen für den anstehenden Urlaub im Orientexpress beschäftigt. Doch auch wenn wir ihnen zu diesem Zeitpunkt nicht viel Aufmerksamkeit geschenkt haben, trugen sich extrem wichtige Dinge zu, die mit Miss Barnard und den Großen Mädchen zu tun hatten.

Ich nehme unser neues Fallbuch hier zum Anlass, zu erklären, wer Miss Barnard ist. Nachdem der Fall von Miss Bell abgeschlossen war, hatten wir an der Deepdean nämlich fast keine Lehrer mehr übrig. Darum sind außer der rothaarigen, theatralischen Mamzelle, dem alten Mr MacLean und Miss Lappet mit ihrem großen Busen seit Dezember alle völlig neu. Miss Barnard ist unsere neue Direktorin. Sie ist groß und schlank, und ziemlich jung, glaube ich – zumindest sind ihre Haare noch teilweise braun. Außerdem ist sie ruhig, freundlich und vernünftig. Und sie hat diese Art an sich, die einem ein Gefühl von Sicherheit gibt – was die Deepdean nach vergangenem Jahr wirklich gut gebrauchen kann. Allerdings ist Freundlichkeit nicht immer das Beste. Wie Daisy immer betont, bringt es nichts, freundlich zu sein, wenn diejenigen, zu denen man nett ist, nicht ebenfalls nett sind.

Miss Griffin, die alte Direktorin, hatte die Schulsprecherin für das kommende Jahr immer am Ende des alten Schuljahrs ausgewählt. Sie kannte ihre Mädchen und traf ihre Wahl immer mit Bedacht. Doch Miss Barnard konnte die Großen natürlich kaum einschätzen, als sie vergangenes Sommertrimester eine Entscheidung treffen musste. Statt selbst jemanden auszusuchen, hat sie daher abstimmen lassen. Und das war ein echtes Desaster, denn es bedeutete, dass Elizabeth Hurst die Wahl zur Schulsprecherin zu ihren Gunsten beeinflussen konnte.

Äußerlich war Elizabeth Hurst nicht besonders bemerkenswert. Sie war groß, hatte breite Schultern, ein blasses Gesicht und sandbraunes Haar, genau wie die meisten Mädchen an der Deepdean. Was sich in ihrem Innern abspielte, ließ einzig und allein ein leises Lächeln erahnen, das einen ihrer Mundwinkel verzog. Es war immer da und alles andere als nett. Andauernd hatte man den Eindruck, sie wüsste irgendetwas Gemeines über einen selbst und würde überlegen, ob sie es laut aussprechen soll. Dieses Lächeln hat ihre wahre Persönlichkeit verraten, denn Geheimnisse waren Elizabeths Geschäft.

Das klingt vielleicht, als wäre sie ein bisschen wie Daisy gewesen, aber während Daisy gerne über alles Bescheid weiß, schlicht weil es ihr Freude bereitet, in ihrem Kopf alles richtig zusammenzupuzzeln, *benutzte* Elizabeth ihr Wissen. Durchtrieben wie eine Katze, die Jungvögel aus ihren Nestern klaut, war sie auf der Jagd nach sämtlichen Informationen über jedes Mädchen an der Deepdean, die sie nur irgendwie kriegen konnte, und hortete sie. Und nicht nur, dass sie ihre gesammelten Informationen nutzte – zumindest nicht sofort. Nein, sie bewahrte sie auf wie ein Geschenk für den Tag, an dem sie für sie nützlich sein könnten. Und wenn es soweit war – tja, dann war man geliefert.

Es gab da dieses eine Mädchen, Nina Lamont, von der eigentlich jeder annahm, dass sie die neue Schulsprecherin werden würde – bis Elizabeth eines Morgens dabei beobachtet wurde, wie sie Miss Barnard mit todernster Miene einen Besuch abstattete. Später an diesem Tag kam heraus, dass Nina sich aus der Stiftungskasse bedient hatte. Danach konnte natürlich niemand mehr für sie stimmen. Sie kam dieses Trimester nicht einmal mehr zurück an die Schule. Angeblich hatte man sie ins Gefängnis gesperrt – obwohl Daisy das für eine glatte Lüge hielt und meinte, man habe sie nur an eine Schule in Frankreich geschickt.

Elizabeth führte eine Clique von fünf Mädchen an, die seltsamsten, wütendsten und gehässigsten ihres Jahrgangs. Sie waren Elizabeths Gehilfinnen, eine Art brutale, blaue Flecken verteilende Version von Daisys Truppe aus kleinen Informanten, die ständig Fakten aus all uns Jüngeren herauspressten, um sie Elizabeth zu liefern. Wir nannten sie die Fünf, und wir hassten sie.

Es ist also vollkommen verständlich, dass jeder an der Deepdean schreckliche Angst vor Elizabeth hatte und einen Riesenschreck bekam, als bekannt gegeben wurde, dass tatsächlich *sie* die neue Schülersprecherin war – und gemäß der Tradition fünf andere Große als ihre Aufsichtsschülerinnen ausgesucht hatte. Selbstverständlich suchte sie ihre Gehilfinnen aus – und so kam es, dass Elizabeth mit ihren Fünf das Ruder an sich gerissen hatte, als wir dieses Jahr zurück an die Deepdean kamen.

3

Wir fürchteten uns vor Elizabeth und den Fünf, trotzdem hatten wir keine Ahnung, wie grauenhaft das Jahr, das uns bevorstand, wirklich werden sollte, bis einige Wochen verstrichen waren. Zuerst fühlte sich das Herbsttrimester so frisch und voller Möglichkeiten an wie immer: neue Stundenpläne, neue Stifte und Tintenfässer, neue Arbeitshefte, in denen noch keine Seiten fehlten, weil man noch niemandem Zettelchen geschrieben hatte. Wir gingen in die zehnte Klasse, womit wir den Großen näher waren als je zuvor, und wagemutig öffneten wir zur Feier des Tages den obersten Knopf unserer Uniform. Kitty versuchte sogar, die Haare offen zu lassen, wurde dafür jedoch sofort von Miss Lappet zurechtgewiesen. Clementine hatte ein neues Banngut-Armband und Küken eine Haselmaus, die sie in ihrer Knabbertruhe versteckte (sie hieß Chutney und machte den ganzen Tag nichts anderes als schlafen). Es hatte ganz den Anschein, als würde dieses Trimester besser werden als das letzte – endlich hatte sich Fallingfords Schatten verflüchtigt, weil der Prozess vorbei war und der Mörder im Gefängnis saß.

Doch dann begannen die Fünf mit ihren Bestrafungen.

Elizabeth hatte die volle Kontrolle über Zucht und Ordnung an der Schule. Hinter all den fiesen Dingen steckte sie, doch clever wie sie war, vollzog sie nie selbst eine der Bestrafungen. Einzig und allein die Fünf machten uns das Leben schwer, und das mit einigem Können.

Der brutale, sportliche Rotschopf Florence Hamersley, Kapitän des Hockeyteams und in Vorbereitung für den Hürdenlauf der nächsten Sommerolympiade, hatte es auf die Trödler abgesehen. Wenn man zu spät zum Frühstück oder

Abendessen kam oder vor dem Schlafengehen länger zum Zähneputzen brauchte, hatte man auch schon ihre Hand auf der Schulter und durfte bei Wind und Wetter zehn Runden ums Wohnheim rennen. Lief man dabei zu langsam, bekam man zwanzig aufgebrummt.

Die dunkelhaarige Lettice Prestwich war sogar noch fieser. Eigentlich könnte sie hübsch sein – wäre sie nicht so dürr. Bei ihr musste man sich ständig auf alles gefasst machen und wartete nur auf die nächste Katastrophe. Der kleinste Makel an der Schuluniform – ein fehlender Knopf oder eine unordentliche Krawatte – und sie ging kreischend auf einen los. Fast täglich brachte sie die Shrimps zum Heulen. Einmal kam sie in unseren Schlafsaal marschiert, weil sie in Kükens Knabbertruhe ein Quieken gehört hatte, und fand Chutney, die Haselmaus. Sie brachte ihn auf der Stelle zur Hausmutter, die ihn im Freien aussetzte – natürlich schluchzte Küken herzerweichend und wir alle waren außer uns vor Wut. Küken, unsere Freundin und Zimmergefährtin, ist sehr klein und so gar nicht gut in der Schule – trotzdem ist sie ein *guter Mensch*, und darauf kommt es schließlich an. Doch wir konnten nichts tun. Chutney war weg.

Una Dichmann stammt aus Deutschland, wo ihr Vater eine äußerst wichtige Position in der Nazipartei innehat. Sie ist blond und hübsch wie eine Märchenprinzessin – aber wer ihr oder den übrigen Fünf nicht den nötigen Respekt erwies, musste zwischen den Unterrichtsstunden ihre Bücher tragen und wurde auch noch angebrüllt, wenn er dabei nicht schnell genug war.

Enid Gaines sieht nicht so bedrohlich aus wie die anderen, zumindest nicht auf den ersten Blick. Sie ist eine Streberin, Deepdeans große Hoffnung auf einen Studienplatz für Klassische Literatur in Oxford nächstes Jahr, und hat ihre Nase ständig in einem Buch. Sie ist klein – fast so klein wie ich – und hat ein langweiliges Gesicht, das man schnell wieder vergisst. Doch wer auf den Gängen lachte oder während der Andacht flüsterte, hatte sie am Hals und durfte in der Mittagspause hundertmal *Ich muss den Älteren und Besseren gehorchen* schreiben.

Das letzte Mitglied der Fünf ist Margaret Dolliswood. Sie ist dick und miesepetrig – man spürt regelrecht, wie sie Unzufriedenheit verströmt. Ging man ihr nicht rechtzeitig aus dem Weg oder zog beim Essen oder in der Süßen Pause irgendwie ihre Aufmerksamkeit auf sich, riss sie einem das Essen aus den Händen und zwickte einem in die Finger. Wegen ihr musste ich schon viele Male hungern – was meiner Meinung nach die schlimmste Grausamkeit überhaupt ist.

Die Bestrafungen der Fünf waren furchtbar und es gab einfach kein Entkommen. Wenn wir ins Wohnheim gingen, übernahm eine von ihnen die Hausaufgabenaufsicht, während eine andere den Aufenthaltsraum überwachte. Und beim Abendessen saß an jedem unserer Tische eine von ihnen. Wir waren seit Schulbeginn belagert und das Schlimmste daran war, dass weder eins der Fräulein noch unsere Hausmutter es bemerkten. Erwachsene haben grundsätzlich kein Auge für solche Dinge – was Kinder sich gegenseitig antun, zählt für sie nicht wirklich.

Ich kam mir schnell vor, als wären wir Kaninchen, die nur darauf warten, dass der Fuchs sich auf sie stürzt. Elizabeth und ihre fünf Aufsichtsschülerinnen liefen in der Schule Patrouille und ihre Gemeinheit war ansteckend, bis wir uns irgendwann gegenseitig an die Kehle gingen. Sie sorgten dafür, dass wir uns alle so elend fühlten, dass sogar die nettesten Mädchen anfingen, sich zu streiten und sich schrecklich anzukeifen. Die Boshaftigkeit der Großen machte auch alle anderen fieser: Die Elftklässler malträtierten uns, wir die Neuntklässler, die Neuntklässler die Achtklässler und so weiter. Unter diesem Druck gingen sämtliche alten Bündnisse in die Brüche. Deepdean selbst änderte sich, und zwar so sehr, dass ich es trotz der gewohnten schwarz-weißen Flure, weiten Fenster und dem vertrauten Kreidegeruch kaum wiedererkannte.

Daisy war von Anfang an außer sich. Es gibt einige Orte, die ihrer Meinung nach *ihr* gehören, unter anderem die Deepdean, und dass die Dinge dort nun falsch liefen, brachte sie zur Weißglut. Ich für meinen Teil hatte beschlossen, dass man dieses Jahr einfach über sich ergehen lassen musste wie jede andere unangenehme Sache, doch Daisy hält nichts davon, Dinge nur zu ertragen. Begegnet ihr ein Problem, ist es für sie unmöglich, nicht wenigstens zu versuchen, es zu lösen. Und Elizabeth und die Fünf entwickelten sich für sie zu einem absolut faszinierenden Problem, umso mehr weil Daisy in Wahrheit schlicht nichts gegen sie unternehmen konnte. Sie hatte nicht einmal mehr ihre alte Vertraute König Henry, die ihr bei den Großen Respekt verschaffte – denn natürlich war König Henry nicht mehr unsere Schulsprecherin. Sie war weit weg in Cambridge, wo sie Daisy nichts nutzte.

»Ich behalte sie im Auge«, sagte Daisy immer wieder zu mir. »Ich beobachte *sie*. Elizabeth braucht nicht zu glauben, dass sie damit durchkommt. Das darf man nicht zulassen.«

Mir schien sie sehr wohl damit durchzukommen – so war es einfach. Elizabeth war fies, aber sie hatte kein Verbrechen begangen. Und wenn sie jemanden erpresste, dann so unauffällig, dass wir ihr nichts nachweisen und nichts aufdecken konnten. Genau genommen hatte unsere Detektei in diesem

Trimester bisher überhaupt keine Fälle gehabt, abgesehen von dem merkwürdigen Fall der Violet Darby im September, den Daisy an einem einzigen Tag löste. (Worauf sie ziemlich stolz ist.)

»Ich würde Elizabeth am liebsten den Kopf zerquetschen!«, meinte Lavinia wutschnaubend, als Küken schon ihre fünfte Strafe innerhalb von zwei Wochen aufgebrummt bekommen hatte und bitterlich weinte. (Weil sie in dem Aufsatz, zu dem sie als vierte Strafarbeit verdonnert worden war, das Wort »Privileg« falsch geschrieben hatte. Das war alles andere als fair. Küken hat Schwierigkeiten damit, ihren Wörtern die richtige Form zu geben, und auch ihre Zahlen ergeben selten die richtige Summe.) »Zu Rübenbrei möchte ich ihn verarbeiten!«

Wir alle gaben ihr recht, trotzdem wussten wir (außer Daisy), wie hoffnungslos die Aussicht darauf war, dass sich etwas ändern würde.

Zumindest bis zu dem Vorfall am Abend des Guy-Fawkes-Fests.

4

Die Idee mit dem Feuerwerk anlässlich des 5. Novembers war Miss Runcible gekommen. Miss Runcible ist unser neues Fräulein für Naturkunde. Sie ist sehr fröhlich und lebenslustig – was nach der kühlen Miss Bell ganz komisch wirkt. Ihr Unterricht ist grundsätzlich erfüllt von kräftigen Gerüchen und Explosionen (wodurch er sich perfekt für Streiche eignet – in der dritten Woche legte Kitty Clementine herein und brachte sie dazu, sich zu dicht an eins von

Miss Runcibles Experimenten zu stellen. Es gab ein *Puff!* und Clementines Augenbrauen waren bis zur Unkenntlichkeit versengt). Daher war es wohl wenig überraschend, dass sie eine ordentliche Guy-Fawkes-Feier abhalten wollte, auch wenn es das an der Deepdean noch nie gegeben hatte.

Miss Barnard verkündete ihren Entschluss gegen Ende Oktober bei der Andacht.

»Mädchen«, sagte sie, während sie sehr ruhig und gemessen am Pult stand. »Am 5. November, der Guy-Fawkes-Nacht, werdet ihr zum Abendessen ins Wohnheim gehen und euch anschließend auf dem Sportplatz versammeln, wo wir ein Lagerfeuer und ein Feuerwerk abhalten werden. Die Aufsichtsschülerinnen und die Schulsprecherin werden alles überwachen, ebenso wie Miss Runcible und ich. Ihr alle sollt Spaß haben.«

Jeder verkrampfte eher. Ich weiß noch genau, was ich in diesem Moment dachte: was für eine Optimistin Miss Barnard doch sein konnte und wie bedenklich dieses Vorhaben war. Es bot Elizabeth und den Fünf die perfekte Gelegenheit, die Jüngeren zu schikanieren – nur würden wir diesmal zudem auch noch auf einem kalten Spielfeld frieren.

Ich sah zu Daisy. Wie ich mir gedacht hatte, beobachtete sie nicht Miss Barnard, sondern Elizabeth und die Fünf. Mir fiel die vertraute Falte über ihrer Nase auf. Diesen Ausdruck kannte ich, und er bereitete mir ernsthaft Sorgen. Ich wusste ja, dass Daisy nach wie vor nach einer Möglichkeit suchte, es Elizabeth und den Fünf heimzuzahlen – allerdings begriff ich nicht, wie eine Feier anlässlich der Vereitelung des Sprengstoffattentats auf das Parlament von 1605 dabei auch nur im Geringsten helfen sollte. Fast hätte ich den Mund aufgemacht, um sie davon abzubringen, doch mir war klar, dass sie es dann erst recht tun würde. Also dachte ich stattdessen über etwas ganz anderes nach: den Brief, der mich hundertprozentig erwarten würde, wenn wir zum Mittagessen ins Wohnheim gingen.

Dieses Trimester habe ich nämlich ein Geheimnis: Ich schreibe mir schon länger mit jemandem. Die Hazel von vor einem Jahr hätte sich niemals getraut, Daisy so etwas zu verheimlichen – aber die Hazel von vor einem Jahr bin ich nicht mehr. Das macht aus mir noch keine Heldin, aber ich halte mich zumindest für etwas mutiger.

Inzwischen hat sich unten in meiner Knabbertruhe ein beachtlicher Stapel Zettel angesammelt. Jedes Mal, wenn ich einen neuen Brief dazulege, wird das Kribbeln in meiner Brust größer. Es ist herrlich und gleichzeitig macht es mich nervös. Wir schicken uns Denkrätsel, berichten von komischen Sachen, die an der Schule passieren, und tauschen kleine Fälle aus – eigentlich nichts weiter. Doch ich weiß genau, sollte Daisy es je herausfinden, wäre sie furchtbar wütend. Sie mag es nämlich nicht, wenn ich mit jemand anderem ermittle – ihrer Meinung nach bin ich *ihre* Detektivfreundin, und obwohl wir Assistenten haben, darf keiner außer uns wirklich zur Detektei gehören.

Ich dachte noch immer über die Briefe nach und darüber, was Daisy dazu sagen würde, als am Abend der Mord geschah.

Unser Schlafsaal lief Dienstagabend nach dem Essen gemeinsam zum Sportplatz, eingemummelt in unsere Mützen und Schals – und trotzdem schlotternd. Keiner war gut gelaunt. Es war mal wieder einer dieser seltsamen Nicht-Streite im Gange, die es in diesem Trimester so oft gibt: Jeder beschwert sich über die anderen und am Ende fühlt man sich ausgelaugt und mürrisch.

»Küken ärgert sich noch immer über die Elftklässlerin, die ihr gestern Abend den Nachtisch abgenommen hat, obwohl ich ihr gesagt habe, dass es keinen Sinn hat«, sagte unsere Zimmergefährtin Lavinia und schüttelte ihr schweres dunkles Haar aus dem Gesicht. »Immerhin hab ich ihr dafür einen von den Shrimps besorgt, oder nicht? Ich versteh nicht, was die Aufregung soll.«

»Man darf anderen nichts abnehmen!«, erklärte unsere andere Zimmergefährtin Kitty selbstgerecht. Kitty hat braunes Haar und Sommersprossen. Außerdem liebt sie Klatsch und Tratsch. »Es ist einfach nicht nett, Lavinia. Letztes Jahr hättest du das nicht gemacht.«

»Doch, und ob«, beharrte Lavinia. »Sei nicht so ein Miesepeter, Kitty.«

Kitty verzog mürrisch das Gesicht. »Dann hättest du es eben gemacht, trotzdem ist es falsch.«

»Dieses Jahr ist jeder so gemein«, meinte Küken traurig.

»Das liegt an Elizabeth Hurst«, mischte ich mich ein, was gar nicht meine Absicht gewesen war. Ich schnitt eine Grimasse. Was jetzt kommen würde, war mir klar, und tatsächlich …

»Ganz genau!«, rief Daisy freudig. »Das sage ich schon die ganze Zeit, Hazel. Elizabeth Hurst und die Fünf sind das Problem, und wir müssen etwas dagegen unternehmen!«

»Das können wir aber nicht!«, widersprach ich. »Lass es doch endlich gut sein, Daisy!«

Plötzlich war mir bewusst, wie verschieden wir doch sind. Daisy war von Elizabeth Hurst richtig besessen und konzentrierte sich mit aller Kraft auf sie, während meine Gedanken um den letzten Brief kreisten, der mich, wie erhofft, an diesem Nachmittag erwartet hatte. Ich hatte Augen für nichts anderes, nicht für die dunklen Umrisse der Mädchen vor uns, nicht für den Pavillon und nicht für das lodernde Lagerfeuer dahinter.

5

Abgesehen von der Helligkeit des Feuers lag der Platz im Dunkeln. Kleine Nebelschwaden waberten durch die Menge. Nur undeutlich konnte ich hinter den Flammen die Silhouette des Pavillons ausmachen, und die Mädchen, die sich davor drängten, sahen aus wie undefinierbares Gekritzel auf einem Blatt Papier. Nicht einmal die Bäume, die auf der anderen Seite des Spielfelds in den Oakeshott-Wald führten, konnte ich sehen, obwohl ich genau wusste, dass sie da waren. Als ich ausatmete, wurde mein Atem vor mir zu Dampf. Ich schauderte. Die englischen Winternächte kann ich so gar nicht leiden.

Als wir durch die Tore liefen, wurden wir von Miss Barnard begrüßt, die alle Mädchen im Vorbeigehen willkommen hieß. Neben ihr stand Elizabeth Hurst. Wie immer lächelte sie ihr unechtes Lächeln. Ausnahmsweise hielten sich die Fünf nicht hinter ihr auf, sondern ein Stück weiter seitlich, und zwar mit einigem Abstand. Und die Fünf lächelten kein bisschen. Gerne würde ich behaupten, dass mir das seltsam vorkam und ich außerdem bemerkte, wie Margaret die Fäuste ballte, wie blass Florence hinter ihrem Schal hervorspitzte, wie Una errötete, was für eine giftige Miene Enid schnitt und dass Lettice zitterte, wobei ihre dürre Gestalt in dem großen Deepdean-Mantel ungewöhnlich füllig wirkte. Leider war es aber nicht so – ich war mit meinen Gedanken woanders.

Sobald wir auf dem Spielfeld ankamen, schlenderten wir eine Weile herum und rempelten dabei andere Grüppchen aus anderen Jahrgängen an. Wir hatten die Anweisung, uns ordentlich nach Klassen aufzureihen, aber natürlich war in der Dunkelheit und bei all der Aufregung nicht daran zu denken. Dann trat Jones, der Hausmeister von Deepdean, mit der Guy-Fawkes-Puppe vor. Als er sie ins Feuer warf, das man nahe dem Pavillon (wenn auch nicht zu nahe) errichtet hatte, sprühte es Funken und loderte grell auf. Alle stürmten darauf zu, und auch wir Zehntklässlerinnen wurden von dem Getümmel erfasst – ich prallte gegen Lavinia, die »Hey!« murrte, allerdings in freundlichem Tonfall.

Jones brüllte uns entrüstet entgegen, dass wir gefälligst Abstand halten sollen. Nur Elizabeth und die Fünf durften sich dem Feuer nähern – Elizabeth beaufsichtigte den Lagerfeuerdienst der Fünf, die Holzbündel von einem Stapel in der Nähe des Pavillons herbeischleppten, um sie in die Flammen zu werfen. In Schichten liefen sie zwischen dem Pavillon und dem Feuer hin und her, damit immer für Nachschub gesorgt war.

Mein Blick war auf die Puppe gerichtet, eine heiße, finstere Gestalt im Zentrum der Flammen. Bei diesen Guy-Fawkes-Puppen läuft mir jedes Mal ein kalter Schauer über den Rücken, auch wenn ich weiß, dass sie nicht echt sind – sie sehen einem Menschen einfach so ähnlich, dass ich es kaum ertragen kann. Dabei bekomme ich immer das Gefühl, als befände ich mich in einem dieser Träume, in denen etwas nicht stimmt, was außer mir keiner bemerkt.

Als Daisy mich anstieß und mit dem Finger auf etwas zeigte, wurde ich aus meinen Gedanken gerissen. Sie deutete auf Margaret Dolliswood, die eine Ladung Scheite in den Armen hatte. Allerdings trug sie die nicht zum Feuer, sondern war neben Elizabeth Hurst stehen geblieben. Margaret machte den Eindruck, als hätte sie das Holz am liebsten auf sie gefeuert, doch Elizabeth wirkte davon kein Stück beeindruckt. Stattdessen beugte sie sich mit breiten Schultern arrogant nach vorn, als wäre sie die Alleinherrscherin über das Spielfeld und alles darin. Zwar konnte ich weder ihr Gesicht sehen, noch hören, was sie sagte, weil wir zu weit weg standen, aber mit einem Mal schien Margaret in sich zusammenzuschrumpfen, während Elizabeth sie umso mehr zu überragen schien. Dann drehte Margaret sich um und marschierte gestelzt zu einer der Großen, Astrid Frith, hinüber, um sie anzuschnauzen. Astrid brach in Tränen aus, während Margaret herumwirbelte und zurück zum Lagerfeuer stürmte. Dort warf sie ihre Holzladung in die Flammen, die knisternd und feurig rot emporloderten.

»Was war *das* denn?«, fragte Daisy mich, ohne sich umzudrehen. »Was hat Margaret zu Astrid gesagt? Und warum?«

»Elizabeth hat die Fünf mal wieder angestiftet, gemein zu sein, sonst gar nichts«, antwortete ich, weil ich Daisy nicht ermutigen wollte. »Schau, jetzt werden die Wunderkerzen angezündet.«

Miss Runcible, Enid und Lettice teilten Wunderkerzen aus. Als Miss Runcible mir eine reichte, sah sie dabei genauso aufgeregt aus wie die Shrimps. Als sie entflammten und lange Feuerfunken spuckten, ertönten Schreie und Gejohle. Lavinia stach mit ihrer zu wie mit einem Schwert und selbst Küken malte mit ihrer Kerze lachend Kreise in die Luft, endlich wieder heiter und guter Dinge. Während die Wunderkerze in meiner Hand zischte, wurde auch mein Herz leichter. Als hätten wir es einstudiert, drehten Daisy und ich uns im exakt gleichen Moment einander zu, und ich erhaschte einen Gesichtsausdruck, den ich schon lange nicht mehr an ihr gesehen hatte. Ich malte ein feuriges W in die Luft, genau wie sie: Wir waren Wells & Wong, und einen kurzen Augenblick lang vergaß ich all meine Sorgen.

Aber nur kurz.

6

Wir alle waren wahnsinnig aufgeregt und spielten mit unseren Wunderkerzen, sodass wir zuerst kaum bemerkten, dass Miss Barnard mitten aufs Hockeyfeld lief und laut um Ruhe bat. Als wollte sie uns Flaggenzeichen geben, musste sie mit Fackeln in den Händen wedeln, um unsere Aufmerksamkeit zu bekommen. Endlich erloschen die Wunderkerzen in der Dunkelheit und es legte sich Stille über die Menge. Wir drehten uns zu Miss Barnard um, die abseits des Lagerfeuers und der Guy-Fawkes-Puppe stand.

»Mädchen«, sagte sie schließlich in ihrer typischen Art, nicht laut, aber so, dass man sich vorbeugte, um ihr genau zuzuhören. »Danke, dass ihr gekommen seid. Ich hoffe, ihr genießt den Abend – den wir dem Vorschlag von Miss Runcible zu verdanken haben und der Hilfe von Mr Jones, der ihrer Idee Leben einhauchte. Und natürlich unserer wundervollen Schulsprecherin, Elizabeth Hurst, die sich wie immer als außerordentlich hilfsbereit und verantwortungsvoll erwiesen hat.«

Ärger durchzuckte mich. Warum nur erkannte Miss Barnard nicht die wahre Elizabeth?

»Ich bin sicher, dass dieser Abend der erste von vielen sein und unsere Guy-Fawkes-Feierlichkeit Teil der stolzen Tradition von Deepdean werden wird.«

Ich hörte deutlich, was sie nicht aussprach – dass Deepdean nach den Ereignissen von vergangenem Jahr neue Traditionen dringend nötig hatte, Neues, worauf man stolz sein konnte. Miss Barnard gibt sich Mühe, dieses Jahr alles neu für uns zu machen, als könnte sie Miss Bell und was ihr zugestoßen war, auslöschen. Aber alles, was sie wirklich erreicht, ist, es zu übertünchen, wieder und wieder. Am Ende wird es trotzdem noch durchschimmern.

In diesem Moment hatte ich einen grässlichen Augenblick der Erkenntnis. Elizabeth und die Fünf würden weiterhin fies sein und wir würden es weiter ertragen, bis ihr Jahrgang im Sommertrimester zu den Universitätseignungsprüfungen antreten und uns in Ruhe lassen würde.

Mir wurde ganz flau. Das Trimester war schon schlimm, trotz meiner Briefe, die gewisse Tage erhellten. Ein ganzes Jahr unter Elizabeth würde furchtbar werden.

»Nun, Mädchen!«, sagte Miss Barnard. »Ihr habt ein rechtes Durcheinander angerichtet. Stellt euch bitte wieder in Reihen auf. Aufsichtsschülerinnen, helft ihnen. Kein Schubsen! Wenn ihr fertig seid, können wir zum eigentlichen Teil der Feier übergehen: dem Feuerwerk!«

Jeder grummelte und drängelte (die Fünf, die kurz das Lagerfeuer verließen, um uns nach Elizabeths gebrüllten Anweisungen zusammenzutreiben, stießen uns), bis er sich zurück in seiner streng reglementierten Gruppenlinie eingefunden hatte. Ganz vorne, Miss Barnard am nächsten, standen die Shrimps, der Rest von uns war hinter ihnen aufgereiht – die Großen am dichtesten beim Lagerfeuer, das hinter uns brannte. (Das war der Trick dabei: Die Jüngsten mussten frieren, während die Ältesten die ganze Wärme abbekamen. Natürlich war der Hitze keiner so nah wie Elizabeth, die mit ihren Aufsichtsschülerinnen zwischen dem Feuer und dem Pavillon Stellung bezogen hatte.)

Miss Barnard blickte uns kurz an und nickte dann, woraufhin Miss Runcible, emsig wie immer, vorsprang. Sie machte sich ein Stück weiter hinten in der Dunkelheit zu schaffen und entzündete das Feuerwerk, das fast am anderen Ende des Spielfelds aufgebaut war. Jones ging ihr zur Hand, während die Fünf sich an ihre Plätze am Feuer zurückzogen. Keiner sprach ein Wort, solange wir warteten. Dann zischte pfeifend die erste Rakete in die Höhe, bis sie über uns in einem grün-gelben Funkenregen explodierte.

Es war, als wäre die Nacht zum Leben erwacht, so viele Geräusche und Licht prasselten über den Himmel. Staunend riss ich den Mund auf, als der Lärm mich durchzuckte. Daisy lehnte sich an mich, und als ich mich zu ihr umdrehte, leuchtete ihr Gesicht in fürstlichem Purpur und Rot. Kitty, Küken und Lavinia, die neben ihr standen, hatten ebenfalls leuchtende Gesichter, worauf ich allerdings kaum achtete, weil ich unbedingt das Schauspiel in der Höhe erleben wollte. Es erinnerte mich an den Himmel von Hongkong an Neujahr und ein freudiger Schauer durchfuhr mich. Strahlendes Leuchtfeuer in Orange und Gold, ein blauer Funkenregen, dann wieder grelles Rot, und alles ergoss sich über uns. Bestimmt vergaß ich sogar zu atmen.

Dann war es vorbei. Der letzte grüne Schimmer verglomm am Himmel und auf das Spielfeld legte sich Stille. Es fiel mir schwer, meinen Kopf wieder auf den Boden zu holen. Neben mir standen Daisy, die strahlende und klatschende Küken und all die anderen Mädchen um uns herum, die tuschelten, lachten und sich langsam aus ihren Reihen lösten. Als ich mich umdrehte, entdeckte ich eine dunkle Gestalt am Lagerfeuer – eine der Fünf hatte immer noch Feuerdienst. Dann sagte Lavinia etwas zu mir und ich drehte mich um, um sie besser zu verstehen.

Der erste Schrei folgte wenige Minuten später.

Es war eigentlich nur ein überraschtes Japsen. Daisy meint, sie erinnert sich noch, wie das Mädchen, ein kleiner Siebtklässler-Shrimp rief: »Miss Barnard! Ich glaube, hier ist jemand gestürzt!« An ihren zweiten, lauteren Schrei, der folgte, und an das Kreischen des Mädchens neben ihr können wir uns beide bestens erinnern.

Erschrocken wirbelte ich zu Daisy herum – die mich längst voller Erwartung anschaute. In ihren Augen funkelte es, als würde das Feuerwerk darin weitergehen. Es ist schon komisch, denn nach jedem Fall rede ich mir ein, dass ich keine weiteren Ermittlungen will, und ich nehme es mir sogar ab – bis ich einen Schrei wie diesen höre, mein Herz mir bis in Hände und Füße pocht und mir klar wird, dass es auf der Welt nichts Schöneres gibt, als in einem Fall zu ermitteln. In jenem Moment fühlte ich genau das, und das erste Mal seit Monaten fühlte es sich absolut richtig an.

Ich wusste, was zu tun war.

7

Daisy und ich rannten auf den Lärm jenseits des Lagerfeuers zu, genau wie alle anderen, sodass um die Schreienden bald dichtes Gedränge herrschte und ich eine Weile nichts außer

Zwielicht, Verwirrung und hier und da im aufblitzenden Schein von Taschenlampen Hände, graue Schulmäntel und besorgte Gesichter sah.

Dann rief Miss Barnard: »BLEIBT ZURÜCK!«, sodass alle erschrocken ein Stück zurückwichen … alle, außer Daisy und – weil sie die Finger fest um mein Handgelenk geschlossen hatte – ich. Als ich mich aus ihrem Griff gelöst hatte, schaute ich nach unten. Und da, auf dem Boden, erleuchtet vom Schein der Taschenlampen, war Elizabeth Hurst.

Sie lag mit dem Gesicht zum Himmel gerichtet, die Arme an die Seiten gelegt und die Augen weit offen. Sie rührte sich nicht, und es war leicht zu erkennen, warum. Neben ihr lag ein Rechen, einer der alten, zerschundenen Dinger, die Jones benutzt. Das zackenbesetzte Ende befand sich unter ihren Fersen und der Stiel neben ihrem Kopf war voller Blut. Das ungute Gefühl, das sich bei mir beim Anblick von Elizabeths Kopf einstellte, verriet mir, dass auch der Boden voller Blut sein würde.

Miss Runcible kniete neben ihr und fühlte den Puls, und mit einem Mal überkam mich die Erinnerung an Miss Bell vergangenes Jahr in der Turnhalle – und an das Blut an *ihrem* Kopf. Es fühlte sich wieder *genauso* an. Da wusste ich, dass ich an Miss Bell denken musste, weil dieser Körper, genau wie ihrer damals, irgendwie unnatürlich erschien.

Miss Barnard rief inzwischen nach Jones. »Holen Sie eine Trage! Es hat einen Unfall gegeben! Ein Mädchen ist auf einen Rechen getreten!«

Mir war sofort klar, dass das nicht stimmte. Es war kein Unfall gewesen. Vielleicht sah es wie einer aus, aber *etwas stimmte nicht*.

Jones kam bereits herbeigeeilt. Gemeinsam mit Miss Runcible hievte er Elizabeth auf einen Regenmantel, den sie als provisorische Trage benutzten. »Aus dem Weg!«, schnauzte er die Shrimps an. »Aus dem Weg!«

Küken brach in Tränen aus. »Oh!«, jammerte sie. »Nicht schon WIEDER!«

»Ruhe!«, zischte Daisy. »Wir wollen keine Aufmerksamkeit!«, und mir wurde klar, dass nicht nur ich an den letzten Oktober hatte denken müssen.

Dem vielen Schluchzen um uns herum nach zu urteilen, war die gesamte Schule so entsetzt und verängstigt wie Küken. »Aufsichtsschülerinnen!«, rief Miss Barnard. »Aufsichtsschülerinnen! Bringt Elizabeths Sachen ins Wohnheim – und die Mädchen! Beeilung!«

»Wer hat den Rechen dahin gelegt?«, wollte Jones wütend wissen. »Ich hab ihn an den Pavillon gelehnt, noch bevor die Mädchen da waren!«

»Darüber unterhalten wir uns später, Jones«, meinte Miss Barnard. »Jetzt bringen Sie Elizabeth erst einmal ins Sanatorium, und zwar so schnell wie möglich. Los!«

Erschrocken fiel mir auf, dass sich die Fünf um Elizabeth versammelt hatten. Zumindest vier von ihnen. Lettice konnte ich nicht entdecken – ich nahm an, dass sie irgendwo in der Menge steckte. Sie waren schweigsam, bis Florence etwas sagte – etwas, das mir einen kleinen Schreck einjagte.

»Ist sie *tot*?«, fragte sie. »Wirklich?«

An sich war das ja keine komische Frage, nur die Art, *wie* sie ihre Worte betonte – so gierig und gespannt. Mein detektivischer Spürsinn wurde wach.

Könnte ich mit meinem Verdacht tatsächlich richtig liegen? Immerhin, hätten wir es mit mehr als nur einem Unfall zu tun, wäre es der *vierte* Fall unserer Detektei. Andererseits weiß ich ja, dass Daisy und mir ständig ungewöhnliche Dinge passieren – wie die sechs unmöglichen Dinge vor dem Frühstück, von denen die Weiße Königin aus *Alice im Wunderland* redet.

»Sie ist sehr schwer verletzt«, sagte Miss Barnard. »Sie braucht sofort Hilfe.«

Noch einmal betrachtete ich die Aufsichtsschülerinnen. Sie waren starr vor Schreck, blass und atemlos – trotzdem lag in ihren Gesichtern mehr als blanker Horror. Sie wirkten ziemlich … *erleichtert.*

Ich schluckte. Wir alle hatten Elizabeth widerlich und gefährlich gefunden. Aber jetzt schien sie nicht länger eine Verbrecherin zu sein, sondern ein Opfer.

8

»Aufsichtsschülerinnen!«, rief Miss Barnard noch einmal, und diesmal schroffer. »Beeilt euch. Geleitet die Mädchen ins Wohnheim! Bitte schnell, während Miss Runcible und Jones Elizabeth ins Sanatorium bringen.« Im Schein des Lagerfeuers wirkte sie blass und angespannt, trotzdem verlor sie keinen Augenblick die Fassung.

Die Aufsichtsschülerinnen konnten sie nicht länger ignorieren. Sie begannen, uns davonzutreiben. Dabei schaute ich noch einmal hinter mich – zu Miss Runcible, die sich Tränen von der Wange wischte und mit dem Kopf schüttelte, während sie und Jones Elizabeth hochhoben. Inzwischen konnte jeder sehen, dass Elizabeth sich nicht mehr erholen würde, egal, was Miss Barnard sagte. Was Mrs Minn, unsere Krankenschwester, auch versuchen mochte, es würde vergeblich sein. Elizabeth war tot.

Während wir zum Wohnheim liefen, hallten überall hastige Schritte und tiefes Schluchzen wider und das Licht von Taschenlampen tanzte hektisch über den Weg. Alle redeten und immer wieder fielen dieselben Worte: Elizabeth! verletzt – tot – schrecklich – Unfall – niemals! – Miss Bell – *Mord.*

Da war es also: *Mord.* Ich war tatsächlich nicht die Einzige, die sich fragte, ob es sich wirklich nur um einen Unfall handelte. Aber ... Ich dachte nach. *Wenn* es Mord war, gab es einen äußerst wichtigen Punkt, in dem er sich von dem Verbrechen an Miss Bell unterschied. Die einzigen Lehrerinnen auf dem Spielfeld waren Miss Barnard und Miss Runcible gewesen, und sie hatten während des Feuerwerks gemeinsam mit Jones die ganze Zeit vor uns gestanden. Mir fiel ein, wie Elizabeth den Fünf nach Miss Barnards Ansprache zugerufen hatte, sie sollten dafür sorgen, dass wir in ordentlichen Reihen stehen. Zu diesem Zeitpunkt musste sie also noch am Leben gewesen sein, und weder Miss Runcible noch Miss Barnard oder Jones waren danach an uns vorbei zum Lagerfeuer gegangen. Man konnte sie sofort ausschließen.

Was bedeutete ... *eines der Mädchen.* Wenn jemand Elizabeth getötet hatte, dann eine andere Schülerin der Deepdean. Konnte das sein? Und wenn ja – wer?

9

Im Wohnheim kreischten die Shrimps auf den Fluren und alle anderen drängten sich auf der Vordertreppe und redeten, redeten, redeten. Die Aufsichtsschülerinnen bemühten sich um die Aufmerksamkeit aller, allerdings – und das war mehr als merkwürdig – vergebens. Ausnahmsweise einmal hatten wir mehr Angst vor dem, was gerade geschehen war, als vor den Fünf, und jede Strafe, mit der sie uns hätten drohen können, verblasste neben dem, was Elizabeth zugestoßen war.

»Ihr scheußlichen Rotzgören!«, schimpfte Una und warf die Hände in die Höhe, wobei sich das Licht im Gang auf ihren goldblonden Haaren spiegelte. Sie stürmte zu Florence. Ich sah Una an, dass sie aufgelöst war, auch wenn sie ihr Bestes gab, nur wütend zu erscheinen.

Florence war ebenfalls ganz durcheinander, das merkte ich, doch sie zeigte es auf eine andere Art. Die Arme fest verschränkt, als wäre sie ein Schraubstock, verzog sie die Augen zu dünnen Schlitzen und starrte Una an. Der Blick, den sie tauschten, vorsichtig und abschätzend, brachte mich erneut zum Grübeln. Was hielten sie von dem, was sie gerade gesehen hatten? Spukte auch ihnen Mord im Kopf herum?

»Eine halbe Stunde!«, brüllte Florence, die sich hastig von Una abwandte. »Dann seid ihr alle im Bett, ihr Kleinen! Sonst setzt es was!« Doch die Shrimps ignorierten sie.

Dann bemerkte ich etwas anderes: Eine der Fünf fehlte. Egal, wie gründlich ich mich umsah, Lettice blieb noch immer verschwunden, bis ich sie an der Eingangstür des Wohnheims entdeckte. Ihre Haare waren zerzaust, an einem Strumpf klebte ein Blatt und sie fuhr sich mit zitternden Fingern abwesend über die Kleidung. Wie lange hatte sie schon dort gestanden?

In diesem Augenblick preschte Daisy zur Treppe – in Richtung Tratsch – und wir anderen mussten ihr folgen. Als wir uns ins Zentrum des Geplappers begaben, hörte ich jede Menge Mutmaßungen über Elizabeths Tod, die mir irgendwie verzerrt entgegenflogen, wie Echos in einer Höhle: Ihr Kopf war völlig aufgeplatzt; sie war kaum verletzt; der Mörder war ein Fremder; der Mörder von letztem Jahr war zurück (dabei lief mir eine Gänsehaut über den Rücken, auch wenn ich natürlich wusste, dass dies ganz und gar nicht stimmen konnte – Inspektor Priestley persönlich hatte mir erzählt, dass man die Täter hinter Schloss und Riegel gebracht hatte, und Inspektor Priestley ist einer der ehrlichsten Menschen, die ich kenne); kurz vor dem Feuerwerk war ein Mann Richtung Oakeshott-Wald davongerannt.

Bei dieser letzten Bemerkung spitzte Daisy ihre Ohren. Ruckartig wandte sie sich an die Neuntklässlerin Martha Grey, von der dieses Gerücht stammte, und fuhr sie an: »Blödsinn!«

Martha wurde hochrot und öffnete schüchtern den Mund. Von der herrschaftlichen Daisy Wells angesprochen zu werden, war einschüchternd. »Das …«, stammelte sie. »Es … das ist nicht …«

»Was sie sagen will, ist, dass es kein Blödsinn ist!«, kam Binny Freebody ihr zu Hilfe. Binny geht ebenfalls in die Neunte und ist zufällig auch Kittys kleine Schwester. Sie ist schrecklich geradeheraus und nimmt kein Blatt vor den Mund – wir geben uns große Mühe, so zu tun, als würden wir sie nicht sonderlich ernst nehmen, obwohl sie uns bei unserem ersten Fall im vergangenen Jahr eine große Hilfe war. Ich glaube, Daisy nimmt ihr das noch immer übel.

»Was denn sonst?«, entgegnete Daisy ernst. »Ganz bestimmt hast du keinen Mann gesehen, oder, Martha?«

Martha zappelte. »Nicht so *richtig*.«

Daisy sah Binny mit hochgezogener Augenbraue an. »Dahinter steckst du, stimmt's?«, wollte sie wissen. »Du bist eine grässliche Lügnerin, Binny Freebody, und nun bringst du auch noch deine Freundinnen zum Lügen.«

»Ich lüge nicht! Aber von mir aus, dann glaubt uns eben nicht. Ist uns egal – dann reden wir eben nicht mehr mit euch«, schnauzte Binny. »Geschieht euch recht! Komm mit, Martha.«

Sie stakste die Treppe hoch und Martha, noch immer rot im Gesicht, folgte ihr.

»Sie ist eine kleine Kröte«, schimpfte Kitty. »Hundertprozentig haben meine Eltern sie adoptiert. Ich weiß, dass sie nichts gesehen hat, und Martha bestimmt genauso wenig.«

»Bist du sicher?«, fragte ich. »Was, wenn das –?«

Daisy warf mir einen Blick zu und ich verbiss mir den Rest: *eine Spur ist.* »Bestimmt nicht«, sagte sie. »Trottel wie Binny wollen sich einfach nur wichtigmachen, wenn etwas Aufregendes passiert ist. Wirklich *wissen* tun sie nie was.«

»Also war da kein Mann?«, hakte Küken nach. »Oh, ich hoffe wirklich, dass da keiner war! Ich will nicht, dass schon wieder ein Mord passiert ist!«

»Ha«, platzte Lavinia mit gruseliger Stimme heraus. »Aber es *ist* Mord!« Sie nickte wissend zu mir und Daisy. »Genau das glaubt ihr doch. Schaut mich nicht so an, ich habe gesehen, wie ihr euch gerade angeguckt habt. Ihr glaubt, es ist genau wie bei Miss Bell letztes Jahr. Ich bin nicht blöd.«

»Natürlich nicht!«, widersprach Daisy. »Zwei Morde in ein und derselben Schule? So was gibt es einfach nicht.«

Sie wollte unseren Verdacht überspielen, dafür sorgen, dass die Detektei ein Geheimnis blieb, von dem Lavinia nichts erfuhr. Genau wie letztes Jahr. Damals hatten das Geheimnis um unsere Detektei nur Daisy und ich geteilt. Doch die Dinge hatten sich verändert. Küken und Kitty hatten uns auf

Fallingford geholfen und im Orientexpress hatten wir Unterstützung von Alexander gehabt – und von Daisys Hausmädchen Hetty. Warum also sollten wir Lavinia bei diesem Fall nicht mit einbeziehen – und auch Kitty und Küken?

Mir wurde ganz heiß am ganzen Körper, dann sagte ich: »Ja, wir glauben, es war Mord.«

Küken sah aus, als wollte sie gleich losheulen.

»Hazel!«, rief Daisy. »Sei still!«

Ich wusste, dass Daisy die Detektei versteckt halten und diesen Fall so behandeln wollte, als wären wir noch immer die Hazel und die Daisy vom letzten Jahr. Doch jetzt mussten wir die anderen mit an Bord nehmen – und ich wusste auch, wie ich Daisy dazu bringen konnte. Daisy liebt Geheimnisse, aber ihre eigene Gewieftheit liebt sie noch mehr.

»Tja, wirklich sicher kann man sich vermutlich nicht sein«, sagte ich. »Immerhin könnte Elizabeth einfach auf den Rechen getreten sein, genau wie Miss Barnard sagt.«

»*Unfug!*«, fuhr Daisy mich hitzig an. »Das ist das Problem bei gewöhnlichen Menschen: Sie schauen hin, aber sie *bemerken* nichts. Der Rechen lag *neben* ihr, und das stimmt hinten und vorne nicht. Wäre sie seitlich auf die Zacken getreten, hätte es sie *seitlich* am Kopf getroffen, und wir alle hätten die Wunde sehen können. Konnten wir aber nicht, und das bedeutet, dass die Verletzung am *Hinter*kopf war. Der Rechen hätte demnach nie so fallen sollen – nicht so fallen *können*, wäre es tatsächlich ein Unfall gewesen. Und das bedeutet, es war keiner. Jemand hat sie niedergeschlagen und dann erst den Rechen neben sie gelegt, nachdem sie längst zu Boden gegangen war. Oh, Hazel, jetzt habe ich's gesagt – du hast mich ausgetrickst! Dabei hast du den Trick von mir. Das ist wirklich unfair.«

Ich zuckte mit den Schultern. »Du musst Kitty, Küken und Lavinia beim Ermitteln helfen lassen. Küken und Kitty wissen doch sowieso über die Detektei Bescheid.«

»Welche Detektei?«, meinte Lavinia. »Etwa diese dumme –«

»Stopp!«, unterbrach Daisy sie. »Kein weiteres Wort!«

Mir war klar, dass sie sauer auf mich war, aber genauso wusste ich, dass ich recht hatte. Auch wenn Daisy ein Näschen fürs Ermitteln in Mordfällen hatte – ein Talent, so wie andere sich einfach ans Klavier setzen und die Musik spüren oder sich aufs Spielfeld stellen und sofort begreifen, wie man den Ball ins Tor befördert –, selbst sie kann nicht ganz allein ermitteln.

Gemeinsam stiegen wir die Treppe hoch, vorbei an den Marys – Freundinnen aus der Neunten, die Daisy vergötterten –, die dicht beieinander standen und sich gegenseitig trösteten. Ich ging einen Schritt zur Seite, um ihnen aus dem Weg zu gehen, und erwischte mich dabei, wie ich auf einen abgewetzten Fleck auf der zehnten Stufe von unten starrte. Mir fiel auf, wie ausgefranst die Kanten waren und dass das Geländer daneben eingedellt und zerkratzt war von Hunderten von Fingernägeln, die über den Lack scharrten. Wenn ich in einem Fall stecke, werde ich schlagartig unfassbar aufmerksam, als wären meine Sinne wacher als sonst. Ich spürte, wie sich meine Detektivkräfte aufs Neue bündelten. Drei Fälle hatten wir bereits aufgeklärt – wir würden auch einen weiteren schaffen.

10

Während wir uns fürs Bett fertig machten, hatte ich massenhaft Gelegenheit, mitzuverfolgen, wie aufgescheucht das ganze Wohnheim war. Keiner hielt sich an die vorgeschriebene Routine: Die Shrimps waren alle noch wach, obwohl sie längst hätten schlafen sollen, und einige der älteren Mädchen machten sich früher als sonst bereit zum Schlafengehen, damit sie sich ungestört unterhalten konnten, ohne das Risiko einzugehen, von den Fünf belauscht zu werden.

Beim Zähneputzen herrschte absolutes Durcheinander und wir mussten uns zu fünft an ein Waschbecken quetschen. Küken zappelte neben mir wie ein aufgeregter Welpe (Kitty stieß sie mit dem Ellbogen an, woraufhin sie zwar auffiepte, es aber trotzdem nicht lassen konnte), Kitty zwinkerte uns im Spiegel zu und Lavinia, die auf meiner anderen Seite stand, pustete mir ihren heißen Atem in den Nacken, während sie Daisy neugierig anschaute. Daisy selbst ignorierte uns. Sie spreizte die Finger ihrer freien Hand, als wollte sie das Problem buchstäblich am Schopf packen – ich wusste, sie bereitete sich auf die Ermittlungen vor. Und darauf, Kitty, Küken und Lavinia außen vor zu lassen, trotz dem, was ich zu ihr gesagt hatte. Doch diesmal durfte ich es ihr nicht durchgehen lassen. Ich musste dafür sorgen, dass sie die anderen drei mitmachen ließ, damit wir diese Sache mit vereinten Kräften angehen konnten. Wütend schrubbte ich auf meinen Zähnen herum und dachte nach. Dann legte ich meine Hand auf den Brief in meiner Pyjamatasche und spürte, wie er tröstend raschelte. Er erinnerte mich daran, dass die Detektei nicht nur aus Daisy bestand, auch wenn sie Vorsitzende war. Zum Wohl des Falls konnte ich sie überstimmen.

Da kam Florence ins Bad – ich entdeckte ihren roten Haarschopf im Spiegel. »Zehntklässler, ihr solltet längst im Schlafsaal sein!«, keifte sie, auch wenn ihr Ton nicht die übliche Schärfe hatte. Sie schien noch immer ganz schön mitgenommen.

Lavinia spuckte ins Waschbecken, mit voller Absicht. Es war eine gewagte Frechheit, was Küken richtig nervös machte. Als wir an Florence vorbeigingen, stolperte sie und rempelte die Aufsichtsschülerin an. Das war genau die Provokation, auf die Florence gewartet hatte – etwas Eindeutiges, das sie bestrafen konnte.

»MARTINEAU!«, schrie Florence und ging bedrohlich auf uns zu. »Das hast du mit Absicht gemacht! Raus auf den Flur, sofort!«

Also gingen wir raus auf den Gang, wo Margaret bereits wartete. Mir rutschte das Herz in die Hose.

»Margaret«, sagte Florence, blass vor Wut. »Diese Zehntklässlerin ist unverschämt. Sie meint, nur weil Elizabeth … *nicht hier* ist, kann sie machen, was sie will. Wenn du ihr bitte zeigen würdest, dass sie falschliegt.«

Bei der Erwähnung von Elizabeth zuckte Margaret zusammen. Sie öffnete den Mund, schloss ihn jedoch wieder. Kurz darauf hatte sie sich unter Kontrolle und schaute uns mit schmalen Augen an. »Steh auf einem Bein, Martineau!«, zischte sie. »Bleib so stehen, bis wir etwas anderes sagen.«

»Lasst *mich* das machen«, sagte Lavinia sofort. »Dass sie gestolpert ist, war meine Schuld.«

»Du dreckige Lügnerin, Temple«, keifte Florence und wechselte einen Blick mit Margaret. »Aber von mir aus, wenn du unbedingt willst. Stell dich auf ein Bein, sofort!«

Das versetzte uns prompt einen Schock. Wir haben eine

unausgesprochene Regel, wonach Lavinia versucht, die meisten Strafen auf sich zu ziehen, und ich versuche, den Rest zu übernehmen. Küken würde nämlich zu schnell weinen, Kitty widersprechen – und niemand bestraft Daisy. Doch Lavinia und ich, wir kommen damit klar. Nur meistens spielen die Fünf da nicht mit. Dass sie uns jetzt erlaubten, die Strafe abzutreten – zusammenzuhalten und gegen ihre Vorschriften zu arbeiten –, machte diesen Abend umso seltsamer.

Trotzdem ließen wir uns das nicht zweimal sagen. Wacklig hob Lavinia ein Bein vom Boden. Wir sahen zu, wie sie leicht von links nach rechts schwankte und vor Konzentration hochrot wurde, bis Margaret schulterzuckend sagte: »Aufhören. Na schön, das reicht. Ab in euren Schlafsaal. Und kein Wort mehr, sonst dürft ihr anderen das Gleiche machen.«

Sobald Lavinia auf beiden Beinen stand, klopfte Daisy ihr auf die Schulter. »Gut gemacht«, lobte sie. »Allererste Sahne.« Lavinia schüttelte sich das zerzauste Haar aus dem Gesicht. Dabei wirkte sie gleichzeitig mürrisch und zufrieden, so wie immer, wenn jemand ihr ein Kompliment machte.

Margaret wandte sich schnell von uns ab, als könnte sie es nicht erwarten, uns loszuwerden. Gemeinsam mit Florence trabte sie davon.

»Elizabeth«, hörte ich Margaret noch sagen, bevor Florence ihr hastig das Wort abschnitt: »Warte. Nach oben, komm.«

Daisy reckte neugierig den Kopf – sie hatte die beiden ebenfalls gehört. Zu gerne wären wir ihnen hinterher, aber natürlich ging das nicht. Trotz der neuen Lage waren wir nach wie vor machtlos gegen die Regeln des Wohnheims. Wir waren nicht alt genug, um Aufsichtsschülerinnen ins Obergeschoss zu folgen, egal was mit der Schülersprecherin passiert war.

Uns blieb nichts anderes übrig, als in unseren Schlafsaal zu trotten. Sobald sich die Tür hinter uns schloss, sahen Kitty und Küken Daisy erwartungsvoll an. Mir war klar, worauf sie warteten: eine Lagebesprechung der Detektei.

11

Ich merkte Daisy an, dass sie noch immer niemand Neues in die Detektei aufnehmen wollte.

»Jetzt schaut mich doch nicht so an!«, sagte sie zu Kitty und Küken.

»Wir warten auf Anweisungen«, meinte Küken begeistert.

»Was für Anweisungen?«, fragte Daisy.

Ich konnte es nicht länger ertragen, dass sie die Ahnungslose spielte. »Daisy«, begann ich, »jetzt sag es ihnen schon! Du musst. Du hast es mir versprochen und Küken und Kitty wissen doch sowieso Bescheid.«

Daisy ächzte. »Hatte ich nicht klargemacht, dass ich mittelalterliche Foltermethoden anwende, wenn du jemals die Detektei verrätst?«, wandte sie sich an Küken.

»Oh, ganz vergessen!«, keuchte Küken.

»Wenn ihr wieder Detektiv spielt, will ich auch mitmachen«, sagte Kitty. »Sonst ist es nicht fair.«

»Hör mal«, meldete Lavinia sich zu Wort, »falls du dir meinetwegen Sorgen machst: brauchst du nicht. Ich weiß schon, dass ihr einen dämlichen Geheimclub habt, von dem ihr mir nichts sagen wollt.«

Lavinia hat, wenn überhaupt, noch weniger Taktgefühl als Kitty.

Daisy schäumte. »Wer hat geredet?«, wollte sie wissen. »Wer?«

»*Ha*«, meinte Lavinia mit Nachdruck. »Niemand hat geredet. Aber ich bin nicht *völlig* bescheuert. Ihr habt einen geheimen Club, eine Detektivsache, und was an Ostern passiert ist, war Teil davon.«

»So ein Jammer, dass du es herausgefunden hast«, beklagte sich Daisy. »Es sollte ein *Geheimnis* sein. Aber – Ach, Mist!« Sie stand mit verschränkten Armen neben ihrem Bett und funkelte uns an. »Na schön, *na schön*! Ja, es gibt eine Detektei, Lavinia. Wir decken Morde auf, und ich glaube, was heute Abend geschehen ist, könnte der Beginn eines neuen Falls sein. Wenn es so ist, kannst du uns assistieren, gemeinsam mit Kitty und Küken – aber du musst beweisen, dass du auch würdig bist. Einen Platz in der Detektei muss man sich erst *verdienen*.«

Lavinia machte ein verdrießliches Gesicht. »Das ist dämlich«, sagte sie. »Genau wie eure –«

»Ach, sag doch, dass du mitmachst!«, bat Küken. »Es macht schrecklich viel Spaß, auch wenn es gleichzeitig furchtbar ist. Obwohl … oje. Ich will nicht noch einen Mord.«

»Bevor wir weiterreden, muss Lavinia den Eid leisten«, sagte Daisy. »Und versprechen, niemand sonst von dem Fall zu erzählen. Eigentlich müsst ihr das alle. Es ist überaus wichtig, dass die Detektei nicht weiter so *aus dem Leim geht*.«

»Versprochen!«, piepte Küken fröhlich.

»Versprochen«, sagte Kitty, auch wenn sie dabei die Augen verdrehte.

Daisy sah mich an.

»Einverstanden, versprochen«, stimmte ich zu, allerdings nicht vollkommen überzeugt.

»Und jetzt musst du schwören«, richtete Daisy sich an Lavinia. »Hör zu und danach sagst du *Das schwöre ich*: *Schwörst du, ein gutes und schlaues Mitglied der Detektei zu sein und mit Logik die Fälle zu lösen, die man dir vorlegt, indem du all deinen Verstand einsetzt, und dich nicht auf Erwachsene zu verlassen, vor allem nicht auf die Polizei? Schwörst du feierlich, der Vorsitzenden und der Vizevorsitzenden der Detektei niemals eine wichtige Spur vorzuenthalten und genau das zu tun, was sie sagen? Versprichst du unter Androhung mittelalterlicher Folterstrafe, keiner Seele, lebend oder tot, jemals ein Sterbenswörtchen von allem zu verraten?*«

Lavinia schnaubte abfällig, sagte aber trotzdem an den richtigen Stellen *Das schwöre ich*. Ich glaube, insgeheim freute sie sich, endlich in unser Geheimnis eingeweiht zu werden – und ich merkte, dass sie die Idee von der mittelalterlichen Folter gut fand.

»Gut«, sagte Daisy in einem Ton, der mir verriet, dass sie mir noch nicht vergeben hatte. »Nachdem das nun erledigt ist, lasst uns davon ausgehen, dass wir einen neuen Fall haben: dass Elizabeths Tod Mord war. Also müssen wir Nachforschungen anstellen. Detektivinnen, Zeit zum Besprechen. Hazel, schreib mit.«

Ich nickte. In meiner Knabbertruhe, über meinem aufgestockten Jahresvorrat an Mondkuchen, wartete ein brandneues Fallbuch (dieses hier) auf seinen Einsatz. Gut gelaunt kramte ich es hervor, schlug die leere erste Seite auf und schrieb: *Der Mord an Elizabeth Hurst. Besprechung der Detektei. Anwesend: Daisy Wells, Vorsitzende der Detektei; Hazel Wong, Vizevorsitzende und Schriftführerin der Detektei; Kitty Freebody, Küken Martineau und Lavinia Temple, Assistentinnen der Detektei.*

»Nun denn«, begann Daisy. »Was wissen wir?«

12

»Wir wissen, dass Elizabeth tot ist«, antwortete Lavinia. »Da, Fall gelöst. Das ist einfach!«

»Er ist *nicht* gelöst«, schimpfte Daisy. »Und wenn du dich so aufführst, muss ich dich bitten, den Mund zu halten.«

Lavinia und Daisy funkelten sich an. Ich verkniff mir ein Lächeln. Ich finde es ganz gut, wenn jemand Daisy hin und wieder Kontra gibt.

Opfer, notierte ich, *Elizabeth Hurst*.

»Und sie starb auf dem Spielfeld«, ergänzte Kitty. »Wurde von diesem Rechen am Kopf getroffen. Glaubt ihr wirklich, es war Absicht?«

Ich nickte. »Daisy hat recht, was die Lage des Rechens angeht. Es ist unlogisch, dass Elizabeth aus Versehen draufgetreten sein soll. Dafür ist die Wunde an der völlig falschen Stelle.«

»Außerdem wissen wir, dass Jones einen Rechen nie einfach so rumliegen lassen würde«, mischte Daisy sich ein. »Er ist höchst vorsichtig und sehr ordentlich. Wenn jemand Matsch in die Gänge trägt, rastet er richtig aus, und bei ihm hat jedes Werkzeug seinen eigenen Platz. Er hat gesagt, dass er den Rechen zuletzt gesehen hat, als er ihn gegen den Pavillon lehnte, und das glaube ich ihm. Jemand anderes muss ihn von dort geholt und Elizabeth damit niedergeschlagen haben.«

Kitty reichte das nicht. »Aber wie können wir *sicher* sein?« Wie schon auf Fallingford erwies Kitty sich als ziemlich schlaue Detektivin.

»Tja.« Daisy machte ein finsteres Gesicht. »*Können* wir noch nicht. Wir können es nur annehmen. Wir müssen es auf unseren Schlachtplan setzen und beweisen, dass jemand den Rechen absichtlich von seinem Platz geholt hat. Jetzt weiter: Todeszeitpunkt.«

»Todeszeitpunkt«, wiederholte ich und notierte. »Ich weiß noch, als Elizabeth uns alle angebrüllt hat, damit wir uns wieder in Reihen aufstellen – das war kurz vor dem Feuerwerk, also muss sie *während* des Feuerwerks gestorben sein.«

»Genau«, stimmte Daisy mir zu. »Und natürlich war kein Zeitpunkt günstiger – alles war laut und jeder schaute nach oben, vom Lagerfeuer abgewandt.«

»Das hat zehn Minuten gedauert«, sagte Lavinia unerwartet. »Ich hab auf meine Armbanduhr geguckt – mir war langweilig. Es hat um 19 Uhr 40 angefangen und war um 19 Uhr 50 zu Ende. Und bevor ihr fragt: Nein, ich habe nichts bemerkt. Ich habe auch nicht aufs Feuer geachtet.«

»Wie alle!«, rief Küken und runzelte die Stirn. »Wir standen alle in unseren Reihen und Miss Barnard und Miss Runcible waren mit Jones vor uns. Wie hätte da eins der Mädchen wegschleichen und Elizabeth verletzen können, ohne dass die Übrigen in ihrer Reihe was bemerkt haben?«

»Nein!«, sagte ich. »Nicht alle standen in Reihen.« Als ich aufblickte, nickte Daisy zustimmend.

»Watson hat völlig recht«, sagte sie zu den anderen. »Alle waren aufgereiht – abgesehen von den Fünf. Sie hielten sich hinter uns auf, zwischen Feuer und Pavillon, und neben Elizabeth. Jeweils eine von ihnen sollte sich um das Lagerfeuer kümmern und sie haben sich andauernd abgewechselt. Jede, die nicht gerade Feuerdienst hatte, hätte die perfekte Gelegenheit zur Tat gehabt.«

»Aber sie waren doch Freundinnen!« Küken keuchte. »Das ist abscheulich!«

»Nicht jeder mag seine Freundinnen so sehr wie du, Küks«, sagte Kitty und stieß sie an.

»Stimmt«, meinte Lavinia. »Von euch mag ich *keine*.«

»Klappe, Lavinia«, sagte Kitty.

»Sie waren nicht ihre Freundinnen!«, sage Daisy. »Sie fanden sie genauso schlimm wie der Rest von uns. Ich habe sie beobachtet: Elizabeth hat sie schrecklich behandelt, kein Stück besser als uns. Immerhin hat sie sie gezwungen, alles zu tun, was sie ihnen aufgetragen hat! Ich kann mir gut vorstellen, dass jede von ihnen sie gerne umgebracht hätte.«

Genau das hatte ich mir ebenfalls schon gedacht, aber es auf diese Art erklärt zu bekommen, ließ mich auf einmal einsehen, wie vertraut das klang: *sie hat sie gezwungen, alles zu tun, was sie ihnen aufgetragen hat*. Ich – wir – waren ebenso Sklaven von Daisys Launen. Daisys Meinung nach ist sie ganz anders als Elizabeth und alles, was *sie* uns aufträgt, ist vernünftig und gut, aber stimmt das? Die Welt ist nicht so schwarz und weiß, wie Daisy sie gerne hätte, aber das will sie einfach nicht einsehen.

»Wir haben gesehen, wie Margaret und Elizabeth neben dem Lagerfeuer gestritten haben«, sagte ich. »Vielleicht ist das wichtig?«

»Absolut!«, antwortete Daisy. »Und die anderen haben sich ebenfalls komisch benommen. Schon *bevor* Elizabeth tot war, wirkten sie total vor den Kopf gestoßen.«

»Dann glauben wir also wirklich, dass eine der Fünf es war?«, fragte ich.

»Ja!«, bestätigte Daisy. »Wir müssen nur noch herausfinden, *warum* – und davon ausgehend, *wer*.«

»Wie sollen wir das anstellen?«, wollte Lavinia höhnisch wissen. Es war deutlich, dass sie von der Detektei noch nicht so ganz überzeugt war.

»Ooooh, wir müssen nach Motiven forschen, nach Hinweisen und Alibis!«, erklärte Küken begeistert.

Daisy nickte. »Exakt. Morgen in der Schule müssen wir von den anderen Mädchen Informationen einholen. Jede könnte etwas Wichtiges beobachtet haben. Wisst ihr noch, was wir immer sagen?«

»Ja!«, antwortete Küken. »*Ständige Wachsamkeit*. Oh, hurra!«

Schlachtplan

1. Beweisen, dass der Rechen absichtlich platziert wurde und es eigentlich Mord war.
2. Hinweise zu unseren fünf Verdächtigen sammeln: ihre Motive aufdecken und herausfinden, ob sie für die Dauer des Feuerwerks (zehn Minuten) ein Alibi haben.
3. Nach Spuren suchen.

Liste der Verdächtigen

1. *Una Dichmann.* Hielt sich in der Nähe des Lagerfeuers auf, als Elizabeth getötet wurde.
2. *Florence Hamersley.* Hielt sich in der Nähe des Lagerfeuers auf, als Elizabeth getötet wurde.
3. *Lettice Prestwich.* Hielt sich in der Nähe des Lagerfeuers auf, als Elizabeth getötet wurde.

4. *Enid Gaines.* Hielt sich in der Nähe des Lagerfeuers auf, als Elizabeth getötet wurde.
5. *Margaret Dolliswood.* Hielt sich in der Nähe des Lagerfeuers auf, als Elizabeth getötet wurde. Daisy Wells und Hazel Wong beobachteten vor dem Feuerwerk einen Streit zwischen ihr und Elizabeth.

13

Wir kletterten ins Bett und Lavinia schaltete das Licht aus. Ich hörte die Hausmutter laut um Ruhe bitten, weil man sich in sämtlichen anderen Schlafsälen tuschelnd den Kopf über Elizabeths Tod zerbrach. Die gewöhnlichen Geräusche des Wohnheims waren lauter als sonst – an diesem Abend war wirklich alles sehr merkwürdig.

Auch auf die Laute in unserem eigenen Zimmer lauschte ich: Küken kroch in Kittys Bett und die beiden unterhielten sich leise. Lavinia schnarchte trotzig, um zu zeigen, dass es ihr rein gar nichts ausmachte, von den beiden außen vor gelassen zu werden. Daisy war mucksmäuschenstill – mir war klar, dass sie sich die Ereignisse des Abends wie in einer Endlosschleife durch den Kopf gehen ließ. Ich wollte ebenfalls noch etwas erledigen, was jedoch überhaupt nichts mit Daisy zu tun hatte. Es war an der Zeit, meinen Brief zu lesen.

Ich rollte mich auf den Bauch und zog die Bettdecke über den Kopf. In der warmen, stickigen Deckenluft konnte ich meinen Brief endlich auffalten. Ich zog meine kleine Taschenlampe unter dem Kissen hervor und passte auf, dass kein

Licht nach draußen drang. Dann hielt ich sie so nah wie möglich ans Papier. Die Nachricht auf der Vorderseite war mehr als langweilig.

Liebe Cousine,
ich hoffe, es geht dir gut. Ich bin ebenfalls wohlauf. Bei uns hat es die ganze Woche über Grießbrei gegeben, außerdem haben wir einen Aufsatz über die Französische Revolution geschrieben. Georgina lässt dich grüßen. Wie geht es Daisy?
Herzlich,
Alexandra

Allerdings war mir die Nachricht auf der Vorderseite egal. Ich drehte das Blatt um und musste lächeln. Eine Taschenlampe, selbst eine kleine, verströmt überraschend viel Hitze, und auf der zuvor sauberen Rückseite des Briefs waren hauchdünne bräunliche Wörter erschienen.

alloHay. azelHay! angweiligeLay ocheWay. irWay östenlay

Es sah wie Kauderwelsch aus, aber ich kannte natürlich den Trick dabei. Es war Schweinelatein – man schob den ersten Buchstaben von jedem Wort an sein Ende und fügte dann »ay« hinzu. Übersetzt stand da:

Weston-Schule, Montag, 4. November

Hallo, Hazel!

Langweilige Woche. Wir lösten das Geheimnis des verschwundenen Frettchens (es war in Jenkins Knabbertruhe und ziemlich glücklich da drin) und der kleine Hendricks verputzte drei Nachtische hintereinander, bis ihm schlecht wurde. Ich hab die Antwort auf das letzte Rätsel herausgefunden, das du geschickt hast – es ist 42. Hast du irgendwas Ordentliches zum Ermitteln aufgetan? Falls nicht, habe ich ein Rätsel für dich: Sophies Mutter hat vier Kinder. Das erste heißt April, das zweite Mai und das dritte Juni. Wie heißt das vierte Kind? George lässt dich grüßen – das Rätsel stammt von ihm. Wie geht's Daisy?

Alexander

Mit wild klopfendem Herzen und vor Aufregung prickelnden Fingern las ich – bis ich zur letzten Zeile kam und einen unglücklichen Stich spürte. *Wie geht's Daisy?* Ich rief mir in Erinnerung, dass Alexander ein durch und durch höflicher und netter Mensch ist. Es war nur normal, dass er sich nicht nur nach mir, sondern auch nach Daisy erkundigte. Alexander und Daisy hatten sich zur selben Zeit kennengelernt wie er und ich, vergangenen Sommer im Orientexpress. Wir hatten zu dritt zusammengearbeitet, um einen höchst unschönen Mord aufzuklären – und das gehört zu der Sorte Erfahrung, die man nicht vergisst.

Ich stelle mir Alexander und seinen besten Freund, George, das andere Mitglied seiner Detektei, den Junior Pinkertons (George habe ich nie getroffen, aber ich denke, er ist wie Alexander, nur herrischer), gerne an ihrer Schule vor. In meiner Vorstellung ist es dort wie an der Deepdean, nur voller Jungen statt Mädchen, die das gleiche schwere Essen essen und auf derselben Art von Spielfeldern herumrennen wie wir. Bevor ich Alexander kennengelernt habe, dachte ich immer, dass Jungs im Innern völlig anders sind als Mädchen, wie eine ganz verschiedene Spezies, aber nun habe ich eingesehen, dass das nicht stimmt.

So gerne hätte ich Alexander erzählt, was eben passiert war, aber ich konnte nicht vergessen, dass Daisy mich hatte schwören lassen, nicht über den Fall zu reden. Würde ich ihr nicht gehorchen, wäre sie schrecklich wütend, das war mir klar. Trotzdem wollte ich es tun. Alexander hatte uns schon einmal geholfen, und vielleicht könnte er es auch diesmal. Ich wälzte die Frage immer wieder hin und her, den Stift reglos in meiner Hand – und schließlich fällte ich mit einem Anflug von Schuldgefühlen eine Entscheidung. Es ging *sie* nichts an, mit wem ich sonst noch befreundet war. Ich konnte meine eigenen Entscheidungen treffen, dachte ich, und wenn ich eine weitere Detektei ins Spiel bringen wollte, konnte sie nichts dagegen unternehmen.

Ich blätterte eine leere Seite im Fallbuch auf und holte meinen geheimen Federhalter heraus, denjenigen, der mit Zitronensaft gefüllt war. Ich würde den Brief nun schreiben und gleich am nächsten Morgen verschicken.

Deepdean-Internat, Dienstag, 5. November

Lieber Alexander,

du errätst nie, was passiert ist – oder vielleicht doch, weil ich glaube, dass du damals recht hattest, als du meintest, dass uns die Rätsel regelrecht verfolgen. Es hat schon wieder einen Mord an unserer Schule gegeben. Oder zumindest ist jemand gestorben.

Die Fakten in diesem Fall sind Folgende: Die neue Schülersprecherin – die schreckliche, von der ich dir erzählt habe – wurde nach dem Feuerwerk unserer Guy-Fawkes-Feier nahe dem Lagerfeuer gefunden, mit eingeschlagenem Schädel und neben einem Rechen. Es sah wie ein Unfall aus – trotzdem glauben wir, dass es das ganz und gar nicht war. Die Erwachsenen sind davon überzeugt, dass unser Hausmeister, Jones, den Rechen dort liegen gelassen hat und Elizabeth aus Versehen draufgetreten ist. Wir sind anderer Meinung – wir denken, dass jemand sie mit Absicht erschlagen hat. Du musst wissen, jeder hat Elizabeth gehasst – also hätte jeder an der Deepdean ein Motiv gehabt, sie zu ermorden.

Aber jetzt kommt das Interessante: Fast keine von uns oder den Lehrerinnen kann es getan haben. Alle Mädchen standen nach Jahrgängen geordnet auf dem Spielfeld in Reihen und sahen sich das Feuerwerk an. Und die Lehrerinnen standen gemeinsam mit Jones vor uns, wo jeder sie sehen konnte. Keiner hätte sich aus seiner Reihe lösen können, ohne dass es aufgefallen wäre.

Die Einzigen – die einzigen Mädchen –, die nicht von allen beobachtet werden konnten, waren die fünf Aufsichtsschülerinnen. Sie hielten sich hinter uns auf, nahe Elizabeth. Sie sollten sich um das Feuer kümmern und uns im Auge behalten, aber jede von ihnen hätte sich zu Elizabeth schleichen können (es war ziemlich dunkel, abgesehen von dem Feuerschein), um sie zu töten. Es ist schrecklich, weil die Fünf angeblich ihre besten Freundinnen waren – doch jetzt, da Elizabeth tot ist, benimmt sich keine von ihnen so, als wäre sie traurig darüber. Genau genommen verhalten sie sich alle furchtbar verdächtig.

Verstehst du, warum ich denke, dass wir ein neues Rätsel zu lösen haben? Die anderen Mädchen aus unserem Schlafsaal – Kitty, Küken und Lavinia – werden mir und Daisy helfen, aber ~~ich wünschte~~ es wäre nützlich, in diesem Fall auch die Unterstützung der Junior Pinkertons zu haben. Werden du und George uns helfen?

Frag, was du möchtest, und ich werde versuchen, dir eine Antwort zu geben.

Hazel

PS: Natürlich Sophie.

Sobald ich sie aufs Papier gebracht hatte, verschwanden die Wörter, daher konnte ich nicht sehen, was ich geschrieben hatte. Trotzdem fühlte ich mich besser als den ganzen Abend über. Ich hatte mich einfach so in den Fall hineingedacht. Alexander davon zu erzählen, hatte daraus eins unserer Logikrätsel gemacht. Ich stellte mir vor, wie er beim Lesen die Stirn runzelte, sich seine zu kurzen Ärmel über die Handgelenke zog, und ertappte mich beim Lächeln.

Dann schaltete ich meine Taschenlampe aus und legte mich hin, die Wange auf dem Papier von Alexanders Nachricht.

• TEIL ZWEI •

Ständige Wachsamkeit

1

Als am nächsten Morgen die Glocke läutete, blinzelte ich und vergaß kurz, was in der Nacht zuvor passiert war. Das vertraute mulmige Gefühl legte sich auf meine Brust – und schlagartig fiel es mir wieder ein, nur um gleich darauf durch etwas anderes ersetzt zu werden. Elizabeth war *fort*. Elizabeth war *tot*. Und es könnte Mord gewesen sein.

Auf dem Weg zum Frühstück sah ich, wie Küken rot wurde. Sie war merklich nervös wegen der Ermittlungen. Als Daisy ihren Blick kreuzte, wurde Küken sogar noch röter und senkte den Kopf.

Beim Frühstück war der Raum wie zu erwarten voller Getuschel über Elizabeths Tod. Zuerst fand das Gemurmel noch hinter vorgehaltener Hand statt, da die Fünf von ihren Plätzen am Kopf jedes Tisches aus alle vernichtend anstierten und versuchten, die Kontrolle, die sie am Abend zuvor verloren hatten, wiederzuerlangen. Ich glaube, wir waren alle so sehr daran gewöhnt, ruhig und verängstigt zu sein, dass wir kaum glauben konnten, dass sich etwas verändert hatte. Doch plötzlich lachte jemand, noch dazu ziemlich unverschämt. Wir erstarrten und warteten darauf, dass es Strafen hageln würde – doch nichts geschah. Ein zweites Lachen ertönte, ein prüfendes, und wieder passierte nichts.

Ich beobachtete die Fünf genauer und bemerkte, dass die Angst und Verwirrung von gestern noch immer da waren, sogar schlimmer, auch wenn sie versuchten, es zu überspielen. Florence, die am Kopf der Neuntklässler-Tafel saß, trommelte mit den Fingern auf der Tischplatte. Una polierte dermaßen heftig ihre Nägel, dass ich schon dachte, sie würden sich gleich in Luft auflösen. Margaret kniff sich so kräftig in den Oberschenkel, dass es mit Sicherheit einen blauen Fleck hinterließ, und Enid hatte die Nase zwar die ganze Zeit in ein Übungsheft gesteckt, blätterte aber keine einzige Seite weiter. Lettice, am Kopfende unseres Tisches, zerpflückte blass und angespannt ein winziges Stück Toast auf ihrem Teller zu immer kleineren Stücken. Dabei nahm sie nie auch nur einen Bissen, während sie normalerweise wenigstens so tat, als ob. Die Fünf waren verändert und die anderen Mädchen merkten es. Sie wurden immer wagemutiger, bis die Unterhaltungen schließlich beinahe zum Gebrüll wurden.

Ich schaute zu Daisy und wechselte einen Blick mit ihr. Sie zwinkerte sehr vorsichtig und ich lächelte sie an. Uns gegenüber flüsterten Rose und Jose Pritchett aus dem anderen Schlafsaal mit Clementine. »Das fällt ganz bestimmt aus! Du bist vollkommen sicher!«, wisperte Clementine. Ich wusste gleich, dass sie mit Jose redete, die für heute Mittag von Una Strafarbeit aufgebrummt bekommen hatte, weil sie vergangene Woche vergessen hatte, Unas Mantel für sie abzuholen. Heute war Una bestimmt zu abgelenkt, um sich darum noch zu scheren – in einem kurzen Moment hatten die Ereignisse letzter Nacht die ganze Schule auf den Kopf gestellt.

Ich war vor Freude ganz kribblig, nicht nur weil die Fünf ihre Macht verloren, sondern weil uns ein neuer Fall bevorstand. Während wir gemeinsam zur Schule liefen, fühlte ich mich wieder so hoch konzentriert wie am Vorabend. Ich sah einfach alles: sämtliche tuschelnden Grüppchen und jeden verstohlenen Blick, den man den Fünf zuwarf. Die Welt schien vor nervöser Energie zu knistern und unsere Schule wirkte überdreht, als wäre ein geheimer Feiertag. Lavinia kickte Kitty ein paar Blätter ins Gesicht und Kitty quietschte wie ein Shrimp, wirbelte herum und schleuderte ihrerseits Lavinia eine Handvoll ins Gesicht (die meisten gingen daneben und trafen dafür Küken). Ich warf meinen Brief ein, so unauffällig wie möglich, und ich glaube, ich bin damit durchgekommen, denn Daisy war damit beschäftigt, Kitty, Küken und Lavinia zu beobachten.

Wir nahmen den Eingang zum Altbau, der voller Kreischen und Lachen war. Doch der Spaß hatte einen hässlichen Beigeschmack. Elizabeth war nicht da, um uns niederzumachen, weil Elizabeth *tot* war. Ich merkte allen an, dass sie sich fragten, wer diesmal verantwortlich war und ob ihnen hinter der nächsten Ecke Gefahr drohen könnte – oder sogar in ihrem eigenen Schlafsaal. Als Miss Lappet vorbeilief, wich eine Gruppe Neuntklässler vor ihr zurück, und als Miss Runcible in unser Klassenzimmer gestürmt kam, um die Anwesenheitsliste durchzugehen, wurde sogar mir einen Augenblick lang mulmig. Es kostete einiges an Anstrengung, nicht zu vergessen, dass die Lehrerinnen dieses Mal nicht unsere Feinde waren. Diesen Mord konnte keine von ihnen begangen haben, sie hatten nicht einmal ein Motiv.

Für die Erwachsenen war Elizabeth eine gute Schülersprecherin gewesen. Nur wir kannten die Wahrheit. Nein, diesmal war der Täter eine der Großen – die Fünf waren es, die wir im Auge behalten mussten.

2

Bei der Andacht stand Miss Barnard zur Ansprache auf, obwohl sie an diesem Tag gar nicht an der Reihe war. »Mädchen«, fing sie an und jeder wurde ganz still, als hätte der Saal selbst die Luft angehalten und wartete gespannt darauf, ausatmen zu können. »Mädchen, ich muss euch leider mitteilen, dass nach dem Unfall von gestern Abend die Versuche, Elizabeth Hurst wiederzubeleben, ohne Erfolg blieben. Sie ist verstorben. Ich weiß, dass ihr alle davon schwer getroffen seid – bitte, bewahrt Ruhe, Mädchen, lasst mich zu Ende sprechen –, aber ich will euch versichern, dass es *wirklich* nicht mehr als ein höchst bedauernswerter Unfall war, anders als … nun. Ihr dürft euch keine Sorgen machen, ihr seid alle vollkommen in Sicherheit. Zu gegebener Zeit werden wir für Elizabeth einen Gedenkgottesdienst abhalten und ich muss euch bitten, Rücksicht auf die Gefühle derer zu nehmen, die ihr nahestanden.«

Selbstverständlich war das eine Einladung für alle, abermals zu den Fünf zu blicken. Die hatten den Blick starr geradeaus gerichtet. Una und Lettice tupften sich sogar mit ihren Taschentüchern die Augen ab. Sie gaben sich große Mühe, allen etwas vorzumachen – einem Erwachsenen mögen sie tatsächlich wie die durch und durch guten Aufsichtsschülerinnen vorgekommen sein, die sie eigentlich sein sollten. Doch ich sah deutlich, dass diese Augen trocken waren, und spürte, wie hinter ihrem feierlichen Ernst ganz andere Gefühle brodelten, wie Gelächter, das sie sich nicht ganz verkneifen konnten. Daisy stieß angesichts dieser Heuchelei leise ein verächtliches Schnauben aus, das sie hinter vorgehaltener Hand als Niesen tarnte – ich stieß sie mit dem Schuh an.

»Aus Respekt vor Elizabeth wird das Spielfeld bis auf Weiteres gesperrt. Nun denn – ich erwarte von euch, dass ihr euch die kommenden Tage über anständig benehmt, wie es sich für Deepdean-Mädchen ziemt«, fuhr Miss Barnard fort. »Verhaltet euch wie immer, gehorcht euren Lehrerinnen und Aufsichtsschülerinnen und helft uns, den Geist von Deepdean aufrecht und gesund zu erhalten. Was ich mir in den nächsten Tagen verbitte, sind törichte Gerüchte. Ich versichere euch, dass der einzige Verantwortliche für das, was Elizabeth zugestoßen ist, umgehend gemaßregelt, aber sonst nichts Weiteres veranlasst werden wird. Ich hoffe, ich habe mich deutlich ausgedrückt.«

Mir wurde das Herz schwer. Was sollte das heißen, *der einzige Verantwortliche*? Es konnte ja wohl nur von einem die Rede sein: Jones. Ich schaute zu Daisy und entdeckte die Falte über ihrer Nase. Daisy hatte genau das Gleiche gedacht, und auch ihr gefiel es nicht.

Dann dröhnte die Orgel, gespielt von Pastor MacLean, los und wir alle griffen recht planlos nach unseren Gesangbüchern und begannen zu singen.

»Hör auf, so zu zappeln«, fuhr Daisy Küken an. »Du verrätst uns noch!«

»Aber was hat Miss Barnard nur gemeint?«, flüsterte Küken. »Es war kein Unfall, es war M–«

»Psst!«, keuchte Daisy. »Ich weiß! Aber das hatten wir doch schon – *sie* weiß es nicht. Sie kann sich beim besten Willen nicht vorstellen, dass ihre Schülersprecherin von einer anderen Schülerin ermordet wurde.«

Wie immer hatte Daisy recht. Das passte alles zu dem, was ich ebenfalls beobachtet hatte: dass Erwachsene einfach nicht einsehen, was zwischen uns tatsächlich vorgeht.

Sie haben vergessen, wie schwer es ist, wenn man jung ist.

»Du glaubst ... sie gibt Jones die Schuld?«, fragte ich, während die brummende Orgel meine Stimme übertönte. »Ähm ... *Über Englands grüne Berge gewandelt.*«

»Hmpf!«, meinte Daisy. »Lass sie nur! Himmel – das ist ungerecht! Doch die Detektei Wells & Wong sieht nicht tatenlos zu und lässt Ungerechtigkeit geschehen ... *Laaaamm Gottes, auf Englands* – Oh, Elizabeth schafft es noch immer, alles zu vergiften, sogar aus dem Grab heraus. Ich – wir – müssen einfach herausfinden, was genau ihr zugestoßen ist, dann können wir Jones retten.«

»Aber was, wenn wir das nicht schaffen?«, gab Kitty zu bedenken. »Miss Barnard ist eine Erwachsene. Sie kann tun, was sie will – *lieblichen Auen geseeeeehen.*«

»Detektivinnen«, sagte Daisy mit tiefblau strahlenden Augen. »So eine Einstellung ist inakzeptabel. *Bringt mir meinen Speer!* Hazel und ich haben *drei* Morde aufgeklärt, was genau drei mehr sind als die meisten Erwachsenen je zustande bringen. Wir schaffen alles, solange wir es uns fest vornehmen.«

»*Bringt mir meinen Streitwagen aus Feuer!* Ich denke ja nur praktisch«, meinte Kitty.

»Genau wie ich«, entgegnete Daisy finster. »*Noch soll das Schwert ruhen in meiner Hand!* Wir müssen auf der Stelle zu Jones und mit ihm reden. Das ist lebenswichtig!«

»Na schön«, sagte ich. »Wir stehen hinter dir! *Englands grünem und lieblichem Laaaand.*«

»Hm«, machte Daisy und ich spürte ihren Blick auf mir, als wäre ich ein kleines zappelndes Tier unter einem Mikroskop in Biologie. »Bist du sicher, Hazel?«

»Natürlich bin ich sicher!«, antwortete ich. »Gleich nach der Andacht geht es los! Wir kommen alle mit!«

»Alle zusammen!«, bekräftigte Küken.

»Alle zusammen«, seufzte Kitty.

»Von mir aus«, grummelte Lavinia. Dann war die Hymne zu Ende.

3

Gleich nach der Andacht strömten sämtliche Schülerinnen aus der Aula und wir huschten, angeführt von Daisy, mit eingezogenen Köpfen von einer Klassengruppe zur nächsten, um Jones zu finden. Wir wollten zum Nordhof, mussten aber gar nicht so weit – im Bibliotheksflur trafen wir bereits auf ihn. Wie gewohnt trug er seinen alten schmutzigen Arbeitsanzug, nur der finstere Ausdruck in seinem faltigen Gesicht war ungewohnt schwer und das Schielen seines rechten Auges war schlimmer denn je. Auf dem Rücken trug er einen Sack, im Arm ein zusammengerolltes Stück Zeltwand, und er hatte seinen Hut auf.

Daisy sah ihn blinzelnd an. »Jones!«, rief sie. »Wohin gehen Sie?«

»Fort, Miss Daisy«, antwortete er mit hängenden Schultern, während sein schielendes Auge betreten hin und her zuckte. »Anweisung der Direktorin.«

»Aber … das geht nicht!«, sagte Daisy schrill und scherte sich nicht darum, dass andere mithören konnten, obwohl wir mitten in einem Strom aus Schülerinnen standen und es ein schlimmer Verstoß gegen Deepdean-Etikette war, so vertraut mit dem Hausmeister zu reden. »Es war nicht Ihre Schuld, dass der Rechen dort lag!«

»War es leider doch«, sagte Jones.

Küken keuchte. Auch ich war bestürzt, als hätte man mir den Boden unter den Füßen weggezogen. Gab Jones etwa zu, dass es doch sein Fehler gewesen war? *War* Elizabeths Tod am Ende nur ein Unfall gewesen und hatten wir uns den Mord lediglich eingebildet?

»Ich kann mich nicht erinnern, den Rechen dort liegen gelassen zu haben«, fuhr Jones traurig fort. »Ich habe damit gestern Nachmittag ein paar Blätter vom Spielfeld geharkt und könnte schwören, dass ich ihn gegen den Pavillon gelehnt habe, bevor Sie alle gekommen sind. Aber dann lag er da, neben Miss Elizabeth. Wahrscheinlich ist bei mir allmählich 'ne Schraube locker, und für bekloppte Hausmeister ist an der Deepdean kein Platz, nich' wahr? Wie Miss B sagt, vielleicht sollte ich mich von euch Kindern fernhalten. Also habe ich zugestimmt, still und leise das Feld zu räumen. Nichts für ungut.«

»Nichts für ungut!«, schrie Daisy. »Aber … Jones –«

»Aber, aber, Miss Daisy, jetzt machen Sie sich mal keine Sorgen«, meinte Jones. »Sie werden nicht mal merken, dass ich weg bin. Es ist nett von Ihnen, so zu tun, als wär's anders, aber ich muss jetzt weiter. Miss Daisy. Mädchen. Äh.« Er lupfte vor Daisy den Hut, nickte Kitty, Küken und Lavinia zu und starrte verlegen auf mein Ohr, bevor er den Gang hinunterlief, Richtung Altbau, dem Ausgang aus der Deepdean entgegen.

Zurück blieb Daisy, der vor Schock der Mund offen stand. Ausnahmsweise einmal verbarg sie das nicht einmal. Jones war ihr wichtig, sowohl als Teil der Deepdean als auch (das weiß ich, obwohl sie es nie ausgesprochen hat) als Mensch.

»Das ist grauenvoll!«, platzte sie heraus. »Das … das ist nicht in Ordnung! Es war nicht seine Schuld – wie kann man ihn dafür bestrafen?!«

»Daisy, hast du am Ende etwa doch ein Herz?«, stichelte Kitty.

»Ich habe ein Gewissen und für dich sollte das Gleiche gelten«, konterte Daisy.

»Aber wenn er den Rechen nicht weggenommen hat«, sagte ich, weil ich es mir nicht verkneifen konnte, »und er wirklich noch, wie er behauptet, am Pavillon lehnte, dann –«

»War es der Mörder, der ihn genommen hat!«, beendete Daisy triumphierend meinen Satz. »Wieder deutet alles auf die Fünf! Sie liefen zwischen dem Pavillon, wo das Feuerholz aufgeschichtet war, und dem Lagerfeuer hin und her, den ganzen Abend lang, um es in Gang zu halten. Jede von ihnen hätte den Rechen zusammen mit einer Ladung Scheite holen und Elizabeth damit niedergeschlagen können. Niemand sonst hätte ihn unbemerkt durch die Gegend tragen können, und wir wissen, *dass* es nicht bemerkt wurde, weil keiner erwähnte, ihn an irgendeinem komischen Ort gesehen zu haben, bevor man ihn neben Elizabeth fand. Das passt! Es muss eine von ihnen gewesen sein!« Wir grinsten uns an. »Aber – oh, wie abscheulich! Indem sie den Rechen und nicht einfach nur ein Stück Holz genommen hat, muss der Täterin klar gewesen sein, dass man Jones beschuldigen würde. Das war Absicht – um ihn reinzulegen!«

»Oh nein!« Küken war entsetzt. »Würde das wirklich jemand machen?«

»Dieser jemand hat einen Menschen getötet, Küks«, sagte Kitty. »Einem anderen dafür die Schuld in die Schuhe zu schieben, ist nicht mal halb so schlimm.«

War es aber doch, fand ich. Himmel, Jones hätte dafür ins Gefängnis wandern können. Es war widerlich. Dieser Mörder, wer er auch sein mochte, war tatsächlich ein Scheusal. Wir mussten ihn erwischen – es war unsere Pflicht.

»Jetzt –«, setzte Daisy an.

Plötzlich kam Una in den Flur, am Ende eines Grüppchens Siebtklässler-Shrimps. »Ihr da!«, fuhr sie uns an. »Zehntklässler! Was habt ihr außerhalb eurer Jahrgangsgruppe zu suchen? Schert euch sofort zurück, sonst setzt es eine Strafe!«

Wir zuckten zusammen. Doch dann schüttelte Lavinia sich die Haare in den Nacken und funkelte Una an. »Nein«, sagte sie.

Diesmal verschlug es Kitty die Sprache.

»Lavinia!«, sagte Daisy empört.

Una wurde hochrot. »Wie kannst du es wagen! Hast du denn keinen Funken Respekt?«

»Hast *du* welchen?«, fragte Lavinia frech. »Elizabeth Hurst ist tot. Du kannst uns nicht bestrafen. Du solltest um sie trauern.«

Einen Moment lang dachte ich, Una würde sie ohrfeigen. Sie ging einen Schritt zurück, das ganze Gesicht heiß vor Wut und den Mund aufgerissen. »Ich –«, sagte sie. »Ich … In euer Klassenzimmer, sofort! Los jetzt! Los!«

Zu fünft drehten wir uns um und – nein, wir rannten nicht, denn das hätte gegen die Deepdean-Etikette verstoßen. Aber wir liefen, so schnell wir konnten, fort von Una. Ich zitterte am ganzen Leib und Küken stieß leise wimmernde Laute aus.

»Lavinia!«, keuchte Kitty, sobald wir genug Abstand gewonnen hatten. »Was ist nur in dich gefahren?«

»Tja, warum *sollten* wir ihnen denn länger gehorchen?«, fragte Lavinia und reckte das Kinn vor. »Egal, ob ich glaube, dass eine von ihnen Elizabeth getötet hat, alles ist jetzt anders. Spürt ihr das nicht?«

Ich wusste, wovon sie sprach. Die Dinge an der Deepdean *hatten* sich verändert. Sämtliche Regeln waren aufgeweicht und die Kräfte hatten sich verschoben. Elizabeth Hursts Herrschaft war vorbei und keiner wusste, was als Nächstes geschehen würde.

»Tja, es war sehr frech von dir«, sagte Daisy stirnrunzelnd. »Aber hört zu, das wirklich Wichtige hier ist Jones. Ihr habt ihn gesehen. Er wird für sich selbst nicht einstehen, und das bedeutet, dass wir für ihn kämpfen müssen. Wir müssen!«

»Werden wir!«, sagte ich, um sie zu trösten, weil sie ehrlich traurig wirkte. »Wir sind die Detektei Wells & Wong. Und genau das ist unsere Aufgabe.«

4

In der Süßen Pause (Zitronenkuchen, der himmlisch war) wurde überall auf dem Hof über Jones getratscht.

»Jones ist gegangen!«, sagte Clementine, während wir dicht zusammengedrängt und trotzdem schlotternd auf dem Rasen im Nordhof standen und den schweren grauen Himmel betrachteten.

»Wissen wir«, sagte Daisy kurz angebunden.

»Weil nämlich er verantwortlich für den Unfall war«, redete Clementine weiter, die fast platzte, so sehr brannte sie darauf, ihre Neuigkeiten loszuwerden. »Ihr habt Miss Barnard gehört. Er hat den Rechen liegen lassen, auf den Elizabeth getreten ist.«

Mir wurde eiskalt ums Herz. Es stimmte. Der arme Jones wurde wirklich als Sündenbock hingestellt.

Daisys Hände lagen verkrampft auf ihrem Rock. Zum ersten Mal hatte sie tatsächlich Mühe, nicht die Kontrolle zu verlieren. »Das ist nicht in Ordnung!«, sagte sie schließlich. »Jones gehört an die Deepdean.«

»Pah!«, meinte Clementine. »Es ist ja nicht so, als wäre er einer von *uns*.« Damit lief sie davon.

»Oh, wie scheußlich!«, schimpfte Küken, die ziemlich blass geworden war. Ich weiß nicht, ob sie Jones' Kündigung oder Clementines Arroganz meinte – beides hätte ich verstanden.

»Das ist nicht nur scheußlich!«, sagte Daisy. »Es ist … oh, es ist unerträglich.« Dann sah sie mir direkt ins Gesicht. So blau und so verzweifelt habe ich ihre Augen nur ein einziges Mal erlebt: vergangenes Frühjahr auf Fallingford.

Ich öffnete den Mund, doch dann ertönte vom anderen Ende des Rasens her ein schriller Schrei. Eine Achtklässlerin, Daisys kleine Informantin, Betsy North, wedelte mit etwas – einem Blatt Papier – in der Luft. »Hört euch das an!«, rief sie. »Oh, hört euch an, was ich gefunden habe!«

Der ganze Hof drehte sich zu ihr um. Ich schaute zu Daisy und merke, dass ihre Schultern sich anspannten.

»*Astrid Frith färbt sich die Haare!*«, las Betsy aufgeregt vor. »*In Wahrheit ist sie gar nicht blond.*«

Keuchen ertönte. Alle sahen zur Gruppe der Großen, die sich an der Tür zum Bibliotheksflur aufgestellt hatte, damit keiner von uns vor dem Ende der Pause rein konnte – darunter auch Astrid. Ihr Haar strahlte, hellblond. Stimmte es?

Doch Betsy war noch nicht fertig. »Und auf der anderen Seite von dem Blatt steht mehr!«, schrie sie. »Das ist sogar noch besser! *Pippa Daventrys Eltern sind nicht verheiratet. Die erste Frau ihres Vaters lebt in Australien!*« Ihre Freundinnen quietschten und staunten, doch um sie herum war es gefährlich still auf dem Rasen geworden. Hoch oben in den Bäumen hörte ich eine Krähe krächzen und in der Ferne Regen. Pippa Daventry, auch eine der Großen, wandte sich kopfschüttelnd von ihren Freunden ab. »Das ist nicht wahr!«, sagte sie. »Daddy würde so was nie tun!«

»Das über mich stimmt auch nicht!«, rief Astrid verzweifelt. »Das ist alles Natur. Ich würde niemals –«

Daisy trat in Aktion. Sie marschierte über den Rasen auf die Achtklässler zu, die ziemlich ins Stolpern gerieten und lange Gesichter zogen, als Daisy sie erreichte. Betsy wurde nervös.

»Gib das her!«, verlangte Daisy.

Betsy hielt es hoch, trotzdem überließ sie es Daisy nicht sofort. »Jemand hat einen Zettel verloren«, sagte sie. »Ich hab ihn am Rand der Wiese gefunden, da drüben. Ich lese nur vor, was drauf steht – sonst hab ich damit nichts zu tun!«

»Sei kein Dummkopf«, sagte Daisy. »Jetzt gib ihn mir.«

Eine Pause entstand, dann machte Betsy ein finsteres Gesicht und drückte Daisy das Blatt in die Hand.

»Danke«, wandte Daisy sich eisig an Betsy und stopfte es in ihren Ranzen.

»Kommt!«, sagte Kitty zu uns und eilte zu Daisy. Die übrigen Schülerinnen beobachteten das Geschehen fasziniert. Als Daisy sich zu uns umdrehte, war ihre Miene gefasst, doch ihre Finger hatten sich wie ein Schraubstock um ihre Schultasche geschlossen.

»Was ist das?«, fragte Kitty.

»Sag ich euch später!«, antwortet Daisy schroff. Das überraschte mich. Wollte sie uns hinhalten? War es möglich, dass sie gar nicht wusste, was man ihr da gerade ausgehändigt hatte? Daisy weiß gerne über alles, was an der Deepdean vor sich geht, Bescheid. Darauf ist sie sehr stolz – daher ist es mehr als ungewöhnlich, wenn sie einmal über eine Überraschung stolpert.

»Also so was!«, beschwerte Betsy sich. »Das ist unfair. Ich hab es gefunden. Ich will es wiederhaben!«

»Nein!«, entgegnete Daisy. Es läutete. »Geh zum Unterricht! Die Pause ist vorbei.«

»Aber was hat der Zettel zu bedeuten?«, fragte Küken noch einmal. »Ich verstehe das nicht.«

»Genau wie Daisy«, meinte Lavinia.

Der Blick, den Daisy ihr zuwarf, war blanke Wut.

»Oje!«, sagte Kitty. »Beeilt euch, Pippa kommt rüber!«

Pippa Daventry marschierte tatsächlich auf uns zu, und zwar ziemlich verärgert. Hätte es in diesem Moment nicht zum zweiten Mal geläutet und den Unterrichtsbeginn angekündigt, sodass wir eine Ausrede hatten, in den Bibliotheksflur zu stürmen, raus aus dem heftiger werdenden Regen, ich weiß nicht, was passiert wäre.

5

Die erste Stunde nach der Süßen Pause hatten wir Französisch. Daisy war rätselhafterweise abwesend. Sie hat einen Vorrat an Entschuldigungsschreiben von Lehrerinnen – für Notfälle –, und bevor sie davoneilte, hatte sie mir einen davon in die Hand gedrückt. Ich reichte ihn Mamzelle, die ihre Stunde im Glauben verbrachte, dass Daisy für Miss Morris, unser Fräulein für Kunst, eine wichtige Aufgabe erfüllte. Meiner Meinung nach hätte sich Daisy den Aufwand ebenso gut sparen können, denn Mamzelle war viel zu sehr mit dem beschäftigt, was Elizabeth zugestoßen war.

»Guten Morrrrgen, Mädchen«, sagte sie und rollte ihre Rs auf diese eigentümliche Art, die verriet, dass sie sich Sorgen machte. »Setzt euch, setzt euch, *s'il vous plaît*! Ruhe!«

Doch nach dem Vorfall in der Pause konnten wir nicht still sein.

Das Praktische an Mamzelle ist, dass sie weiß, wann sie verloren hat. Nachdem sie zehn Minuten lang vergeblich versucht hatte, in einem Raum voller aufgekratzter Mädchen, denen der Schreck über Elizabeth Hursts Tod und die geheimnisvollen Notizen in den Gliedern saß, das *passé composé* zu besprechen, zuckte sie mit den Schultern, schrieb mit Kreide *Verfasst einen Aufsatz über euer Wochenende* an die Tafel und setzte sich mit der letzten Ausgabe von *Weldons Journal für Ladys* ans Pult. Mir wurde ganz unheimlich zumute – denn natürlich erinnerte mich das an vergangenes Jahr, als Miss Bell starb und an Unterricht nicht mehr zu denken war. Und die Art, wie Mamzelle ihre Seiten umblätterte, verriet mir, dass es ihr ebenso ging.

Endlich ertönte der Gong und alle sprangen von ihren Stühlen. Ich wollte unbedingt wissen, wohin Daisy verschwunden war und was sie entdeckt hatte.

»Langsam, Mädchen! *Lentement!*«, rief Mamzelle, wurde aber ignoriert. Wir strömten in den Gang und ich reckte den Hals nach Daisy, konnte sie aber nirgends sehen. Dann, als sich von allen Seiten Schülerinnen an uns vorbeidrängten, hörten wir ein Kreischen. Zwei der Großen waren da, eine von ihnen weinte.

»Das ist Heather Montefiore!«, zischte Clementine. »Was ist da los?«

»Man hat noch einen Zettel gefunden!«, hörte ich eine Neuntklässlerin neben uns sagen. »Ganz bestimmt! Ooh!«

»Das ist gelogen!«, sagte Heather laut, als wir uns näherdrängten. »Es stimmt nicht!«

»Warum steht es dann auf dem Blatt hier?«, wollte ihre Freundin wissen. »Du hast mich angelogen!«

»Das … das war nur ein Missverständnis!«, rief Heather. »Das sagt jedenfalls Mami. Oh, so hör mir doch zu!«

»Dein Onkel ist in der Klappsmühle«, sagte ihre Freundin wütend. »Du hast mir erzählt, er sei ein Kriegsheld, dabei ist er in Wahrheit ein *Deserteur*. Das ist eine Schande! Dir glaub ich kein Wort mehr!«

Heather Montefiore ist nun nicht gerade die Netteste, vor allem nicht dieses Jahr, aber in diesem Augenblick, als ihre Freundin sich angewidert von ihr abwandte, tat sie mir schrecklich leid. Ich verstand noch immer nicht, woher diese Geheimnisse auf einmal kamen, aber mir war klar, dass es an der Deepdean von furchtbaren Dingen nur so wimmelte. Dinge, über die keiner sprach, die unter der Oberfläche des Lebens vor sich hin köchelten. Was ging hier vor? Warum kamen sie auf einmal ans Licht?

Ich drehte mich um, weil ich sehen wollte, was die anderen davon hielten, und entdeckte Daisy neben mir, als wäre sie nie woanders gewesen. Doch sie war blass geworden, sogar noch blasser als in der Süßen Pause. Nur an den obersten Enden ihrer Wangen war ein Hauch von Farbe übrig. Diesen

Ausdruck kannte ich – sie war so voller Zorn, dass es sie fast zerriss.

»Wie kann es jemand wagen, Geheimnisse so zu lüften?! Das ist grauenhaft! Geheimnisse sind ... wertvoll, man darf sie nicht so missbrauchen! Das ist einfach nicht in Ordnung! Kein Stück!«

Ich drückte ihre Hand und begriff, dass dies wahrscheinlich ihr schlimmster Albtraum war. Sie hält sich gerne für allmächtig und hat schreckliche Angst davor, dass sie trotz ihrer Strippenzieherei und all dem Informationen-Sammeln nicht alles unter Kontrolle hat.

»Wir finden es raus«, sagte ich. »Das schaffen wir doch immer. Vor allem finden wir heraus, wer dahinter steckt – wer diese Zettel geschrieben hat, meine ich.«

»Oh!«, sagte Daisy. »Zumindest das ist ja wohl kein Geheimnis. Da komme ich übrigens gerade her – ich hatte eine Theorie und ich lag richtig.«

»Was meinst du?«, fragte ich.

»Genau, was ich sage«, antwortete Daisy. »Ich habe das Blatt, das Betsy gefunden hat, mit einer Nachsitzen-Liste verglichen, die an einem der Schwarzen Bretter hängt – eine, die Elizabeth am Montag geschrieben hat. Die Schrift stimmt überein.«

»Du meinst, die Geheimnisse stammen von Elizabeth?« Ich riss den Mund auf.

»Von wem sonst? Ach, komm schon, Hazel. Ist das nicht offensichtlich?«

Fand ich nicht. Während wir zu Mathe liefen, überschlugen sich die Gedanken in meinem Kopf. Die Geheimnisse kamen von Elizabeth! Aber wenn jemand sie nun hatte und sie verbreitete, wie war er daran gekommen? Und – ein noch viel schlimmerer Gedanke – auf einmal war es, als wäre Elizabeth gar nicht gestorben. Sie konnte noch immer ihr Gift in der Schule verspritzen. Wir waren sie nicht los.

6

Daisy hatte sich in den Fall verbissen wie ein Hund in einen Knochen, das merkte ich deutlich (die ganze Mathestunde über träumte sie vor sich hin und beantwortete aus Versehen sämtliche Fragen in unserem Test richtig), und mir selbst ging es nicht anders. Mir war klar, dass wir Elizabeths Bann brechen und Jones retten mussten. Doch gewisse andere Mitglieder der Detektei waren nicht vollends überzeugt.

»Ihr habt mir noch immer nicht verraten, warum mich das was angehen sollte«, sagte Lavinia, als wir zum Mittagessen ins Wohnheim liefen. »Was kümmert es mich, ob die bescheuerte Elizabeth tot ist und der doofe Jones dafür die Schuld bekommt? Was macht es für einen Unterschied, ob Elizabeth irgendwelche Geheimnisse aufgeschrieben hat und jetzt ein paar davon gefunden wurden?«

Selbstverständlich hatte ich Daisy gezwungen, den anderen dreien von der Handschrift-Entdeckung zu erzählen.

»Es geht nicht darum, ob es dich kümmert oder nicht«, antwortete Daisy. »Es geht ums Prinzip! Außerdem sind Geheimnisse privat. Man sollte sie nicht verbreiten. Was, wenn eins davon dich betroffen hätte?«

»Hat es aber nicht«, konterte Lavinia. »Und die Großen sind mir doch egal! Und überhaupt: Wenn Elizabeth solche Sachen aufgeschrieben hat, warum sollte ich mich darum scheren, dass sie jetzt tot ist?«

»Dadurch kommt sie einem wirklich noch gemeiner vor«, stimmte Kitty zu.

»Das spielt keine Rolle!«, beharrte Daisy. »Es geht nicht ums Opfer, sondern um Gerechtigkeit. Hab ich doch schon gesagt.«

»Und auch wenn sie fies war, sie ist *tot*!«, rief Küken zur selben Zeit, als Kitty sagte: »Außerdem macht das Rätseln Spaß, begreifst du das nicht?«

Ich hätte mich an der Diskussion beteiligen sollen, aber meine Gedanken kreisten um den neuen Brief, den ich Alexander schreiben wollte. Ich sah ihn so deutlich vor mir, dass er anstelle des nassgrauen Wegs, der wollgrauen Uniformen und des strähnigen Schwarz der Bäume vor meinen Augen zu schweben schien. Ich wollte ihm von allem, was passiert war, erzählen, trotz Daisys Verbot – schließlich war er Alexander und mein Freund.

Ich war so mit meinen Gedanken beschäftigt, dass mich die Ereignisse der Mittagspause völlig unvorbereitet trafen. Es gab Lamm-Hackbraten und zum Nachtisch Karamellpudding. Wir waren gerade dabei, die klebrigen Lamm-Teller aufzuräumen (ich freute mich schon auf den Pudding), als am Achtklässler-Tisch, den Enid beaufsichtigte, hysterisches Gelächter ausbrach.

»Ruhe!«, keifte sie und schlug mit ihrem aufgeschlagenen Französischbuch auf den Tisch – wurde jedoch nicht beachtet.

Das Lachen wurde lauter, bis Lettice von ihrem Platz bei den Elften aufsprang und auf diejenige, die am lautesten lachte – Betsy North –, losging. »Hör auf!«, kreischte sie. Die Achtklässlerinnen hielten erschrocken die Luft an und lehnten sich ein Stückchen zurück. Eine wütende Lettice ist ganz schön gruselig. »Was um alles in der Welt ist los?! Du, North, was hast du da in der Hand? Gib her!«

»Aber ich hab es gefunden«, sagte Betsy, die nicht unbedingt immer weiß, was gut für sie ist. »Schon wieder! Ist heute schon das zweite Mal.« Lettice beugte sich wortlos vor und nahm ihr ab, was sie in der Hand hielt. Ich sah, dass es ein Stück Papier war – dieselbe Art wie das Blatt vom Vormittag. Genau wie das erste war auch dieses abgerissen worden, und man brauchte nicht viel Fantasie, um sich vorzustellen, dass es aus derselben Quelle stammte. Von Elizabeth.

»Oh!«, sagte Betsy. »Warum nimmt sie mir andauernd jeder ab? Ich war's doch, die beide Zettel gefunden hat!«

»Woher hast du das?«, zischte Lettice. Aus ihrem Gesicht war jede Farbe gewichen. Der gesamte Speisesaal war verstummt und starrte Lettice und Betsy an. Ich schaute zu den übrigen Fünf. Unas hübschem blonden Köpfchen war die blanke Panik anzumerken, Florence schien schlecht zu sein, Margaret schluckte wie ein Frosch und Enid machte ein absolut verkniffenes Gesicht. Da begriff ich etwas: Wie Daisy wussten auch die Fünf genau, woher der Zettel kam. Noch dazu machte ihnen dieses Wissen Angst. Hatte das womöglich nicht nur etwas mit Elizabeth Hurst zu tun, sondern auch mit dem Geheimnis um ihren Tod?

»Ich habe ihn in einem Blumenbeet gefunden«, berichtete Betsy. »Am Eingang zum Wohnheim. Jemand muss ihn verloren haben, kurz bevor ich vorbeigegangen bin. Hey! Nein!«

Sie hatte aufgeschrien, weil Lettice das Blatt in Fetzen riss. Mit ihren langen schmalen Fingern verarbeitete sie es zu immer kleineren Streifen, bis sie in einem weißen Regen zu Boden fielen.

»Räum das auf«, wies sie Betsy an, so leise, dass wir sie kaum verstehen konnten. »Sofort, du kleine Ekelkröte. Das wird dich lehren, einfach so Sachen aufzuheben, die dich nichts angehen!«

Sie hatte ihn vernichtet, begriff ich, damit niemand sonst Elizabeths Schrift sehen konnte. Wir mussten mit unserem Verdacht richtigliegen – es musste Teil des Geheimnisses sein, Teil des Grunds, warum Elizabeth hatte sterben müssen.

Die übrigen Fünf wechselten einige Blicke, dann stand Florence auf. »Alle mal herhören! Falls ihr auf weitere von diesen Zetteln stoßt, lasst ihr sie einfach liegen. Sie sind nicht für euch bestimmt, also solltet ihr sie auch nicht haben. Wenn wir noch einmal jemanden mit solch einem Blatt erwischen, muss er für den Rest des Trimesters Nachsitzen und wir werden Miss Barnard davon erzählen!«

Das hätte eine schlimme Drohung sein sollen – und vor Elizabeths Tod wäre sie es auch gewesen. Doch jetzt spürte ich, dass es allen im Speisesaal egal war. Sie wollten wissen, was auf diesem Zettel gestanden hatte und was sich auf den anderen verbergen mochte, die noch nicht aufgetaucht waren. Florences Warnung hatte nur bewiesen, dass andere Blätter im Umlauf waren und weitere Offenbarungen bevorstanden. Nach dem Mittagessen würde jeder wie wild auf Geheimnisjagd gehen. Es brachte nichts, dass die Fünf versuchten, sie zu verstecken.

»Was stand drauf?«, wisperte Kitty und reckte neugierig den Hals. »Was war's diesmal?«

Lettice kreischte: »Ruhe! Es wird nicht geredet!«, trotzdem hörte ich, wie die Neuigkeiten mit wenigen hingehauchten Worten von der Achtklässler-Tafel zu der der Neuntklässler weitergegeben wurden und dort von einem zum anderen wanderten, bis sie diejenige erreichten, die am Ende unseres Tischs hockte. Zufällig war es Clementine. Konzentriert runzelte sie die Stirn … und brach dann in schallendes Gelächter aus. »Aber *das* wissen wir doch«, sagte sie. »Jeder weiß das.«

»Was denn?«, rief Küken auf der Stelle hopsend, ganz angesteckt von Kittys Aufregung.

»Tja«, sagte Clementine und verzog die Augen zu Schlitzen wie eine Katze, »nichts Neues. Da stand, dass Lavinia Temple aus einer zerrütteten Familie kommt.«

Nun ist Clementine nicht gerade Lavinias beste Freundin (ihr Kleinkrieg war der Anlass für den Fall von Lavinias verschwundener Krawatte vergangenes Jahr) und es stimmt, dass Lavinia manchmal ein ganz schönes Biest sein kann – aber es gibt so etwas wie Klassensolidarität und Clementine hatte ganz eindeutig dagegen verstoßen. Sie hätte solchen Tratsch nicht weitergeben dürfen, erst recht nicht mit so viel Schadenfreude.

Wir rissen schockiert den Mund auf und Lavinia stieß einen Schrei aus. Sie hob eine Faust, doch schnell wie der Wind hatte Kitty sie am Handgelenk gepackt und hielt sie auf, bevor sie sich auf Clementine stürzen konnte.

»Wie kannst du nur?!«, brüllte Lavinia. »Wie kannst du es wagen, so was zu behaupten?!«

»Ihr wisst alle, dass es stimmt«, entgegnete Clementine und rollte mit den Augen. »Es ist kein Geheimnis!«

Wie ein Tier stieß Lavinia ein tiefes Knurren aus.

»Jedenfalls ist es völlig egal, ob ich es erzähle oder nicht. Es stand auf dem Zettel und das heißt, dass es nun jeder weiß. Die ganze Schule wird sich darüber das Maul zerreißen.«

»Oh!« Küken schluchzte nahezu. »Wie gemein!«

»Euer Schlafsaal hält sich ja für ach so was Besonderes«, fuhr Clementine hitzig fort. »Ihr glaubt, ihr seid was Besseres. Dabei weiß jeder, dass Hazel Wongs Vater Opium verkauft und der von Küken Martineau nie zur Schule gegangen ist. Und bei Daisy Wells zu Hause hat es einen Mord gegeben.«

Daisy schob prompt ihren Stuhl zurück, stand auf und verließ den Speisesaal. Clementine grinste gehässig.

»Wenn du noch ein Wort sagst, lass ich Lavinia los, damit sie dich schlägt«, keifte Kitty in einem Ton, den ich noch nie von ihr gehört hatte. »Hazel, wir gehen auch.«

Zu viert standen wir auf und folgten Daisy. Ich war so sauer, dass ich auf dem Weg nach draußen nur zweimal an den klebrigen Karamellpudding dachte. Abgesehen davon hatte ich alle Hände voll mit Lavinia zu tun – ich musste Kitty helfen, sie nach draußen zu zerren, weil sie sich vor Zorn ganz versteift hatte.

Der komplette Speisesaal beobachtete uns. Ich spürte regelrecht, wie alles, was Clementine gesagt hatte, in ihren Köpfen herumschwirrte. Ich hatte vergessen, wie sehr Tratsch wehtun kann, wenn man selbst das Thema ist, was für ein Chaos es im Kopf auslöst, wie sehr es die Augen zum Brennen bringt, sodass man sich ganz hilflos und verletzt fühlt. Man will die Hände danach ausstrecken und ihn zurückholen, was aber unmöglich ist – und es ist sogar noch schlimmer, wenn man weiß, dass die Geschichte nicht stimmt. Mein Vater, wie ich immer und immer wieder gesagt habe, ist Bankier und durch und durch ehrlich. In tausend Jahren würde er Opium nicht einmal anrühren, aber zu widersprechen bringt nichts. Es geht das Gerücht um, dass er Opiumhändler ist, und irgendwie ist das stärker als die Wahrheit.

Diese Opiumgeschichte verfolgt mich nun schon, seit ich vor zwei Jahren an der Deepdean angefangen habe.

Als ich an den halb offenen Türen der Achtklässler-Schlafsäle mit den ordentlich gemachten Betten darin vorbeikam, begriff ich etwas. Wenn Elizabeth wirklich sämtliche Geheimnisse, die sie kannte, aufgeschrieben hatte, musste sie auch Geheimnisse über die Fünf gesammelt haben. Und genau darin lag das absolut perfekte Motiv der Fünf für den Mord. Auf der Welt gibt es nichts Machtvolleres als Geheimnisse – im Speisesaal war das mehr als deutlich geworden.

Ich hatte keine Probleme, mir vorzustellen, dass jemand töten würde, um ein Geheimnis verborgen zu halten.

7

»Ich könnte sie verprügeln«, keifte Lavinia oben in unserem Zimmer. »Ich könnte sie würgen, ich könnte … ich könnte …«

»Ehrlich, mach das nicht«, sagte Kitty. »Es ist schon in Ordnung, Küken. Wir wissen, dass sie nicht ernst macht. Setz dich endlich hin, Lavinia, und hör mit dem Gezappel auf. Wir haben uns alle aufgeregt!«

Daisy hockte auf ihrer Bettkante. Sie spreizte die Finger und machte die Augen schmal – ein klares Zeichen, dass sie sich ganz in sich zurückgezogen hatte und über das Problem mit den Geheimnissen nachgrübelte.

»Ich nehm's zurück«, meinte Lavinia. »Was ich vorhin gesagt habe. Na schön, jetzt kümmert es mich. Ich mache alles mit, was ihr wollt.«

Was Jones Abzug aus der Deepdean heute Morgen nicht erreichen konnte, hatte die Szene beim Mittagessen geschafft: Jetzt wollte auch Lavinia das Rätsel unbedingt lösen.

»Natürlich müssen wir was machen«, sagte Kitty. »Schlafsaal-Ehre! Diese abscheulichen Geheimnisse – ich gebe zu, ich lag falsch. Diesmal geht es nicht nur um den Spaß am Rätsellösen. Also kommt – Lagebesprechung?«

Ich holte mein Fallbuch und das Rascheln der Seiten schien Daisy in die Gegenwart zurückzuholen.

»Ja«, sagte sie. »Bestens. Watson, Assistentinnen, wir müssen ermitteln. Wir müssen! Es ist eine Frage der Ehre.«

»Es ist eine Frage von Lügen!«, schimpfte Lavinia.

»Deins war nicht gelogen, Lavinia«, räumte Kitty ein.

Lavinia warf ihr einen vernichtenden Blick zu. »Ja, na schön. Heißt trotzdem nicht, dass ich will, dass man es in aller Öffentlichkeit herumposaunt, oder?«

»Aber woher kommen die Geheimnisse?«, fragte Küken.

»Das wissen wir«, sagte Daisy. »*Elizabeth*. Wir dachten immer, sie würde sie sich nur merken, so wie … wie es nun mal vernünftig wäre. Aber wie ich heute Morgen beweisen konnte, als ich Betsys Zettel mit Elizabeths Nachsitzen-Liste verglichen habe, hat sie offenbar alle aufgeschrieben. Damit hätten wir ein mögliches Mordmotiv – wenn Elizabeth etwas Verborgenes über eine der Fünf wusste und damit gedroht hat, es allen zu verraten, könnte man sie getötet haben, um genau das zu verhindern.«

Lavinia zog eine finstere Miene. »Die können keine Geheimnisse haben!«, sagte sie.

»Warum nicht?«, fragte Kitty. »Die meisten von uns haben welche. Haben wir nicht genau das gerade rausgefunden?«

»Schon, aber selbst wenn es stimmt. Wie sollen wir die Richtige finden?«, wollte Lavinia wissen. »Funktioniert Detektivarbeit nicht so? Verdächtige ausschließen?«

»Wenn sie tatsächlich alle Geheimnisse haben«, sagte Daisy, »was, wie Assistentin Freebody ganz richtig bemerkt hat, äußerst wahrscheinlich ist, können wir die Unschuldigen nur ausschließen, indem wir ihre Geheimnisse aufdecken.«

»Und wie sollen wir das anstellen?« Lavinia verzog die Lippen. »Hier geht es um die Großen.«

»Ganz leicht«, erklärte Daisy. »Wir müssen uns nach Klatsch und Tratsch umhören. Man kann nie wissen, welche Kleinigkeiten sie aus Versehen ausgeplaudert haben.«

»Und was ist mit den Geheimnissen, die sich *gerade* verbreiten?«, fragte ich. »Wer steckt dahinter? Wie hängt es mit den Fünf zusammen?« Das war ein Problem, über das ich immer wieder gestolpert bin. Wenn Elizabeth irgendwo Geheimnisse aufgeschrieben hatte, wie war es möglich, dass sie nun ans Licht kamen? Bestimmt war es nicht der Mörder, der sie so freigiebig unter die Leute brachte, oder doch?

»Der Mörder kann es nicht sein«, meinte Daisy, als hätte sie meine Gedanken gelesen. »Die Erwachsenen halten Elizabeths Tod für einen Unfall und Jones für den Verantwortlichen, also hat der Mörder keinen Grund, Geheimnisse zu offenbaren, um etwa die Ermittler auf eine falsche Fährte zu locken. Offizielle Ermittlungen wird es nicht geben und keiner weiß, dass wir uns um den Fall kümmern.«

»Und das heißt?« Küken riss die Augen auf.

»Das heißt, dass hier etwas ganz anderes vor sich geht, etwas, das wir noch nicht verstehen. Es kommt mir ungeheuer komisch vor, Geheimnisse einfach so zu verstreuen. Es ist unlogisch, und das ist wichtig. Wenn etwas keine Ordnung hat, dann gibt es für gewöhnlich einen guten Grund dafür. Das haben Hazel und ich in unserer bisherigen Karriere gelernt.«

»Also was machen wir?«, fragte Kitty.

»Wir machen mit unserem Schlachtplan weiter«, antwortete Daisy altklug. »Nur mit einigen Ergänzungen. Wir wissen, dass Jones als Sündenbock herhalten sollte und wir haben es mit einem Mord zu tun. Wir glauben zu wissen, warum Elizabeth sterben musste: weil sie etwas über den Mörder in Erfahrung gebracht hatte, das geheim bleiben sollte, und ihm damit gedroht hat. Obwohl wir also die Ohren nach Gerüchten spitzen und Alibis sammeln müssen, können wir ab sofort präziser vorgehen. Was wissen wir über die Fünf? Was für Geheimnisse könnten sie haben? Und was können wir über Elizabeth und ihre Sammlung an Geheimnissen herausfinden? Woher kommen diese Blätter? Wie viele gibt es davon? Und was am wichtigsten ist: Wer verbreitet sie und warum?«

»Egal, wer dahinter steckt, ich will ihm *wehtun*«, knurrte Lavinia.

»Wirklich wehtun können wir keinem«, sagte ich. »Aber wir können den Täter aufspüren. Das gehört zum Schlachtplan.«

»Stimmt.« Daisy nickte. »Und schließlich müssen wir zurück zum Tatort.«

»Aber wie?«, wollte Küken wissen. »Wir dürfen nicht aufs Spielfeld! Hat Miss Barnard doch gesagt.«

»Natürlich dürfen wir!« Lavinia schnaubte verächtlich. »Miss B hat das nur zur Schau gesagt. Ich habe gehört, wie sie den anderen Fräulein erzählt hat, dass wir morgen trotzdem Sport haben und auch das Spiel am Samstag nicht abgesagt wird. Leider!«

»Oh, klasse!«, sagte Kitty. »Siehst du, wir können das!«

»Und ob wir das können«, sagte Daisy. »Wir sind Detektivinnen!«

Schlachtplan

1. ~~Beweisen, dass der Rechen absichtlich platziert wurde und es eigentlich Mord war.~~ ERLEDIGT: Wir wissen, dass Elizabeth ermordet wurde.
2. Hinweise zu unseren fünf Verdächtigen sammeln: ihre Motive aufdecken und herausfinden, ob sie für die zehn Minuten Feuerwerk ein Alibi haben.
3. Nach Spuren suchen. Vor allem auf dem Spielfeld – angesetzt für morgen, wenn wir bei Miss Talent Sport haben.
4. Die Geheimnisse der Fünf lüften.
5. Herausfinden, wer Elizabeths Geheimnisse in der Schule streut und warum.

8

Daisy wollte nicht, dass wir den Fall vor jemand erwähnten, das wusste ich, trotzdem konnte ich es mir nicht recht verkneifen. Alexander wusste ja sowieso, dass es einen Mord gegeben hatte, also schuldete ich es ihm, ihn auf den neuesten Stand unserer Ermittlungen zu bringen. Als wir während der Englischstunde mit dem neuen Fräulein, Miss Dodgson, einen Aufsatz schreiben sollten, versteckte ich stattdessen mein Fallbuch auf dem Schoß und schlug eine neue Seite auf. Ich nahm meinen Spezialfüller mit der Zitronensafttinte – einer von zwei (der andere befindet sich selbstverständlich in Alexanders Schulranzen) – und fing an zu schreiben, wobei die Buchstaben beinahe so schnell wieder verschwanden, wie ich sie aufs Papier brachte.

Deepdean-Internat, Mittwoch, 6. November

Lieber Alexander,

seit meinem letzten Brief gestern Abend hat sich in unserem Fall einiges getan. Zunächst einmal sieht es ganz so aus, als ob unser Hausmeister – Jones, erinnerst du dich? – als Sündenbock für das, was passiert ist, herhalten soll. Man hat ihn gezwungen, die Deepdean zu verlassen. Wir wissen, dass er es nicht getan haben kann. Er ist sehr umsichtig und hätte niemals einen Rechen einfach so rumliegen lassen, vor allem, weil er ja wusste, dass wir in der Dunkelheit über das Spielfeld wuseln würden. Er kann sich nicht daran erinnern, es getan zu haben, aber weil Miss Barnard sicher ist, dass Elizabeths Tod ein Unfall war, gibt sie ihm die Schuld. Mich überzeugt das nur umso mehr davon, dass derjenige, der Elizabeth auf dem Gewissen hat, wirklich scheußlich ist. Er hat Jones reingelegt und schiebt ihm das Ganze in die Schuhe, was schrecklich ist. Vollkommen falsch, und wir können es nicht auf sich beruhen lassen.

Außerdem müssen wir den Fall noch aus einem anderen Grund lösen: An der ganzen Schule tauchen auf einmal Geheimnisse auf – die Sorte von Geheimnissen, die man aus gutem Grund für sich behalten will. Sie stehen auf Zetteln, und wir haben herausgefunden, dass die Handschrift die von Elizabeth ist. Sie stammen also von ihr, daher müssen sie in Zusammenhang mit ihrem Tod stehen, nur woher kommen sie und warum werden sie ausgerechnet jetzt verteilt? Es scheint logisch, dass dies ein Mordmotiv sein könnte – dass Elizabeth etwas über eine der Fünf wusste und deshalb zum Schweigen gebracht wurde. Aber wenn das stimmt, kann es nicht der Mörder sein, der die Geheimnisse nun öffentlich macht. Die Fünf haben Riesenangst, das merkt man. Sie haben die Kontrolle über die jüngeren Jahrgänge komplett verloren und heute ist die Stimmung an der Schule richtig komisch.

Wir wollen diese Geheimnisse näher erforschen, um herauszufinden, was die Fünf verbergen könnten. Außerdem wollen wir morgen bei nächster Gelegenheit auf das Spielfeld und am Tatort nach Spuren suchen. Fällt dir noch etwas ein, was wir unternehmen könnten?

Hazel

In diesem Moment schritt Miss Dodgson durch die Tischreihen, um zu sehen, wie wir mit unserer Arbeit vorankamen. Ich musste meine Briefblätter unter einem halb fertigen Aufsatz verstecken, den ich immer zur Tarnung benutze, und so tun, als würde ich daran schreiben. Als ich zu Daisy schaute, stellte ich entsetzt fest, dass sie mich mit forschendem Blick musterte. Schlagartig war das freudige Prickeln in meiner Brust wie weggesaugt. Bestimmt dachte sie, ich würde die

Einträge im Fallbuch auf den neuesten Stand bringen. Doch wie würde sie reagieren, wenn sie herausfinden sollte, dass ich stattdessen Alexander von unserem Fall berichtete? So schnell wie möglich senkte ich den Blick und redete mir ein, dass ich jedes Recht dazu hatte. Er war immerhin mit mir befreundet und ebenfalls Detektiv.

Hastig widmete ich mich tatsächlich dem Fallbuch. Ich nahm meinen normalen Füller mit der blauen Tinte und schrieb, bis es läutete. Eigentlich war ich mit meinen Gedanken jedoch ganz woanders. Während ich den Brief verfasst hatte, war mir eine Idee gekommen, eine ziemlich Daisymäßige, und ich wollte sie umsetzen.

Die Siebtklässler hatten nämlich zufällig gerade neben uns Unterricht, weshalb wir zum Stundenende gemeinsam auf den Gang strömten. Als wir mit der anderen Klasse fast zusammenstießen, ließ ich meine Bücher fallen, sodass sie gegen Lavinia prasselten. Wie erwartet knurrte sie etwas, stieß mit ihrem Ellbogen zu und (da ich möglichst elegant aus dem Weg ging) erwischte eine der Siebtklässlerinnen, Emily Dow. Emily geriet ins Stolpern, woraufhin Lavinia (mal wieder typisch für sie) sie erst recht umschubste. Kreischend fiel Emily hin.

»Lavinia!«, rief Küken und lief schnell zu Emily, um ihr aufzuhelfen. »Mach doch sowas nicht! Arme Emily!« Einen Augenblick lang sah Küken ganz schön wütend aus. Emily brach in Tränen aus und Küken legte beschützend die Arme um sie. Ich war froh, dass wenigstens Küken nicht von der allgemeinen Gemeinheit in diesem Jahr angesteckt worden war.

»Es ist wegen Elizabeth«, sagte ich, während Küken und Emily aufstanden und Daisy und Kitty zu uns rüberdrängten.

»Deshalb sind wir alle so mit den Nerven fertig. Lavinia wollte das nicht.« (Ich hatte ein ziemlich schlechtes Gewissen, als ich das sagte.) Alles kam nun darauf an, was Emily als Nächstes tun würde, und sie sollte mich nicht enttäuschen.

»Das ist echt schrecklich!«, meinte Emily und wischte sich übers Gesicht. »Seit gestern Abend geht es mir gar nicht mehr aus dem Kopf. Wir waren so dicht dran nach dem Feuerwerk! Was, wenn *wir* auf diesen Rechen getreten wären?«

»Aber –«, setzte Küken an und wurde dann ganz rot. Hilflos sah sie zu uns.

»Seid ihr aber nicht«, sagte Daisy spitz und Küken sammelte sich wieder.

»Charlotte hat sie gefunden«, erzählte Emily. Wieder einmal sollte Daisy recht behalten, die immer sagt: Wenn man den Leuten Zeit zum Reden gibt, erklären sie einem alles, ohne dass man nachfragen muss. »Sie … sie ist über sie gestolpert.«

»Sie *lag einfach so da*«, meldete Charlotte Waitin sich zu Wort, eine kleine Siebtklässlerin mit blonden Locken und sogar noch größeren Augen als Küken. Daisy stieß einige mitfühlende Laute aus, die den gewohnten Effekt hatten.

»Es war furchtbar«, fuhr Charlotte aufgebracht fort. »Wir sind nach dem Feuerwerk zum Lagerfeuer, um uns die Hände zu wärmen – es war so kalt –, aber die Aufsichtsschülerin dort –«

»Enid, richtig?«, fragte Daisy nebenbei nach.

»Nein, nein, es war Una. Sie hatte gerade frisches Holz nachgelegt – sie hat uns fortgescheucht. Sie hat sich total aufgeregt und war ganz schön barsch. Also sind wir auf die andere Seite Richtung Pavillon gegangen und da haben wir … da bin ich … *auf Elizabeth draufgetreten.*«

Ich hätte jubeln können. Das war ein Anfang: ein Teil dessen, was eine unserer Verdächtigen getan hatte. Una war also kurz nach dem Feuerwerk am Feuer gewesen und damit am richtigen Fleck, um Elizabeth niederzuschlagen.

Plötzlich drängelte sich eine Gruppe Neuntklässlerinnen an uns vorbei, die über irgendetwas kicherten.

»Passt gefälligst auf!«, rief Kitty, woraufhin sich eine von ihnen (wer sonst, außer Binny) umdrehte und ihr die Zunge herausstreckte. Dann kreischten die vier vor Lachen auf und huschten davon.

»Wie die Kleinen sich heute aufführen, passt mir gar nicht«, fauchte Kitty böse. »Junge, wenn ich das Sagen hätte, dann –«

»Du hörst dich an wie die Fünf!«, schnitt Küken ihr vorwurfsvoll das Wort ab.

Kitty erstarrte. »Ich bin überhaupt nicht wie die Fünf!«, keuchte sie.

»Glaubt ihr, es ist wieder ein Geheimnis aufgetaucht?«, fragte Emily schüchtern, aber schon wieder besser gelaunt. »Ich wusste gar nicht, dass die Älteren so viele haben. Jetzt habe ich viel weniger Angst vor ihnen.«

Kitty wollte ihr einen Rüffel verpassen, fing sich dann aber und klappte den Mund zu. Sie blinzelte, als wäre ihr eben ein Gedanke gekommen. »Es *sind* nur die Geheimnisse der Älteren, die die Runde machen«, sagte sie. »Himmel! Unser Jahrgang ist der jüngste, über den etwas verbreitet wurde. Was, wenn diejenige, die diese Geheimnisse verteilt, zu den Kleineren gehört?«

Sie lag goldrichtig. Wir blickten uns überrascht an. Waren wir gerade auf etwas Wichtiges gestoßen?

»Möglich«, sagte Daisy nachdenklich. »Es könnte aber auch ein Ablenkungsmanöver sein. Immerhin gibt es eine Menge älterer Mädchen, über die noch nichts veröffentlicht wurde. Rein zufällig weiß ich, dass Violet –«

In diesem Moment kam Betsy North zu uns geflitzt. »Psst«, raunte sie. »Neue Informationen.«

»Was gibt es denn, du nervige kleine Shrimp?«, sagte Daisy betont laut und scheuchte die Siebtklässlerinnen fort. Dann sagte sie leiser: »Na erzähl schon.«

»Hört euch das an!«, wisperte Betsy. »Gerade habe ich gehört, wie eine aus der Neunten es erzählt hat: Sie stand in der Nähe von Elizabeth, kurz bevor wir uns zum Feuerwerk in Reihen aufstellen mussten. Dann kam Lettice zu Elizebeth. Sie zitterte und sagte was von wegen *Geheimnisse*. Elizabeth hat sie ausgelacht und Lettice gesagt, *sie soll besser aufpassen, wenn ihr was an ihrer Zurechnungsfähigkeit liegt*. Lettice sah angeblich völlig *verängstigt* aus. Sie ist weggerannt, und dann kam Una, um wieder Ordnung in die Reihen zu bringen.«

»Oh, gut gemacht«, lobte Daisy aufgeregt. »Morgen Vormittag hast du dir Süße-Pause-Privilegien verdient, Betsy, versprochen! Detektivinnen, wir bekommen erste wichtige Informationen. Jetzt ist es eure Aufgabe, herauszufinden, was am Dienstag sonst noch so belauscht wurde.«

Damit begann unsere Glückssträhne. Wir sprachen mit allen jüngeren Jahrgängen – Daisy hat ihren Zauber wirken lassen und sie haben ihr prompt aus der Hand gefressen. Im Allgemeinen war man sich darüber einig, dass sich die Fünf am Vorabend schlimmer als sonst aufgeführt hatten. Margaret hatte eine Siebtklässler-Shrimp angeschrien, kurz nachdem wir beobachtet hatten, wie sie Astrid anschnauzte. Una hatte zwei Neuntklässlerinnen Nachsitzen aufgebrummt, weil sie nicht ordentlich in der Reihe standen, als das Feuerwerk losging. Wir sprachen aber auch mit einer Menge Mädchen, die fanden, dass die Fünf nicht nur grausam, sondern auch reichlich durch den Wind gewesen waren. Als Lettice die Wunderkerzen austeilte, hatten ihr Tränen in den Augen gestanden. Davor war sie wohl völlig aufgebracht durch die Gegend gestürmt und hat jeden, der ihren Weg kreuzte, angefahren – davon berichteten uns gleich mehrere Mädchen. Enid war offenbar mit den Gedanken woanders gewesen und hatte leise vor sich hin gemurmelt, sodass sie nicht einmal bemerkt hatte, als die Neuntklässler sich mit ihren Wunderkerzen wie mit Schwertern duellierten, obwohl sie direkt vor ihr herumalberten.

Jede der Fünf hatte offenbar vor dem Feuerwerk mit Elizabeth geredet, die ihren gemütlichen Platz nahe dem Feuer anscheinend zu keiner Zeit verlassen hatte. Zu unserer Sichtung von Margaret und der der Neuntklässler von Lettice kamen drei weitere. Eine Achtklässlerin hatte Enid mit einer Ladung Scheite in den Armen bei Elizabeth am Feuer stehen sehen, kurz nachdem alle angekommen und begrüßt worden waren. Elizabeth hatte wohl sehr schroff mit ihr gesprochen und sie ausgeschimpft, woraufhin Enid gegangen ist, um noch mehr Holz vom Pavillon zu holen. Die Achtklässlerin hielt genau das für den Grund des Streits: dass Enid Feuerholz schleppen musste. »Sie hat die Nase ja ständig in ihren Büchern und machte den Eindruck, als fände sie es ganz schrecklich, von ihnen getrennt zu sein!«, sagte sie. Enid wurde von Florence abgelöst, der Elizabeth zurief (behauptet zumindest die Achtklässlerin, die sich inzwischen äußerst wichtig vorkam, weil Zehntklässlerinnen ihr so aufmerksam zuhörten), sie solle beim Holzholen vorsichtig sein, *nicht dass es zu schwer für sie ist*. Das kam uns merkwürdig vor. Jeder weiß, dass Florence stark wie ein Ochse ist und im Hürdenlauf jedem was vormacht (Frauen dürfen im Hockey nämlich nicht bei den Olympischen Spielen antreten, also hat sie sich den Hürdenlauf als Disziplin ausgesucht, auch wenn sie während der Schulzeiten von Hockey ganz besessen ist). Doch die Achtklässlerin war sich sicher. »Genau so hat sie es gesagt!«, meinte sie beleidigt. Stirnrunzelnd schrieb ich alles mit, da mir klar war, dass wir Informationen nicht einfach ignorieren konnten, nur weil sie unwahrscheinlich erschienen. Den Fehler hatten wir schon einmal gemacht – und dafür bezahlt.

Una hatte sich mit Elizabeth kurz vor Miss Barnards Ansprache unterhalten. Um herauszufinden, worum es gegangen war, mussten wir uns an eine der Elftklässlerinnen wenden, weil sonst niemand nah genug am Feuer gewesen war. Angeblich hatte Elizabeth sehr verärgert reagiert. Es ging um Unas Vater, meinte die Elftklässlerin, und Una hatte geschäumt vor Wut – aber selbstverständlich hatte sie flüstern müssen, um Miss Barnard nicht zu stören, daher hatte die Elftklässlerin sie nicht genau verstanden.

Binnys Freundin Martha erzählte noch immer ihre Geschichte von dem unbekannten Mann herum, der kurz vor dem Feuerwerk in Richtung Wald verschwunden sei. Nach dem Unterricht haben wir sie auf dem Weg zum Wohnheim abgefangen und zur Rede gestellt. Sie wurde hochrot und sagte, nein, sie hätte nie behauptet, einen *Mann* gesehen zu haben – nur eine Gestalt – und es sei sehr dunkel gewesen, also vielleicht …

Informationen haben wir reichlich, nur leider nichts, womit wir eine der Fünf ausschließen können. Im Gegenteil –

was wir herausgefunden haben, lässt alle Verdächtigen gleich schuldig erscheinen. Was wir mit Sicherheit wissen, ist, dass der Mord *nach* Beginn des Feuerwerks geschehen sein muss. Lettice hat noch kurz davor mit Elizabeth gesprochen, was sie besonders verdächtig macht. Allerdings waren auch die anderen in der Nähe und haben mit Elizabeth gestritten. Unser nächster Schritt ist es, herauszufinden, warum. Es gibt Hinweise und Andeutungen, also müssen wir diesen Fährten nachgehen, bis sie uns zur Wahrheit bringen.

• TEIL DREI •

Das Buch der Skandale

1

Beim Abendessen kamen zwei weitere Geheimnisse ans Licht – auf zwei weiteren Zetteln. Einer wurde von einer Neuntklässlerin auf dem Weg zum Wohnheim gefunden, der andere von einem Siebtklässler-Shrimp direkt vor der Haustür. Eins davon war uns nicht neu: nämlich, dass Alice Murgatroyd (die Elftklässlerin, die letztes Jahr Daisy geholfen hatte und nun zu den Großen gehörte) Zigaretten schmuggelte. Das andere war eine Überraschung: dass Sophie Croke-Finchley in ihrer letzten Klavierprüfung nur »mit Verdienst« bestanden und ihr Vater dafür bezahlt hatte, dass man daraus ein »mit Auszeichnung« machte.

Der Speisesaal war voller Getuschel und Gekichere. Alice hockte mit verschränkten Armen da und versuchte eine gleichgültige Miene zu schneiden, aber neben ihr gähnte ein leerer Platz, auf dem normalerweise Heather Montefiore saß, und *da*neben kauerte Astrid Frith, die ihre Haare unter einer Banngut-Mütze versteckte. Die Großen verströmten ungeheure Nervosität. Jetzt waren *sie* die Opfer von Gehässigkeiten und diejenigen, die litten.

Die Mädchen aus dem anderen Zehntklässler-Schlafsaal drängten sich beschützend um Sophie und stierten uns herausfordernd an: Wehe dem, der auch nur erwähnte, was uns zu Ohren gekommen war. Kitty sah Clementine mit geschürzten Lippen an und Clementine funkelte zurück. Der Kleinkrieg zwischen den beiden hatte einen neuen Höhepunkt erreicht. Es hätte mir Sorgen machen sollen, aber irgendwie hat es das nicht. Ich dachte mal wieder an Alexander und überlegte, was er zu all unseren neuen Beweisen sagen würde. Irgendwie gab mir das ein ganz leichtes Gefühl, andererseits fühlte ich mich voll, noch bevor ich einen Bissen getan hatte. Den letzten Rest von meinem Kaninchenauflauf schaffte ich einfach nicht, sodass Lavinia ihn von meinem Teller futtern musste.

»Was stimmt denn nicht mit dir?«, wollte Küken besorgt wissen. »Bist du krank?«

Ich schüttelte den Kopf und wich Daisys Blick aus.

»Frith!«, sagte Una. »Keine Kopfbedeckungen im Speisesaal! Oder hast du was zu verbergen?« Astrid stand schluckend auf und eilte aus dem Zimmer. Una schaute Florence an und grinste fies, was mich richtig wütend machte. Junge, hätten *wir* dieses Jahr die Aufsicht, wären wir nie im Leben so gemein! Doch dann fiel mir auf, dass Kitty mit den Fingern auf den Tisch trommelte. Nein, sie trommelte nicht, sie *spielte*, wie an einem Klavier. Sophie stieß ein hingehauchtes Schluchzen aus und versteckte ihr Gesicht hinter den Händen. Clementine brodelte. Küken wirkte verstört und ich zuckte zusammen. Nicht einmal wir konnten uns Gemeinheiten verkneifen.

»Clementine«, sagte Daisy plötzlich. »Wie viele Tore hat Headly House letztes Wochenende gegen uns geschossen?«

Erst dachte ich, Daisy würde nun ebenfalls gehässig werden, und wollte sie unter dem Tisch schon zwicken, damit sie damit aufhörte. Doch dann bemerkte ich den Ausdruck in ihren Augen. Wie üblich steckte hinter Daisys Worten etwas ganz anderes. Sie führte etwas im Schilde.

»Zwei«, antwortete Clementine und drehte sich zu ihr um. »Warum?«

»Und wie viele Tore hast du reingelassen?«, fragte Daisy.

Clementine lief hochrot an. »Das weißt du ganz genau«, zischte sie. »Jetzt sei bloß nicht so ein Sauertopf, Daisy. Ich kann nichts dafür, dass unser Team ständig verliert. Ich habe gehört, wie Florence sich mit Elizabeth neben dem Feuer darüber unterhalten hat, kurz nachdem wir Dienstagabend angekommen sind. Jemand ist nicht fit genug – alles habe ich nicht verstanden, aber ich weiß, dass sich die Dinge bald ändern.«

»Ich wette, *du* bist es, die nicht fit ist«, sagte Lavinia laut.

»Frechheit!«, brauste Clementine auf und wurde vor Zorn noch röter. »Du bist wirklich ein richtiges Ekel, Lavinia Temple. Alles andere als eine Dame! Kein Wunder, wenn du nicht mal einen Vater hast, der dir Manieren beibringt!«

Brüllend warf Lavinia sich auf sie.

Da sprang Lettice am Ende unseres Tischs auf (schon wieder hatte sie ihr Essen nicht angerührt) und schrie: »Temple! Rauf mit dir in den Schlafsaal, sofort! Nachsitzen!« Ich sah, wie ihre Hände zitterten. Die Knöchel waren schrecklich rot und schmal, und einmal mehr geriet ich über sie ins Grübeln.

Lavinia zuckte mit den Schultern. »Mir doch egal!« Dann schob sie ihren Stuhl zurück und stürmte aus dem Speisesaal in unser Zimmer.

Küken sprang auf, um ihr nachzurennen, also mussten wir anderen folgen. So wie es an diesem Tag im Speisesaal zuging, machte sich keiner die Mühe, es uns zu verbieten.

Während wir die Stufen hocheilten, überlegte ich, worüber Elizabeth und Florence wohl am Abend des Feuerwerks geredet hatten. Worum es gegangen war, als Elizabeth meinte, das Holz könnte *zu schwer* für Florence sein. Clementine musste das Gespräch genauso wie die Achtklässlerin gehört haben, nur mehr davon. Es ergab nur keinen Sinn. Elizabeth war weder besonders sportlich gewesen, noch hatte sie sich für diese Seite des Deepdean-Lebens groß interessiert. Weshalb sollte sie sich am letzten Abend ihres Lebens auf einmal um das Hockeyteam scheren?

2

Als wir in den Schlafsaal kamen, saß Lavinia auf ihrem Bett. Ihre Augen waren an den Rändern ganz rot. »Mir geht's gut«, sagte sie grob. »Aber wenn wir rauskriegen, wer dahinter steckt, dann …*fress* ich ihn.«

»Das darfst du nicht!«, meinte Küken.

»Das war nur eine Metapher, Küks!«, sagte Kitty.

»Ach ja?«, zischte Lavinia.

Daisy seufzte. »Metaphern sind unwichtig. Was beim Essen passiert ist –«

»Was ist denn beim Essen passiert?«, wollte Küken wissen.

»Florence«, antworteten Daisy und ich aus einem Mund. Ich fühlte, wie es zwischen uns klick machte, und wusste in diesem Moment, dass sie dasselbe dachte wie ich. »Clementine hat gehört, wie sie mit Elizabeth übers Hockeyteam geredet hat. Was, wenn das mit Florences Geheimnis zu tun hat? Sie könnte etwas über das Team verbergen – oder über ihr Hürdentraining.«

»Ja, aber … wie sollen wir da sicher sein?«, fragte Lavinia. »Wir können uns alles Mögliche zusammenreimen, damit schließen wir noch immer niemanden aus.«

»Diese Geheimnisse müssen doch auch auf irgendeinem Zettel stehen, genau wie bei den anderen Mädchen!«, platzte Küken heraus. »Wir müssen sie nur finden.«

Daisy strahlte. »Absolut! Und ich glaube, ich kenne den perfekten Ort, um mit der Jagd zu beginnen. Der Schlafsaal der Fünf. Wenn sie irgendwelche Geheimnisse besitzen, verstecken sie sie am wahrscheinlichsten dort.«

»Aber haben wir nicht schon festgehalten, dass eins der kleineren Mädchen die Zettel verteilt?«, gab Kitty zu bedenken. »Das ergibt doch keinen Sinn!«

»Fälle ergeben nie Sinn, solange man nicht selbst dafür sorgt«, fuhr Daisy sie an. »Wir müssen mit unseren Nachforschungen fortfahren.«

»Ach, ich will nicht ins Zimmer der Fünf«, meinte Küken. »Das ist viel zu gefährlich. Und gegen die Heimregeln!«

»Wenn du es zu gefährlich findest, musst du auch nichts damit zu tun haben«, sagte Daisy. »Hazel und ich übernehmen das.«

Mein Herz machte einen Sprung. Ich hatte angenommen … naja, dass Daisy mir angemerkt hatte, wie abwesend ich beim Abendessen war und warum. Doch nun lächelte sie mich an und ich lächelte zurück. Wir brachten uns gegenseitig zum Strahlen, wie ein Stromkreis, der geschlossen wird.

»Für Detektivinnen begeht ihr ganz schön viele Verbrechen«, sagte Lavinia.

»Ich begehe keine Verbrechen«, entgegnete Daisy. »Ich *fange* die Verbrecher. Dass du da mal nichts durcheinanderbringst.«

Lavinia rollte mit den Augen – doch bevor sie etwas erwidern konnte, läutete es zum Silentium und wir mussten los, ohne dass wir besprechen konnten, *wie* Daisy es sich eigentlich vorgestellt hatte, dass wir ins Zimmer der Fünf kamen.

Während der Stillarbeit schrieb ich erneut an Alexander. *Lieber Alexander, ich glaube, wir kommen in unserem Fall voran …* Ich schrieb und schrieb, mit eingeschlagenem Arm, um zu verbergen, dass ich in Wahrheit nicht an einem Geschichtsaufsatz oder einer Matheaufgabe arbeitete.

Als ich einmal aufblickte, bemerkte ich, dass Daisy mich musterte. Mit geschürzten Lippen wandte sie den Blick von mir ab, hin zum Fallbuch, dann wieder zu meinem Gesicht. Ich erstarrte, so sehr erschrak ich. Ganz bestimmt würde meine Miene mich verraten. Wusste Daisy … Bescheid?

Wie immer beaufsichtigte eine der Fünf das Silentium, und zu meinem Glück war es Enid. Wie schon gesagt, Enid ist dieses Jahr unsere größte Hoffnung auf einen Studienplatz (denn nicht alle Großen gehen an die Universität; die meisten lassen sich nur bei Hofe einführen und heiraten Lords ohne Kinn). Sie büffelt ohne Pause und vergräbt die Nase dauernd in ein Buch, was bedeutet, dass man mit fast allem durchkommt, solange Enid unsere Stillarbeit beaufsichtigt. Einer unserer Verdächtigen so nahe zu sein, brachte mein Herz trotzdem zum Rasen. Was, wenn Enid die Mörderin war? Was, wenn sie auch uns etwas antun wollte? Ich bekam am ganzen Körper Gänsehaut, als ich darüber nachdachte.

Doch dann betrachtete ich Enid mit meinen Augen statt mit meiner Fantasie, und erkannte, wie klein und blass sie war. Wie sie beim Lesen die Brauen verzog. Könnte Enid tatsächlich diesen schweren Rechen heben und heftig genug gegen Elizabeths Hinterkopf schlagen, um sie umzubringen?

An diesem Nachmittag lag ein Geschichtsbuch vor ihr. Vor kurzem habe ich zufällig mitgehört, als sie eine wichtige Prüfung erwähnte, und nach ihrem Gesichtsausdruck zu urteilen, war sie voll und ganz darauf konzentriert. Stirnrunzelnd beobachtete ich sie. Einmal hob sie blinzelnd den Kopf in meine Richtung, schaute aber glatt durch mich hindurch und widmete sich dann wieder ihrer Seite. *Abgelenkt*, dachte ich, und dann: *von ihrer Arbeit*. Da fühlte ich eine Verbindung zwischen uns, denn obwohl ich gelernt habe, es an der Schule zu verstecken, liebe ich das Lernen, genau wie sie.

Auf einmal fühlte ich einen leichten Stoß im Rücken. Automatisch streckte ich die Hand aus und berührte auch schon den Zettel, den Kitty mir zusteckte.

Mitternachtsgelage, stand da in Daisys Schrift. *Streng geheim. Du weißt, was zu tun ist.*

Das konnte nur ein Vorwand sein. Ohne guten Grund würde Daisy zu so einem Zeitpunkt niemals ein Mitternachtsgelage vorschlagen. Nur warum hatte sie mir nichts von ihrem Plan erzählt? Was hatte das zu bedeuten? Ich war verwirrt.

3

Ich lief in unseren Schlafsaal, zog mich um und ging Zähne putzen, trotzdem konnte ich an nichts anderes denken als an Daisy. Ich grübelte immer noch darüber nach, warum sie ein Mitternachtsgelage organisierte, ohne mich vorher einzuweihen. Wozu sollte das gut sein? Es konnte doch nicht etwa mit Alexanders Brief zu tun haben, oder?

Lettice und Florence beaufsichtigten das Zähneputzen und ich spürte regelrecht das Misstrauen in der Luft. So vieles blieb unausgesprochen … überdeutlich begriff ich, dass jeder Moment der Einheit zwischen den Fünf reine Fassade war. In Wahrheit waren sie zerrüttet.

»Beeilt euch, ihr kleinen Biester, sonst dreht Lettice noch am Rad!«, rief Florence, woraufhin Lettice zusammenzuckte und einen Schritt zurückwich.

»Schrei doch nicht so, Florence!«, sagte sie mit wütender, wenn auch heiserer und kleinlauter Stimme. »Du solltest besser aufpassen, weißt du.«

Florence warf ihr einen durch und durch hasserfüllten Blick zu und ich war dankbar, dass wir in unser Zimmer fliehen konnten. Trotzdem hätte ich zu gerne gewusst, was Lettice und Florence zu bereden hätten, sobald sie allein waren. In diesem Moment, als wäre der Gedanke geradewegs aus Daisys Kopf in meinen gesprungen, wusste ich, was sie vorhatte.

Fast unbemerkt (die anderen Zehntklässlerinnen führten in ihrem Schlafsaal einen Streit wegen Sophies Prüfungsergebnissen) schlichen wir in unser Zimmer und schalteten das Licht aus.

»Und was machen wir jetzt?«, wisperte Küken.

»Warten!«, zischte Daisy. »Warten, bis alles leise wird!«

Und so warteten wir. Ich hörte das Haus um mich herum rumoren: Rohre, Rufe, das Knallen von zuschlagenden Türen und das Klappern von aufgerissenen Fenstern (wie schon erwähnt, unserer Hausmutter geht Frischluft über alles, selbst im Winter). Es ergab einen lebendigen Rhythmus, der mich einlullte.

Das Haus seufzte, eine Tür schloss sich verstohlen, dann herrschte Ruhe. »Na schön!«, zischte Daisy und setzte sich kerzengerade wie eine Rakete auf. Auch Kitty setzte sich.

»Ooh, machen wir jetzt das Gelage?«, wisperte Küken, hopste in eine Sitzposition und knipste voller Tatendrang ihre Taschenlampe an.

»Und ob«, antwortete Daisy. »Ihr zumindest. Ihr haltet das Mitternachtsgelage ab und verschafft *mir* damit Deckung, während *ich* ermittle. Zum Wohle dieses Falls werde ich mich gleich in schreckliche Gefahr begeben.«

»Ooh!«, machte Küken, wühlte in ihrer Knabbertruhe und brachte eine riesige Schachtel von Sharp's Sahnekaramellen und eine zweite mit Siruphäppchen zum Vorschein. »Ganz allein?«

»Oh, ich will keine von euch in Schwierigkeiten bringen«, antwortete Daisy mit einem komischen flatternden Blick.

Mein Herz setzte einen Schlag aus. Was sollte das? Zuerst erzählte Daisy mir nichts von ihrem Plan und nun ließ sie uns – mich – absichtlich außen vor. Noch vorhin hatte Daisy selbst gesagt, dass wir diesen Teil der Ermittlungen gemeinsam angehen würden. Was hatte sich geändert?

»Aber was, wenn *ich* mich in Schwierigkeiten bringen will?«, fragte ich. »Ich war schon mindestens genauso oft in Gefahr wie du. Lass mich mitkommen.«

Wieder war da dieser seltsame Flatterblick. Und dann … »Na, wenn es sein muss«, sagte Daisy schnell. »Du kannst am Fenster stehen und nach mir Ausschau halten.«

»Nein!«, sagte ich. »Ich will mitkommen, bis ins Zimmer der Fünf. Dahin gehst du doch, oder nicht?«

Daisy machte ein finsteres Gesicht. »Ja, da hast du recht«, gab sie missmutig zu. »Ich werde rauf zum Schlafsaal der Fünf steigen und sie ausspionieren. Ich verwette alles, dass sie schon den ganzen Tag lang darauf warten, endlich in Ruhe reden zu können. Jetzt ist die perfekte Gelegenheit und ich will dabei sein und lauschen.«

Küken riss den Mund auf und sogar Kitty blieb er ein bisschen offen stehen.

»Du weißt genau, dass es besser wäre, wenn ich dabei bin«, sagte ich. »Immerhin kann ich Stenografie und du nicht. Ich kann mitschreiben.« Ich bin stolz darauf, dass ich im Stenografieren in den letzten Monaten ziemlich gut geworden bin.

»Da hast du schon recht«, räumte Daisy ein. »Nur … weiß ich nicht, ob das Regenrohr uns beide aushält.«

Der Stich saß. Natürlich genieße ich die Süße Pause, aber nicht mehr als Daisy, nur zeigt sie es nicht so.

»Tja, ich werde schon nicht runterfallen«, entgegnete ich.

»Ich auch nicht«, meinte Daisy recht steif. Es war wirklich seltsam – fast, als hätten wir einen Streit. Wie kam das? »Also seid ihr soweit? Ihr drei holt sofort alles fürs Mitternachtsgelage raus. Wir verlassen uns darauf, dass ihr uns deckt. Falls eine von den anderen reinkommt, erzählt ihr, dass wir einen Streich vorbereiten, und falls die Hausmutter auftaucht, wird sie viel zu beschäftigt damit sein, eure Sachen zu konfiszieren, um zu bemerken, dass wir nicht da sind. So schnell es geht, sind wir zurück.«

4

Wir zogen uns aufs Fensterbrett hoch. Draußen war es stockfinster und überall raschelte es. Hinter uns arrangierte Küken die Köstlichkeiten für das Gelage auf dem Teppich, ließ sie aber vor Aufregung fallen und sagte: »Hoppla! Tut mir leid. Das kann man wieder zusammenschieben … schau –«

»Küks, das Früchtebrot ist von Fortnum's!«, schimpfte Kitty. »Omi hat es mir geschenkt, den kannst du nicht einfach so *runterschmeißen*!«

Ich schaute nach draußen und hielt das Gesicht in die kalte Brise – und wünschte mir sehr, dass ich neben Küken sitzen und dieses Früchtebrot essen könnte. Das bisschen Staub vom Boden wäre mir auch ganz egal. Doch Daisy, die sich die Zöpfe hochgebunden und die Socken nach unten gerollt hatte, legte mir die Hand auf die Schulter und stemmte sich nach draußen auf den Sims. Kurz kauerte sie dort, halb in der Hocke und die Finger in meinem Schlafanzug vergraben. Sie geriet ein wenig ins Schwanken, also griff ich keuchend nach ihr, um sie zu halten.

»Lass los, Watson«, zischte sie. »Ich brauche keine Hilfe. Ich habe schon viel Schlimmeres gemacht. Himmel, letztes Jahr bin ich bis in die Krone des Geheimen Baums geklettert! Nicht mal Bertie hat das bisher gemacht, und der ist angeblich gut im Klettern. Hab ich dir erzählt, dass er in Cambridge so einem Mitternachts-Kletterclub beigetreten ist? Dabei kann er es nicht mal halb so gut wie ich. Nur weil er ein Junge ist!«

»Daisy!« Ich ließ sie los.

»Jetzt mach nicht so einen Aufstand!«, sagte sie. Als sie mir den Kopf zudrehte, leuchtete ihr Gesicht vor Aufregung. Sie schien sogar vergessen zu haben, dass sie mir böse war. Meine Verstimmung wühlte dagegen noch immer meinen Magen auf. Etwas zwischen uns lag im Argen, das war mir klar. »Also, bist du soweit? Wir begeben uns auf eine höchst spannende und wichtige Mission.«

Ich schluckte und nickte dann.

»Hazel«, sagte Daisy und beugte sich vor, bis ihre Nase

beinahe meine berührte, wobei sie mir eindringlich in die Augen blickte. »Watson, Detektei Wells & Wong für immer, ja?«

»Detektei Wells & Wong für immer!«, wiederholte ich, während mein Herz vor Schuldgefühlen aussetzte. Es fühlte sich wie ein Test an, leider wusste ich nicht, ob ich bestanden hatte.

»Gut.« Daisy wandte sich ab. »Ich gehe vor. Du wartest fünf Minuten und kommst dann nach. Wünsch mir Glück!«

Mit einer flinken Bewegung stellte sie sich auf den Fenstersims, drehte sich um, beugte sich vor und sprang zum Regenrohr. Einen grauenhaften Moment lang dachte ich, sie hätte es verfehlt, doch dann ertönte ein leises, damenhaftes Scheppern und ich sah, dass sie sich mit Armen und Knien daran festhielt, wie ein Äffchen. Dann kletterte sie los.

Immer höher kam sie, wobei ihre weißen Socken wie die Signale von Flaggen aufblitzten. Eine Sekunde lang schlug mir das Herz bis zum Hals, als sie nämlich die Stelle erreichte, an der sich das Dach nach außen wölbt, doch wie eine Katze schwang sie sich aufwärts und über die Kante. Danach konnte ich sie nicht mehr sehen. Der Schlafsaal der Aufsichtsschülerinnen liegt ganz oben im Wohnheim, sodass seine Fenster hinter dem Dachvorsprung für uns von unten nicht einsehbar sind. Außer Abwarten blieb mir daher nichts übrig. Ich konnte an nichts anderes denken, als das, was vor mir lag. Ausnahmsweise war ich nicht einmal imstande, einen Brief in meinem Kopf zu entwerfen.

Nach gefühlt fünf Jahren, die laut meiner Armbanduhr in Wirklichkeit fünf Minuten waren, war es an der Zeit, Daisy zu folgen. Ich steckte das Fallbuch in meine Pyjamahose, holte tief Luft und lehnte mich aus dem Fenster.

5

Ich reckte den Kopf in die Höhe. Bei Daisy hatte es so leicht ausgesehen und kein bisschen gefährlich, als wäre es ganz normal, mitten in einer englischen Winternacht an einem Haus hochzuklettern, um fünf Mordverdächtigen hinterherzuspionieren. War es aber nicht. Als ich mich zum Regenrohr schwang, hätte ich beinahe danebengegriffen. Scheppernd und schlotternd zappelte ich herum, bis ich es nach einer scheinbar endlosen Minute geschafft hatte. Als ich zu klettern anfing, taten mir schnell die Beine weh, ich verdrehte mir die Arme und meine Finger kratzten über die abblätternde Farbe der Leitung. Mein ganzer Körper zitterte, aber ich konnte weder eine Pause einlegen noch loslassen, also schleppte ich mich weiter, grauenhafte Zentimeter für Zentimeter, und versuchte, nicht zu viel Lärm zu machen, abzurutschen oder zu weinen. Endlich, und ich dachte schon, der Augenblick würde nie kommen, ertasteten meine Hände den Dachvorsprung und ich zerrte mich darüber in Sicherheit, vollkommen am Ende mit den Nerven.

Bisher hatte ich das Wohnheimdach nur von der Straße aus gesehen und hatte eigentlich keine genaue Vorstellung davon, nur dass es wie ein ganz normales Dach aussah. Jetzt allerdings, da ich oben war, musste ich feststellen, dass es nirgendwo eine flache Stelle gab. Überall nur Spitzen, Senken, Türmchen. Ich rechnete fest damit, dass ich einfach wieder herunterrollen würde, sollte ich auch nur eine Sekunde lang den Griff lockern. Daisy dagegen hatte bestimmt absolut keine Schwierigkeiten damit gehabt. Ihre Balance ist wirklich ein Wunder. Deshalb ist sie auch so gut im Schulfach Haltung.

Sobald ich mich (zitternd) aufgerichtet hatte, hielt ich nach ihr Ausschau, stellte aber fest, dass ich ganz allein war. Daisy hatte nicht auf mich gewartet. Der Schlafsaal der Aufsichtsschülerinnen befand sich auf der anderen Seite des Wohnheims, also musste ich einsam und verlassen über das Dach robben – das plötzlich so riesig wie die Welt und doppelt so verwirrend erschien. Verzweifelt versuchte ich, nicht zu laut zu schnaufen, während ich Zentimeter für Zentimeter um eine besonders spitze Auswuchtung schlich – da fand ich mich über dem Fenster der Fünf wieder. Darüber gekauert, wie ein Engel über einem Grabstein, war Daisy. Sie saß von mir abgewandt, den Kopf nach unten gebeugt, sodass ich die Umrisse ihrer Haare, die in der Dunkelheit blasser wirkten, und ihrer Finger sah, die sich an den Ziegeln festkrallten. Ich schlich zu ihr und stupste sie an der Schulter an. Ganz automatisch stupste sie zurück, ohne mich anzusehen. Sie lauschte gebannt, also holte ich mein Fallbuch heraus und spitzte ebenfalls die Ohren.

Wieder einmal half uns der Umstand, dass unsere Hausmutter so versessen auf Frischluft war. Wie jedes Fenster im Haus stand auch dieses hier offen, und der Wind, der mir die Haare auf den Armen zu Berge stehen ließ und mich zum Schlottern brachte (Daisy blieb natürlich reglos wie eine Statue), peitschte auch die Unterhaltung genau zu unseren wartenden Ohren herauf.

Und diese Unterhaltung hatte es in sich. Sie musste schon vor meiner Ankunft, ja noch vor Daisys, angefangen haben und war nun in vollem Gange.

»Sie hassen uns!« Das war Lettice, deren Stimme hoch und voller Sorge klang. »Seit Elizabeth … etwas hat sich verändert, merkt ihr das nicht? Sie gehorchen einfach nicht.«

»Dann lass sie doch«, sagte Florence hochnäsig. »Die können uns gar nichts.«

»Doch, können sie«, meinte Una. »Wenn sie wüssten –«

»Ich will darüber nicht sprechen«, fuhr Enid ihr über den Mund. »Können wir nicht einfach schlafen?«

»Erst, wenn wir über Elizabeths Skandalbuch geredet haben«, entgegnete Florence.

Daisy und ich hörten beide, dass diese Worte ins Schwarze trafen. Enid stieß ein Zischen aus und Lettice ein Wimmern. Daisy setzte sich aufrecht und ich beugte mich ein Stück weiter vor. Wovon redete sie? Was war das Skandalbuch?

»Was soll damit sein?«, fragte Una kalt. Man merkte deutlich, dass sie und Florence die Führung über die Fünf übernommen hatten und versuchten, die Lücke, die Elizabeth hinterlassen hatte, zu füllen, was ihnen aber nicht recht gelang. Ich machte mir dazu neben dem Stenodiktat eine Notiz.

»*Was soll damit sein?*«, wiederholte Enid spitz, als Florence nicht darauf einging. »Hast du nicht mitbekommen, dass Seiten daraus in der ganzen Schule verteilt werden? Wer macht das? Wer hat es? Etwa eine von euch?«

Stille.

»Keine von uns?«, fragte Lettice. »Wirklich nicht?«

»Würden diese Geheimnisse rauskommen, wenn es eine von uns hätte?«, keifte Florence. »Jemand anderes hat es irgendwie gefunden. Es muss Elizabeth Dienstagabend aus der Tasche gefallen sein. Immerhin hat sie uns kurz vorher noch damit getriezt. Oder …«

»Oder jemand hat es gestohlen«, sagte Una.

»Wir müssen es haben!«, sagte Lettice. »Unbedingt!« Sie klang ziemlich panisch.

»Und wie sollen wir das deiner Meinung nach machen, *Lettice?*«, fragte Enid. »Gehen wir zu dem Dieb und bitten lieb darum? *Entschuldigung, könnten wir bitte unsere Geheimnisse zurückbekommen?* Du spinnst, wenn du glaubst –«

»Hör auf!«, mischte Una sich ein. »Wenn wir dieses Buch nicht in Sicherheit bringen, schadet es uns allen. Irgendeine aus den unteren Jahrgängen muss es haben. Ihr habt erlebt, wie aufmüpfig sie sich benehmen. Und *von ihnen* wurde noch kein Geheimnis aufgedeckt.«

»Ich würde die Achtklässler im Auge behalten«, meinte Enid. »Vor allem Betsy North.«

»Oh ja«, stimmte Margaret zu. »Sie hat die ersten beiden Zettel gefunden. Und wenn sie's nicht ist, dann bestimmt eine der Siebtklässler. Die sind schrecklich frech.«

»Gut«, meinte Florence. »Habt ein Auge auf sie. Bestraft sie, falls nötig. Eine von ihnen muss es haben, und wir holen es uns zurück. Wir müssen zusammenhalten, bis das Ganze ausgestanden ist. Oh, Elizabeth! Nicht mal der Unfall hat dafür gesorgt, dass sie ihre Geheimnisse für sich behält.«

»Ein Unfall!«, wiederholte Una. »Glaubst du wirklich, dass es ein Unfall war?«

»Was meinst du?«, fragte Lettice mit erstickter Stimme.

»Selbstverständlich war es ein Unfall«, sagte Margaret vernichtend. »Wir wollten als Aufsichtsschülerinnen zurücktreten, ihr nicht länger helfen. Wir wollten nicht länger machen, was sie uns befohlen hat, das haben wir ihr klar und deutlich gesagt. Und sie wollte uns dafür bestrafen. Hätte sie auch, wäre sie nicht gestorben. Ganz schön praktisch für uns, nicht wahr, dass sie nicht mehr dazu gekommen ist?«

Eiskalte Stille kehrte nach Margarets Worten ein. Ich schrieb so schnell, dass die Zeichen miteinander verschwammen.

»Ich habe sie nicht umgebracht!«, beteuerte Lettice schrill. »Das könnte ich gar nicht!«

»Es versteht sich von selbst, dass es sowieso keine von uns zugeben würde«, sagte Enid nach einer Pause.

Lettice stieß einen merkwürdigen Laut aus, als würde sie gleich in Tränen ausbrechen. Ich zuckte zusammen und plötzlich geriet unter meinen Schuhen ein Ziegel ins Rutschen. Ich erschrak und Margaret sagte: »Was war das? Vor dem Fenster?«

»Da draußen ist jemand!«, rief Florence. Ich hörte Lärm, dann ein Rütteln. Florence steckte wahrscheinlich den Kopf in die Nacht hinaus. Dann: »Da ist nichts weiter«, sagte sie. »Vermutlich Blätter, die vom Baum gefallen sind. Alles in Ordnung.«

Sie schlug das Fenster zu, womit unser Zugang zur restlichen Unterhaltung zwischen den Fünf versperrt war.

6

»Hazel«, hauchte Daisy. »*Das Skandalbuch!* Oh, aber … wie, Hazel, wie konnte das passieren? Wie kann es an der Deepdean ein Buch, ein ganzes *Buch* voller Geheimnisse geben? Wie ist es möglich, dass ich nichts davon gewusst habe?«

Sie packte meinen Arm ziemlich fest.

»Daisy!«, sagte ich. »Daisy! Au!«

»Sei still, Hazel, das ist wichtig. Hazel, ein *Buch*!« Sie geriet ins Taumeln, als hätte man ihr einen schweren Schlag versetzt, was vermutlich auch der Fall war. Die Welt der Deepdean war aufgeplatzt. Die Schule hatte sich von einer völlig neuen Seite gezeigt, mit der Daisy nie gerechnet hätte. »Wir müssen es finden!«, plapperte Daisy weiter und ich war nur froh, dass das Fenster geschlossen war. »Egal, wer es hat, wir müssen es ihm abnehmen. Vor den Fünf, *unbedingt*!«

»Sicher doch«, versuchte ich, sie zu beruhigen.

»Aber Hazel, begreifst du denn nicht: wir müssen!«

»Ich weiß, Daisy! Ich hab doch selbst mitgehört.«

»Und wir müssen ins Zimmer der Fünf, morgen, solange sie unterwegs sind. Wir müssen sicherstellen, dass das Buch nicht doch dort ist, dass sie nicht lügen. Eine von ihnen muss schließlich auch gelogen haben, was den Mord angeht.«

»Aber ich glaube nicht, dass sie wegen des *Buchs* gelogen haben«, sagte ich nachdenklich. »Wenn eine der Fünf Elizabeth getötet hat, damit sie keine Geheimnisse verbreitet – und ich bin sicher, dass es eine von ihnen war –, warum sollte sie dann die Geheimnisse der *anderen* veröffentlichen? Der Mörder hat es immerhin nicht nötig, den Verdacht auf eins der Mädchen der Deepdean zu lenken. Miss Barnard ist davon überzeugt, dass Elizabeths Tod ein Unfall war, also sucht außer uns keiner nach einem Mörder. Genau wie wir schon überlegt haben: Es ist unlogisch, dass eine von ihnen die Geheimnisse der anderen verteilt.«

»Stimmt, Watson«, sagte Daisy. »Sie scheinen wirklich Angst zu haben, nicht? Sie alle haben etwas zu verbergen, und jede weiß über das Geheimnis der anderen Bescheid, das war deutlich. Wenn eins ihrer Geheimnisse herauskäme, könnte die Betreffende die übrigen vier mit zu Fall bringen. Also muss jemand *anderes* das Buch haben. Es scheint, als hätten wir es mit zwei völlig verschiedenen Verbrechen zu tun, was schrecklich interessant ist. Himmel, was für ein komplexer Fall! Wir ermitteln in einem Mord *und* in einem Diebstahl.«

»Lass uns wieder runter klettern«, schlug ich vor. Allmählich wurde mir in der Nacht ehrlich kalt. »Den anderen Bericht erstatten.«

»Ja«, sagte Daisy abwesend. Ihr war anzumerken, dass es in ihrem Hirn ratterte wie bei einer Rechenmaschine – bei all der Aufregung hatte sie ganz vergessen, schroff zu mir zu sein. »In Ordnung. Ich gehe voraus.«

Ohne meine Antwort abzuwarten, eilte sie übers Dach davon, schnell und anmutig. Ich hörte es scheppern und klappern, als Daisy das Regenrohr hinabstieg, dann ein leises Klacken, als sie auf unseren Fenstersims hüpfte. Wieder wartete ich, dann krabbelte ich selbst zum Regenrohr und kämpfte mich unbeholfen abwärts. Ich war so in Gedanken versunken, dass ich zweimal beinahe abgerutscht wäre, ohne dass es mir viel ausgemacht hätte. Ich hatte nicht vergessen, wie Daisy sich benommen hatte, auch wenn sie selbst es offenbar vergessen hatte. Außerdem zerbrach ich mir den Kopf über das Gespräch der Fünf.

Ich betrat den Sims und schaute auf das offene Fenster, dessen Vorhang leicht im Wind wehte. Mit einem erleichterten Seufzen kletterte ich zurück in den warmen Schlafsaal. Hände reckten sich mir entgegen – Küken und Kitty – und ich war in Sicherheit.

7

»Ich fasse es nicht, dass man euch beinahe erwischt hätte!«, keuchte Küken.

»Unfug!«, sagte Daisy und genehmigte sich einen großen Bissen Kuchen. Wir beide hatten uns in Decken gewickelt und balancierten Teller mit Leckereien auf dem Schoß. Ich lehnte an Kükens Bett und meine Finger waren von dem Sirup ganz klebrig. »Wir waren nie wirklich in Gefahr. Spione werden nie erwischt, nicht, wenn sie wirklich gut sind. Und ich bin ein exzellenter Spion. Außerdem, denkt nur, was wir herausgefunden haben! Das *Skandalbuch*!«

Daisy und ich hatten erklärt, was wir belauscht hatten: dass es so etwas wie ein Skandalbuch gab und dass es verschwunden war; und dass wir nicht nur nach einem Mörder, sondern auch nach einem Dieb suchten.

Küken schauderte. »Was, wenn die Fünf herausfinden, wer das Buch geklaut hat? Was werden sie mit ihm machen?«

Eine sehr unangenehme Pause entstand. Ich nahm einen großen Bissen Kuchen und verschluckte mich prompt. Was, *wenn* die Fünf vor uns herausfanden, wer die Geheimnisse verbreitete? War es wirklich ein Shrimp, wie die Fünf vermuteten, wie um alles in der Welt könnte sie sich gegen die Großen wehren, und wie sollte sie vor dem Mörder sicher sein? Ich fröstelte. Diesmal waren es nicht wir, die in größter Gefahr schwebten. Es war die unbekannte Diebin.

»Wir müssen ihnen einfach zuvorkommen«, sagte Daisy entschlossen.

»Oh, natürlich«, murmelte Lavinia sarkastisch.

»Doch!«, sagte Daisy. »Wir sind sehr gut darin, Dinge zu finden, nicht wahr, Hazel? Ausgezeichnet sogar. Wir müssen so gründlich wie möglich nach dem Buch suchen. Und wir müssen einen weiteren Plan umsetzen: Jetzt, da wir wissen, dass alle Fünf Geheimnisse haben, *müssen* wir aufdecken, wobei es sich dabei handelt.«

Kitty wurde hellhörig.

»Und am leichtesten dürfte das gehen, wenn wir sie beschatten. Morgen, zwischen den Stunden, müssen wir uns an ihre Fersen heften. Es ist eigentlich ganz praktisch: Wir fünf verfolgen die Fünf. Ich übernehme Enid. Küken nimmt Florence. Kitty nimmt sich Una vor und Lavinia heftet sich an Lettice. Und Hazel, du knöpfst dir Margaret vor.«

Ich dachte darüber nach. Wie immer bewies Daisy Menschenkenntnis. Florence würde Küken nicht bemerken. Lavinia ist zu träge, um Lettice nervös zu machen. Und Kitty ist genau wie Una leicht von kleineren Mädchen genervt. War es ein Seitenhieb, mir Margaret zu übertragen – sollte das heißen, dass ich langsam und langweilig war? Unglücklich schluckte ich und zwang mich, mir wieder den Kopf über den Fall zu zerbrechen. Daisy hatte sich selbst für Enid eingeteilt, was interessant war. Sie folgt gerne denjenigen, die ihr am verdächtigsten erscheinen. Ob sie richtig lag? Ich war nicht sicher. Wie schon gesagt, Enid erschien mir viel zu klein und schüchtern, um jemanden den Kopf einzuschlagen.

»Ooh!« Küken wurde ganz zapplig. »Aufregend!«

»Es ist ungeheuer wichtig, dass wir sie nicht aus den Augen lassen!«, sagte Daisy. »In der Süßen Pause treffen wir uns dann, um unsere Ergebnisse zu besprechen. Wenn wir ihre Geheimnisse erst einmal herausgekriegt haben … tja, dann haben wir den Mörder quasi gefunden!«

Bei Daisy klingt alles immer so einfach.

8

Während der Andacht am nächsten Tag waren die Gerüchte über Elizabeths Tod – *Mord*, wurde noch geflüstert – ungebrochen, und mir erschien es logischer denn je, dass die Fünf davon ausgingen, eins der jüngeren Mädchen hätte das Skandalbuch. Die Kleinen waren völlig aufgedreht, stießen sich gegenseitig an und starrten die Großen viel frecher an, als sie es noch am Dienstag gewagt hätten. Die Älteren waren dafür still, in sich gekehrt, nervös. Diejenigen, über die man tratschte – Astrid, die immer wieder verlegen ihr blondes Haar berührte; Heather Montefiore, blass und bestürzt – zogen verschämt den Kopf ein, während sich der Rest fast ebenso schlimm benahm. Warum, war klar. Sie hatten Angst, es könnte sie als Nächstes erwischen.

Plötzlich waren die jüngeren Jahrgänge an der Macht, und das war allen bewusst. Es war, als hätte man das komplette Deepdean-System auf den Kopf gestellt: Die Shrimps waren selbstbewusst, die Älteren verunsichert. Die Großen hatten sich mehr als nur einen Zacken aus der Krone gebrochen – es war deutlich geworden, dass auch sie nur aus Fleisch und Blut sind wie der Rest von uns. Es war ein Schock, und genau darin, so begriff ich an diesem Morgen mit aller Eindringlichkeit, lag die Macht von Geheimnissen. Sie konnten Menschen verändern – ändern, welches Bild man von ihnen hatte. Bis gestern hatte die gesamte Schule Sophie Croke-Finchley für ein musikalisches Wunderkind gehalten, doch wenn wir sie nun anschauten, sahen wir ein neues Mädchen, eins, das nicht in Walzern dachte. Ob die Geheimnisse zutrafen oder nicht, spielte beinahe schon keine Rolle. Das Gerücht über mich war eine glatte Lüge, und ich war fast sicher, dass Astrids Haar von Natur aus goldblond war, doch das war egal. War die Behauptung erst einmal in die Welt gesetzt, konnte man sie nicht zurücknehmen.

Vermutlich hat Daisy das schon lange begriffen, deshalb hatten die Ereignisse auf Fallingford im Frühjahr sie auch so mitgenommen. Sie lebt von ihrem Ruf, doch von einem kaputten Ruf kann man nicht leben. Ich stellte mir vor, wie die Gerüchte nach und nach aus den Seiten des Buchs tröpfelten und die Schule mit Skandalen fluteten.

Miss Barnard verlas die Ankündigungen. »Mädchen«, sagte sie, »wir haben beschlossen, den Gedenkgottesdienst für Elizabeth Samstagmorgen abzuhalten, hier in der Aula. Bis dahin steht in meinem Büro ein Kondolenzbuch zur Verfügung, für jede Schülerin, die sich gerne eintragen möchte. Außerdem stehe ich jederzeit zur Verfügung, falls eine von euch über Elizabeth reden möchte. Ich verstehe gut, dass dies für viele von euch eine schwere Zeit ist, und auch wenn ich keinen Zweifel daran habe, dass unsere Schule sich davon nicht unterkriegen lässt, muss dieser Verlust sehr hart für euch sein.«

Wieder einmal war die Elizabeth, von der Miss Barnard da redete, eine völlig Fremde für mich. Unsere Direktorin hatte eine Elizabeth gekannt, die man vermisste und die man feiern sollte. Doch die Elizabeth, deren Tod wir untersuchten, war intrigant gewesen und hatte anderen so lange zugesetzt, bis man sie dafür getötet hatte.

Dann plärrte die Orgel los und alle schwärmten zur ersten Stunde aus. Als wir die Aula verließen, huschte ich von unserer Reihe zu den Neuntklässlern, die neben uns liefen und von Margaret nach draußen geführt wurden. Sie war ganz rot im Gesicht. Ich fragte mich, ob Miss Barnards Worte sie so aufgeregt hatten. Wie immer tuschelten Binny und ihre Freundinnen und sorgten für Unruhe, woraufhin Margaret genervt herumfuhr. »Ihr da!«, knurrte sie. »Hört sofort auf!«

Die Neuntklässlerinnen verstummten einen Augenblick, dann flüsterten sie weiter. Als Binny kichernd etwas raunte, ballte Margaret die Fäuste und machte ein grimmiges Gesicht. Ihre Augen schimmerten. Sie war den Tränen nahe. Hieß das, Elizabeths Tod ging ihr am Ende doch nahe oder dass sie schuldig war und ihre Tat bereute?

Ich heftete mich weiter an ihre Fersen. Sie ließ die Neuntklässlerinnen an der Tür ihres Klassenzimmers zurück und ging durch den Bibliotheksflur in Richtung des Flügels, in dem die Großen untergebracht waren. Sie wischte sich die Augen an ihrer Strickjacke ab und presste die Finger fest aneinander, so versunken in ihren eigenen Gedanken, dass sie mich nicht bemerkte.

Dann, kurz vor uns, entdeckte ich Astrid Frith. Ich sah, wie Margaret aufschreckte und endlich aus ihrer Trübsal gerissen wurde. Sie legte einen Zahn zu, bis sie bei Astrid war, die zusammenzuckte und wie angewurzelt stehen blieb. Ich hielt an, drückte mich an einem der Fenster herum und tat so, als würde ich in meiner Schultasche nach etwas suchen.

»Was willst du?«, fragte Astrid.

»Warum sollte ich etwas von dir wollen?«, entgegnete Margaret so laut, dass ich keine Probleme hatte, mitzuhören, obwohl ich vorsichtshalber zehn Schritte zurückgefallen war. »Ich wollte nur … Hör mal, geht's dir gut?«

»Bestens«, antwortete Astrid säuerlich. »Was schert dich das?«

»Hör mal«, sagte Margaret noch einmal. »Ich … ich wollte nur sagen, das am Dienstagabend –«

In diesem Moment tauchte Lettice auf. Hinter ihr lungerte Lavinia herum – und vermasselte es! Zum Lauschen war sie viel zu weit entfernt, ganz am hinteren Ende des Flurs, wo sie an ihren Nägeln herumspielte und gähnte.

Als Margaret Lettice entdeckte, erstarrte sie. »Was ich dir da gesagt habe, war mein voller Ernst«, sagte sie laut. Ihre Art hatte sich so abrupt verändert, als hätte jemand einen Schalter umgelegt. »Deine Haare sehen wirklich total unecht aus.«

Astrid keuchte auf und machte ein unglückliches Gesicht. »Oh!«, presste sie hervor, bevor sie sich abwandte und davoneilte, ja beinahe rannte. Lettice nickte Margaret zu, doch obwohl Margaret das Nicken erwiderte, blieb ihre Miene steinern.

»Anders geht es nicht«, sagte Lettice.

»Lass mich!«, entgegnete Margaret. Da war ich mir absolut sicher, dass sie Astrid eigentlich etwas ganz anderes hatte mitteilen wollen – nur war ihr Lettice dazwischengefunkt. Ich überlegte, was wir am Abend des Mords beobachtet hatten. Margaret schien sich außergewöhnlich viel Mühe zu geben, um fies zu Astrid zu sein, und nun tat sie es wieder. Gleichzeitig hatte ich den Eindruck, dass sie eigentlich gar nichts gegen sie hatte.

Es läutete zum Stundenbeginn und ich musste mich beeilen, nicht zu spät zu Latein zu kommen.

9

An diesem Vormittag war der Unterricht so nebensächlich wie die Sprechpausen in einem Theaterstück. Ich erinnere mich hauptsächlich daran, dass ich am Fuß der Treppe zum Flügel der Großen herumlungerte und so tat, als würde ich Lavinia, Kitty und Küken *nicht* bemerken – vor allem gab ich mir Mühe, Küken nicht anzusehen, die mir zapplig zugrinste.

Daisy habe ich wirklich kaum gesehen – es ist zum Aus-der-Haut-Fahren, wie gut sie bei diesem Teil der Ermittlungen ist, während ich es eigentlich nicht ausstehen kann, Leute zu beschatten. Es ist mir einfach zu blöd. Noch dazu war diese Mission enttäuschender als üblich. Die Fünf gehören zu den Großen, was bedeutete, dass sie nach den Regeln der Deepdean an Orte dürfen, an denen Zehntklässler schlicht verboten sind. Es gab so vieles, das ich verpasste, dass ich davon ganz schlechte Laune bekam.

Doch auch wenn es mir schwer fiel, etwas wirklich Brauchbares zu belauschen, war, was ich beobachtete, umso wichtiger. Die Fünf gingen sich angespannt und misstrauisch aus dem Weg, trotzdem zog es sie immer wieder zueinander. Der Verlust von Elizabeth war wie ein abscheulicher Leim, der ihre Gruppe zum Zusammenhalten zwang. Jede verdächtigte jede, konnte es aber nicht aussprechen. Das brachte sie dazu, sich gegenseitig zu hassen, obwohl sie sich gleichzeitig mehr brauchten als vorher.

Enid zischte Lettice etwas ins Ohr, woraufhin sie erbleichte und davonhastete. Una raunte Florence etwas zu, was zur Folge hatte, dass Margaret, die es mitbekam, vor Zorn rot anlief. Offenbar konnten sie sich einfach nicht in Ruhe lassen.

Ich beobachtete die Fünf und sah gleichzeitig *uns*: Kitty, Küken, Lavinia, Daisy und mich. Mir wurde bewusst, dass Kitty und Küken irgendwie ihre ganz eigene Sprache haben und dass Lavinia darauf eifersüchtig ist, auch wenn sie es hinter ihrer Bissigkeit versteckt. Dass Kitty und Lavinia von Daisy beachtet werden wollen und darum wetteifern (während Küken schlicht annimmt, dass Daisy sie sowieso nicht wahrnimmt, und gelernt hat, sich nichts daraus zu machen).

Und dann sah ich die komische Art, wie Daisy mich anschaute, als ginge ihr etwas durch den Kopf, dass sie nicht aussprechen konnte. Dieser Fall, so schien mir, ging mehr und mehr nicht nur um die Fünf, sondern auch um uns.

In der Süßen Pause trafen wir uns auf dem Nordhof und mampften unsere Chelseaschnecken. »Na schön, Detektivinnen«, sagte Daisy. »Was habt ihr herausgefunden? Falls ihr nichts zu berichten habt, habt ihr nicht ordentlich aufgepasst.«

»Ich habe was gesehen«, sagte Kitty. »Oder, na ja, glaube ich zumindest. Una ist furchtbar miesepetrig. Sie hasst es, dass die Jüngeren so respektlos sind. Als sie ein paar Neuntklässler nachsitzen lassen wollte, haben die sie einfach *ignoriert*. Dann, nach Latein, war da noch etwas. Miss Lappet hat mit Una geredet. Sie hatte die *Times* von heute unter dem Arm, wahrscheinlich hatte sie sie kurz vorher gelesen. *Diese neuen Gesetze von Herrn Hitler*, sagte sie. *Sehr präzise – kein Platz für Zweifel, nicht wahr? Ihr Vater muss sehr zufrieden sein, Miss Dichmann.*«

»Was für Gesetze?«, wisperte Küken.

»Über die Juden«, raunte ich zurück. Seit diesem Sommer interessiert mich Europa brennend, vor allem, was in Deutschland vorgeht, allerdings nicht weil es mir gefällt. Mir wird immer ganz flau, wenn ich davon höre, trotzdem kann ich nicht wegschauen. »In Deutschland gibt es eine Menge Dinge, die man als Jude nicht mehr darf, und Hitler und die Nazis legen extra eine Liste von allen Juden an, damit auch jedem klar ist, wem was erlaubt ist und wem nicht.«

»Das ist aber gar nicht nett«, meinte Küken stirnrunzelnd. »Bist du ganz sicher? Warum sollte denn jemand so was machen?«

Darauf wusste ich keine Antwort, also zuckte ich nur mit den Schultern.

»Und? Warum sollte das eine Rolle spielen?«, wollte Lavinia wissen.

»Weil Una zu Tode erschrocken aussah«, erzählte Kitty. »Und ich dachte … na ja, dass es wichtig sein könnte. Ihr wisst doch, dass ihr Vater irgendeinen wichtigen Posten in der Hitler-Regierung hat, oder? Sonst gibt sie immer damit an, aber heute nicht. Ich fand, dass es eine Rolle spielen könnte.«

»Oh! Wisst ihr noch, was die Elftklässlerin gesagt hat? Elizabeth hat sich Dienstagabend mit Una über ihren Vater unterhalten«, sagte ich. »Was, wenn Unas Geheimnis mit ihrem Vater und den Nazis zu tun hat? Was, wenn er sie gar nicht so gut findet, wie er tut?«

Kitty schien zufrieden. »Ganz meine Meinung. Es passt – und, oh, wenn ihr Unas Gesicht gesehen hättet! Sie war zu Tode erschrocken.«

Daisy klopfte ihr auf die Schulter. »Assistentin Freebody, ausgezeichnete Arbeit!«, lobte sie. »Gut gemacht. Wer als Nächstes?«

Wir zögerten. Damit mithalten zu können, war schwierig.

»Lettice isst nicht«, berichtete Lavinia. »Ich habe ihr gerade ein Brötchen stibitzt und sie hat es nicht einmal bemerkt.« Zum Beweis hielt sie es hoch.

»Ja, tja, sie isst nie viel, oder?«, meinte Kitty. »Das ist kein Geheimnis.«

»Nur warum hat sie nie Hunger?«, warf Küken ein. »Darüber habe ich mich schon immer gewundert. Sie ist so dünn …«

Kitty legte den Arm um sie. »Ach, Küken.«

»Außerdem sucht sie nach Papier«, fuhr Lavinia fort. »Sie stürzt sich auf jeden Schnipsel, der ihr über den Weg weht, und dann, wenn kein Geheimnis drauf steht, zieht sie ein Gesicht, als wüsste sie nicht, ob sie sich freuen oder noch größere Angst haben soll. Sie hat ihre Jagd nur ein einziges Mal unterbrochen, und das war für eine langweilige Unterhaltung über irgendein Kleid, dass sie sich schneidern lässt.«

»Irgendein Kleid!«, wiederholte Kitty. »Das ist nicht nur *irgendein Kleid*. Du meinst ihr Debütantinnenkleid für den Ball bei Hofe im Januar. Ich habe davon gehört. Sie lässt es extra in London anfertigen, vom gleichen Schneider, der auch den Königshof einkleidet! Es wird aus pfirsichfarbenem Satin mit einer Schleife und –«

»*Gähn*«, unterbrach Lavinia sie unverschämt.

»Ich sage ja nur, was ich gehört habe!«, verteidigte sich Kitty. »Sie war im Sommer sogar auf einem Mädchenpensionat in der Schweiz – in Lausanne, glaube ich –, um sich für den Ball ordentlich vorzubereiten.«

»Wenn ich noch ein Wort über dieses Kleid höre, wird mir schlecht«, beschwerte sich Lavinia und stopfte sich ein Stück von dem geklauten Brötchen in den Mund. »Mit drei verschiedenen Leuten hat sie darüber gequatscht. Und jedes Mal dasselbe! Dafür kein Sterbenswörtchen über ihr Geheimnis.«

»Küken?«, fragte Daisy und hob eine Augenbraue. Ihr war anzumerken, dass Lavinias Leistungen als Detektivin sie nicht gerade begeisterten.

»Florence ist ziemlich schnell.« Küken wurde rot. »Ich habe nicht so richtig … Manchmal konnte ich nicht …«

»Gib zu, dass du nicht schnell genug warst«, unterbrach Lavinia sie.

»Gar nicht!«, meinte Küken. »Ich meine … Nur *manchmal*. Ich weiß, dass sie wie verrückt durch die Gegend hetzt, wenn andere in der Nähe sind, aber wenn sie allein ist, dann *atmet* sie.«

»*Sie atmet?*«, wiederholten Daisy und Kitty im Chor.

»Sie *atmet*«, bestätigte Küken. »Sie hält an und atmet. *So*.« Sie legte sich die Hand auf die Brust und blies die Backen auf, während sie sich bei Kitty abstützte.

»Was treibst du denn da?«, fragte Kitty skeptisch. Daisy betrachtete sie nachdenklich. Ich konnte förmlich sehen, wie es in ihr arbeitete.

»Das weiß ich doch auch nicht!«, klagte Küken. »Das jedenfalls hat sie gemacht. Fast, als ginge es ihr nicht gut. Aber die restliche Zeit ist sie durch die Gegend marschiert wie sonst was und hat die Leute wegen fehlender Knöpfe, Nachsitzen und allem Möglichen angeschrien. Also habe ich mich vielleicht getäuscht.«

»Hm!«, machte Daisy. »Das *ist* interessant. Was, wenn es Florence wirklich nicht gut geht? Das … könnte wichtig sein. Nun, Hazel, du warst bisher sehr ruhig. Was hast du herausgefunden?«

»Äh«, sagte ich. »Margaret … Irgendetwas ist zwischen ihr und Astrid, glaube ich. Margaret wollte sich im Gang mit ihr über Dienstagabend unterhalten, doch sobald Lettice aufgetaucht ist, hat sie aufgehört.«

»Warum?« Daisy wurde hellhörig. »Lavinia, warum hast du nichts davon gesagt?«

»Weil ich's nicht gesehen hab«, meinte Lavinia seufzend. »Außerdem hat Hazel es dir ja nun erzählt.«

»Es war komisch«, fuhr ich fort. »Margaret war wirklich nett zu Astrid, doch dann, als sie Lettice entdeckte, wurde sie richtig gemein, sodass Astrid weggelaufen ist. Genau wie am Dienstag.«

»Interessant!«, sagte Daisy. »Sehr interessant. Soll ich euch jetzt erzählen, was Enid gemacht hat?«

»*Gearbeitet?*«, riet Lavinia sarkastisch. »So wie immer?«

»Das *wollte* sie«, meinte Daisy. »Aber sie war furchtbar abgelenkt. Ständig ist sie in alle möglichen Räume gerannt und kam wieder herausgeschossen, und während Miss Lappet sich mit Una unterhalten hat, war sie fast fünf Minuten lang im Geschichtsraum. Als sie zurückkam, sah sie schrecklich schuldbewusst aus.«

»Ja und?«, fragte Lavinia.

»Und«, wiederholte Daisy, »das ist interessant, sonst nichts. Möglicherweise sucht sie nach dem Skandalbuch – aber wenn ja, dann ist es ihr wichtig, dass die anderen nichts davon merken.«

»Oh!« Mir fiel etwas ein. »Die Großen haben nächste Woche eine wichtige Geschichtsprüfung. Ich habe gehört, wie Enid es neulich vor dem Silentium erwähnt hat.«

»Watson!«, stieß Daisy begeistert aus. »Du Genie! Himmel, das könnte die Lösung sein! Was, wenn Enid es gar nicht auf das Skandalbuch, sondern auf Miss Lappets Testfragen abgesehen hat?«

»Soll das heißen, du glaubst, dass sie schummelt?«, hauchte Küken.

Daisy nickte mit erhitzten Wangen. »Es passt! Stellt euch nur mal vor! Eine Betrügerin an der Deepdean. Eine Betrügerin, die sich ihren Weg an die Uni ermogelt! Oh, das ist eine Katastrophe.«

Was die Engländer und Betrug angeht, ist mir etwas Merkwürdiges aufgefallen. Wenn man in England betrügt, geht es um mehr als um die reine Tatsache, dass man andere getäuscht hat, es wird zum Teil deiner Persönlichkeit.

»Aber ihr könnt doch gar nicht wissen, ob das stimmt, nicht solange ihr sie nicht dabei erwischt!«, sagte Kitty. »Wir raten hier nur.«

»Kitty hat recht«, meinte Lavinia. »Du spinnst dir nur was zusammen. Funktioniert ermitteln immer so?«

»Wir *spinnen* uns nichts zusammen«, widersprach Daisy gereizt. »Wir stellen Theorien auf. Und wir haben vier davon: dass Enid eine Betrügerin ist; dass Unas Vater kein so überzeugter Nazi ist, wie sie behauptet; dass Margaret und Astrid irgendein Geheimnis teilen; und dass irgendetwas mit Florences Gesundheit nicht stimmt. Jetzt müssen wir nur noch beweisen, dass unsere Theorien *stimmen*, und dafür müssen wir den Schlafsaal der Fünf durchsuchen, wie bereits geplant. Und zwar so bald wie möglich. Die einzige Verdächtige, bei der wir weitergekommen sind, ist Lettice, daher ist ihr Teil des Zimmers besonders wichtig. Wer weiß, auf welche Hinweise wir stoßen!«

Der Gong verkündete das Ende der Süßen Pause. Wir hatten in unserem Fall Fortschritte gemacht, kamen den Geheimnissen der Fünf immer näher. Während wir uns durchs Gedränge in den Bibliotheksflur schoben, verfasste ich in Gedanken bereits den nächsten Brief. Ich drehte mich um und schaute zu Daisy, nahm an, dass sie mich anlächeln würde – doch stattdessen erwischte ich sie dabei, wie sie mich durchdringend musterte. Mir wurde flau. Ich hatte angenommen, dass zwischen Daisy und mir wieder alles in Ordnung war, doch da hatte ich mich scheinbar geirrt. Und wenn zwischen uns etwas im Argen lag, konnte ich mir denken, warum.

10

Den ganzen Vormittag lang bekam ich das unheimliche Gefühl nicht los, als hätte man sämtliche Luft aus mir herausgepresst, als hätte ich einen schlimmen Fehler begangen, den ich nicht wieder gutmachen konnte. War es denn wirklich möglich, dass Daisy von Alexanders Briefen wusste? Und falls ja, könnte sie mich dafür hassen? Bestimmt nicht. Andererseits sah ich mit eigenen Augen, was los war. Etwas stimmte nicht mit ihr.

Dass ein weiteres Geheimnis ans Licht gekommen war, half auch nicht gerade. Diesmal war es auf dem Weg zum Wohnheim von der Neuntklässlerin Alma Collingwood gefunden worden, und es stellte sich als das bisher skandalträchtigste heraus.

»Emmeline Moss hat ihre Zwillingsschwester getötet!«, erzählte Kitty atemlos. »Als sie noch ganz klein waren, heißt es. Sie standen beide an einem Teich, Emmeline hat sie reingeschubst und sie ist ertrunken.«

»Oh!«, schluchzte Küken, der die Tränen in die Augen traten. »Oh, wie schrecklich! Das kann nicht stimmen! Das muss ein Irrtum sein.«

»So stand es auf dem Zettel!«, bekräftigte Kitty.

»Das macht es nicht automatisch wahr!«, wandte ich ein. »Einige Geheimnisse aus diesem Buch sind frei erfunden. Zum Beispiel das über meinen Vater!«

Kitty sah ziemlich schuldbewusst drein. »Ach. Hab ich vergessen – tja, wahrscheinlich sind nicht *alle* wahr. Aber die meisten.«

Wir traten durch den Haupteingang des Wohnheims, wo uns der Geruch nach Hackfleischpastete empfing. Ausnahmsweise wurde mir davon jedoch eher schlecht, als dass ich Appetit bekam.

In diesem Moment schob sich Emmeline Moss höchstpersönlich an uns vorbei ins Freie. In ihren Augen standen Tränen. Jemand im Flur lachte fies und alle drehten sich zur Tür, und damit auch zu uns. Einmal mehr fühlte ich, wie grausam Tratsch sein konnte, egal, ob wahr oder erfunden. Ab sofort wäre es unmöglich, beim Anblick von Emmeline nicht an ihren Zwilling zu denken und zu überlegen, ob es ein Unfall gewesen war oder nicht.

»Ooh, die Post war da!«, stellte Küken fest. Ich drehte mich zu unseren Postfächern und auch Daisys Kopf fuhr herum. Ein Brief für Kitty, einer für Clementine und … einer für mich, adressiert in einer Handschrift, die mir äußerst vertraut war.

»Was ist das?«, fragte mich Daisy gelassen von hinten.

»Nichts weiter«, antwortete ich und spürte, wie ich hochrot wurde. »Gehen wir zum Essen.«

»Aber du hast einen Brief bekommen«, sagte Küken. »Schau!«

Ich erstarrte. »Der ist von meiner Cousine«, sagte ich und kribbelte auf einmal am ganzen Körper.

»Hazel Wong, du hast keine Cousine«, sagte Daisy. Sie griff zu, schnappte sich mit spitzen Fingern Alexanders Brief und ließ ihn hin und her baumeln. »Von wem könnte er also sein?«

Ich wurde noch röter. »Hab ich doch!«, protestierte ich, folgte ihr durch die Tür in den Speisesaal und musste mir mit aller Macht verkneifen, ihr den Brief aus der Hand zu reißen. »Du kennst sie nur nicht.«

»Das stimmt nicht«, sagte Daisy, auf deren Wangen

sich bereits kleine zartrosa Pünktchen bildeten. »Das weißt du ganz genau. Außerdem merke ich sofort, wenn du lügst.«

»Ich lüge nicht!«, sagte ich mit feuerheißen Wangen.

»Oh doch«, zischte Daisy und setzte sich an den Tisch – ein kleines Stückchen zu weit von mir entfernt, als das ich meine Post hätte zurückholen können. »Ich kenne dich, Hazel Wong. Ich kenne dich in- und auswendig, und ich weiß, was du treibst.«

»Gar nicht«, sagte ich. Mir war ganz mulmig zumute.

Inzwischen beobachtete uns der gesamte Tisch. Ich hasste den neugierigen Ausdruck auf Clementines Gesicht. Ich spürte, wie eine neue Tratschgeschichte ihren Anfang nahm, ein weiterer Grund, sich über mich den Mund zu zerreißen, und alles nur wegen Daisy.

»Und ob! Du schreibst einem *Jungen*, Hazel Wong! Schon das ganze Trimester lang, und du dachtest, ich würde es nicht mitbekommen!« Sie senkte die Stimme. »Sag mir nur, dass du ihm nichts von unserem Fall erzählt hast!«, zischte sie. »Hast du doch nicht, oder?«

Mir wurde ganz schwindelig und ich fühlte mich, als würde ich den Boden unter den Füßen verlieren und über den Köpfen aller schweben, wie der Geist, den wir einmal mit unserem Ouija-Brett beschwören wollten. Das alles durfte nicht wahr sein. »Ich …«, setzte ich an. »Aber … er ist auch Detektiv, das weißt du, ich habe nur –«

Daisy wurde kreidebleich. »Du hast unseren Schwur gebrochen!«, zischte sie. »Wie konntest du nur?! Du … *Verräterin*!«

»Nein.« Die Worte purzelten tollpatschig aus meinem Mund. »Daisy –«

»Und das Schlimmste ist«, meinte Daisy sehr leise. Ihre Lippen schienen sich wie in Zeitlupe zu bewegen. »Er mag dich ja nicht mal auf *die* Art, Hazel.«

Ich versetzte ihr eine Ohrfeige. Meine Hand bewegte sich ganz von allein, als wären Daisy und ich zwei Magnete, die sich anzogen. Ich hörte das Klatschen, dann Kükens Wimmern. Daisy selbst gab keinen Ton von sich.

Der gesamte Speisesaal gaffte uns sprachlos an, bis Florence am Ende unseres Tischs aufstand und rief: »Aufhören, SOFORT! Wells! Wong!« Dann legte sie die Hand auf die Brust und ich begriff, was Küken mit *atmen* gemeint hatte. Florence wurde kreideblass – in diesem Moment glaubte ich tatsächlich, dass sie krank war.

Zeit, darüber nachzudenken, blieb mir allerdings nicht. Das Schwindelgefühl wurde schlimmer. Ich stand auf, grabschte nach dem Brief, den Daisy auf den Tisch hatte fallen lassen, und stürmte auf den Flur. Dann rannte ich die Treppe hoch – jemand rief nach mir, aber ich ignorierte es. Bevor ich mich versah, war ich in der Wäschekammer, in der Daisy und ich unsere allererste Lagebesprechung als Detektivinnen abgehalten hatten. Ich kroch ins unterste Fach zwischen die frischen, raschelnden Laken, die nach Stärke und Kälte rochen. Dort bewahren wir immer eine Ersatztaschenlampe auf, die ich jetzt herauskramte und zusammen mit meinem Brief und dem Fallbuch an mich drückte. Wie hatte ich Daisy das antun können? Wie hatte sie mir das antun können?

Ich riss Alexanders Brief auf, erwärmte ihn mit zitternden Fingern über der Taschenlampe und las.

Weston-Schule, Mittwoch, 6. November, Abend

Liebe Hazel,
echt? Ein Mord an der Deepdean? Ihr zwei scheint von Morden regelrecht verfolgt zu werden. Wenn ihr meint, dass es ein Mord war, dann glaube ich euch natürlich. George und ich geben euch recht, dass es nicht Jones gewesen sein kann, daher muss eine der Aufsichtsschülerinnen ihn reingelegt haben. Sonst kommt keiner infrage. Alles passt so gut zusammen – perfekt, abgesehen davon, dass es schwierig wird, die Fünf weiter einzugrenzen. Hat eine von ihnen ein Alibi? Kennt ihr ihre Motive? Vermutlich werden Spuren in diesem Fall besonders wichtig sein. Konntet ihr dem Tatort schon einen Besuch abstatten? Ich wünschte, ich wäre dabei. Hört euch auch nach Tratsch um. Man weiß nie, ob man nicht etwas Wichtiges aufschnappt. Wie sagt Daisy doch immer? Ständige Wachsamkeit. Viel Glück und halte uns auf dem Laufenden. Ich hab das hier so schnell wie möglich geschrieben und dem Postboten auf seiner zweiten Runde gleich wieder mitgegeben.

Alexander

Ich legte den Zettel raschelnd auf mein Knie. Genau das hatte ich hören wollen – Alexander muss meinen ersten Brief gestern Nachmittag bekommen haben und hatte sofort geantwortet! Leider war sein Brief auch Grund für einen grauenhaften Streit zwischen mir und Daisy. Ihre Worte gingen mir nicht aus dem Kopf: *Er mag dich ja nicht mal auf* die Art, *Hazel.* Es machte mich wütend. Alexander und ich waren Freunde, sonst nichts. Warum musste Daisy so grausam sein und etwas Unschönes daraus machen?

Da öffnete sich knarrend die Tür zur Wäschekammer. Ich erstarrte. Doch dann ... »Hazel?«, wisperte Küken.

»Hier drüben«, flüsterte ich erleichtert zurück und wie ein kleines Tier krabbelte Küken in die Laken hinein. Sie kam dicht zu mir und tätschelte mir wenig später den Arm. »Hallo«, sagte sie. »Geht's dir gut?«

»Ja«, sagte ich traurig. »Nein.«

»Ich glaube, Daisy hat es nicht so gemeint«, sagte Küken. »Ich glaube, keiner von euch hat es so gemeint. Kitty ist furchtbar sauer auf sie, weil sie dich so getriezt hat. Schreibst du dir wirklich mit einem Jungen?«

»Daisy muss immer das letzte Wort haben«, schimpfte ich. »Und ja, mit Alexander. Weißt du noch? Ich hab dir von ihm erzählt. Wir haben ihn im Sommer im Zug kennengelernt.«

»Ach ja, jetzt fällt es mir wieder ein. Er klang nett. Das kommt schon wieder in Ordnung«, sagte sie. »Ganz bestimmt. Du und Daisy seid schließlich Freundinnen, immer.«

Da war ich mir nicht so sicher, aber ich wollte Küken nicht wehtun und behielt es für mich.

Wir hockten da, lehnten die Köpfe aneinander und schwiegen eine Weile. Ich merkte, wie sich meine Atmung beruhigte und mein Herz wieder normal schlug. Küken war große Klasse im Trösten.

Dann knarrte die Tür zur Kammer erneut.

Fast hätte ich gefragt: *Wer ist da?*, doch etwas ließ mich innehalten, für den Fall, dass es Daisy war. Und wenig später war ich heilfroh, dass ich den Mund gehalten hatte –

denn wer da zur Tür hereinkam, war nicht Daisy. Es war Florence.

Ich sah ihre ausgetretenen braunen Schuhe und ihre Beine, auffällig lang und stämmig (dank dem vielen Sport, den sie treibt) mit feinen rötlichen Härchen darauf. Und ich konnte sie riechen – eine Mischung aus Gras und Schweiß. Dann folgte ihr jemand. Das zweite Paar Beine war wohlgeformt mit blonden Härchen. Die Schuhe daran glänzend und nagelneu. Sie gehörten Una.

Küken krallte sich ziemlich schmerzhaft an meinem Arm fest und ich raunte ihr »*Psst!*« ins Ohr. Sie nickte abgehackt und ich wusste, ich konnte mich darauf verlassen, dass sie still blieb. Ich war baff: Rein aus Versehen hatten Küken und ich es geschafft, zur rechten Zeit am rechten Ort zu sein, um genau das zu belauschen, worauf wir es abgesehen hatten. Und wir hatten gedacht, das im Leben nicht hinzubekommen!

»Ich begreife nicht, warum wir uns in der Wäschekammer treffen müssen«, sagte Una hochnäsig.

»Ach, halt den Mund, es ist der einzige sichere Raum im ganzen Haus«, antwortete Florence. Ihre Stimme war rau und sie zappelte ohne Unterbrechung.

»Also, was hast du mir zu sagen?«, wollte Una wissen, wobei ihr deutscher Akzent deutlicher als sonst herauskam. Ich überlegte, ob es daran lag, dass sie nervös war. »Und warum kannst du es nicht vor den anderen sagen?«

»Das weißt du ganz genau«, antwortete Florence. »Elizabeth. Hätte sie diese Geheimnisse ausgeplaudert, hätte sie uns alle ruiniert. Das war genug Grund für jede von uns, um –«

»Um sie umzubringen?«, unterbrach Una sie. »Ah, das ist dir also auch schon in den Sinn gekommen. Finde ich auch –

und du glaubst, eine von *uns* war es? Aber welche? Oder willst du hier ein Geständnis ablegen?«

Sie sagte es ganz gelassen, als würde es kaum eine Rolle spielen, dabei konnte ich die Anspannung zwischen den beiden förmlich spüren.

»Natürlich nicht! Ich bin unschuldig. Aber eine von uns ist es nicht.«

»Warum also sollte ich herkommen? Ich könnte doch dahinter stecken. Ich könnte die Mörderin sein. Und was dann?«

»Gar nichts«, meinte Florence. »Weil ich nichts verraten werde. Und ich weiß, du würdest es auch nicht. Weil dein Geheimnis nicht nur dich allein betrifft. Sondern deinen Vater – und deine ganze Familie.«

Una versteifte sich. »Geht es hier um die Spiele?«, fragte sie. »Hast du Angst, dass du nächsten Sommer in Berlin keine Unterkunft hast, wenn man meinen Vater aus der Partei schmeißt?«

»Stell dich nicht so dumm an«, meinte Florence. »Du weißt genau, was ich sagen will, viel besser als die anderen es begreifen würden. Egal, wer es getan hat, wir dürfen nicht ausplaudern, was wir wissen. Denn wenn eine von uns untergeht, sind wir alle dran. Wenn herauskommt, dass Elizabeths Tod kein Unfall war, kommen alle unsere Geheimnisse ans Licht. Der Täter hätte keinen Grund mehr, länger dichtzuhalten. Du verlierst deine Familie. Ich verliere die Spiele.« Als sie das sagte, schluchzte sie beinahe. Florence, die immer so eisern und stark erschien! »Weißt du, ich glaube nicht, dass Elizabeth je wirklich verstanden hat, was unsere Geheimnisse für Auswirkungen haben können. Für sie waren das nur … Wege, um Türen zu öffnen. Eine andere Art, jemandem nahe zu sein, hat Elizabeth gar nicht gekannt – nur, indem sie seine Geheimnisse gebunkert hat. Sie hat nie begriffen, dass sie uns verletzen könnten. Aber du schon, und deshalb habe ich dich heute hergebeten. Du verstehst es am allerbesten. Wir müssen zusammenhalten und dafür sorgen, dass Elizabeths Tod offiziell ein Unfall bleibt. Jones hat man dafür verantwortlich gemacht, den Rechen achtlos liegen gelassen zu haben, aber vielleicht reicht das nicht.«

»Ich weiß«, sagte Una. »Wir müssen an dieses Buch kommen. Erst dann sind wir sicher. Und Elizabeth wird keine Rolle mehr spielen.«

»Um jeden Preis«, sagte Florence, nun wieder wild entschlossen.

»Du sagst es«, pflichtete Una ihr bei. »Ich hätte da schon eine Idee. Wir werden sehen. In der Zwischenzeit sagen wir kein Wort über Elizabeth oder darüber, wer es getan haben könnte. Wir behalten es für uns. Darin sind wir inzwischen ja geübt.«

Sie gaben sich die Hand darauf. Dann öffnete sich die Tür der Wäschekammer einmal, zweimal, und wir waren allein. Ich fühlte Küken neben mir zittern, wie ein kleiner Hund, und ich legte ihr die Hand auf die Schulter. Daisy und ich waren im Augenblick vielleicht zerstritten, doch angesichts der erstaunlichen Dinge, die wir eben belauscht hatten, war es kaum noch wichtig. Wenn man Detektiv ist, sind manche Sachen wichtiger als man selbst.

• TEIL VIER •

Detektei in Gefahr

1

Küken und ich stürmten in unser Zimmer, trafen dort allerdings nur Kitty und Lavinia an. »Daisy ist weg«, berichtete Kitty. »Sie meinte, sie hätte was zu erledigen.«

Das tat weh, war aber keine Überraschung. Natürlich war Daisy nicht da. Sie war irgendwo im Wohnheim und ging ihren eigenen Hinweisen nach. Es war die Strafe für das, was ich getan hatte. Ich dachte an Florences Worte, dass Elizabeth anderen nur nahe sein konnte, indem sie ihre Geheimnisse herausfand. *Das kommt mir bekannt vor*, dachte ich.

»Hört mal, was wir belauscht haben!«, sagte Küken. In einer wahren Flut an Wörtern erzählte sie, was wir beobachtet hatten.

»Aber meint ihr, sie haben auch die Wahrheit gesagt?«, gab Kitty zu bedenken.

Ich nickte. Ich wollte nicht ermitteln, kein Stück, aber ich musste mich zusammenreißen. »Ich wüsste nicht, warum sie lügen sollten«, antwortete ich. »Florence hat von Spielen im Sommer geredet – natürlich meint sie die Olympiade. Und wenn wir dazu nehmen, was Küken gesehen hat, scheint mir, dass sie wirklich krank ist. Und sie versteckt es, weil sie nach Berlin will.«

»Oh!«, sagte Kitty. »Aber natürlich! Wisst ihr, meine Cousine hat mal jemanden mit einem Herzfehler gekannt – der musste beim Treppensteigen auch immer schnaufen.«

»Ooh! Ja!«, rief Küken. »Das klingt genau nach dem, was

ich beobachtet habe. Ach, die arme Florence! Stellt euch das mal vor!«

Jetzt stieg auch meine Aufregung. »Und Una –«, begann ich.

»Unas Geheimnis *hat* mit ihrem Vater und den Nazis zu tun!«, erzählte Küken.

Ich dachte an einige der Dinge, die ich im Sommer im Orientexpress erfahren hatte, und an das, was Miss Lappet zu Una gesagt hatte.

»Was, wenn Unas Vater eigentlich Jude ist?«, überlegte ich. »Oder jemand anderer aus ihrer Familie? Würden die Nazis das herausfinden, müsste er die Partei verlassen. Ihre Familie müsste vielleicht sogar raus aus Deutschland. Das würde Sinn ergeben, oder?«

»Ja!«, sagte Küken. »Oh, arme Una!«

»Küken, hör auf, mit jedem Mitleid zu haben!«, schimpfte Lavinia. »Eine von denen ist ein Mörder, schon vergessen?«

»Auch Mörder sind Menschen«, sagte Küken. »Außerdem haben beide gesagt, dass sie es nicht waren.«

»Das darfst du doch nicht einfach so glauben, Küks!«, sagte Kitty. »Aber wir können beide Motive in die Liste der Verdächtigen eintragen, oder?«

»Wir müssen sie erst überprüfen«, sagte ich. »Wir brauchen verlässliche Beweise. Eine Unterhaltung, selbst diese, reicht nicht.«

»Glaubst du, Daisy lässt dich noch –?«, begann Kitty, bevor eine sehr laute, sehr unangenehme Stille eintrat.

»Wird sich zeigen«, sagte ich. »Ich schreibe es jedenfalls auf. Die Liste muss auf den neuesten Stand gebracht werden.«

Ich hoffte, sie sahen nicht, wie sehr meine Hand zitterte.

Liste der Verdächtigen

1. *Una Dichmann.* Hielt sich in der Nähe des Lagerfeuers auf, als Elizabeth getötet wurde. Eine Elftklässlerin hat eine verärgerte Unterhaltung zwischen ihr und Elizabeth beobachtet, während die Wunderkerzen ausgeteilt wurden. Nach dem Feuerwerk wurde sie von zwei Siebtklässlern am Lagerfeuer gesichtet. ANMERKUNGEN: Wir meinen, ihr Motiv aufgedeckt zu haben. Sie reagierte auf Miss Lappets Bemerkung über die Nazis betroffen (bezeugt von Kitty Freebody). Das und ihr Gespräch mit Florence lassen uns vermuten, dass ihr Vater oder ein anderes Familienmitglied insgeheim Jude sein könnte. Das wäre ein exzellentes Mordmotiv. Noch zu beweisen.
2. *Florence Hamersley.* Hielt sich in der Nähe des Lagerfeuers auf, als Elizabeth getötet wurde. Wurde von Achtklässlern und Clementine beim Streit mit Elizabeth gesehen. ANMERKUNGEN: Küken Martineau und Hazel Wong haben belauscht, wie sie heimlich mit Una geredet hat. Sie scheint eine Krankheit zu verheimlichen, um zur nächsten Sommerolympiade zugelassen zu werden. Falls zutreffend, wäre dies ein vortreffliches Mordmotiv. Noch zu beweisen.
3. *Lettice Prestwich.* Hielt sich in der Nähe des Lagerfeuers auf, als Elizabeth getötet wurde. Wurde beim Weinen beobachtet, während sie die Wunderkerzen austeilte, eindeutig sehr emotional mitgenommen. Wurde außerdem

kurz vor Beginn des Feuerwerks beim Streit mit Elizabeth gesehen. ANMERKUNGEN: Ist auffallend nervös und isst nicht. Außerdem verzweifelt auf der Suche nach dem Skandalbuch. Liegt das an Schuldgefühlen oder hat sie einfach nur Angst, man könnte ihr Geheimnis aufdecken? Weitere Nachforschungen vonnöten.

4. *Enid Gaines.* Hielt sich in der Nähe des Lagerfeuers auf, als Elizabeth getötet wurde. Stand kurz nach der allgemeinen Ankunft gemeinsam mit Elizabeth beim Feuer und wurde von Elizabeth grob angefahren. ANMERKUNGEN: Sie ist sehr zerstreut, auch wenn Elizabeths Tod sie nicht ganz von der Arbeit abhält. Daisy Wells hat beobachtet, wie sie während Miss Lappets Abwesenheit in den Geschichtsraum gegangen ist. Hazel Wong hörte sie sagen, dass den Großen ein Geschichtstest bevorsteht. Könnte ein Zusammenhang bestehen? Will Enid betrügen? Weitere Nachforschungen vonnöten.

5. *Margaret Dolliswood.* Hielt sich in der Nähe des Lagerfeuers auf, als Elizabeth getötet wurde. Daisy Wells und Hazel Wong beobachteten vor dem Feuerwerk Streit zwischen ihr und Elizabeth. ANMERKUNGEN: Seitdem hat Hazel Wong sie mit Astrid Frith beobachtet. Was geht zwischen den beiden vor? Weitere Nachforschungen vonnöten.

Der Gong verkündete das Ende der Mittagspause. »Bah!«, ächzte Lavinia. »Sport!«

Kitty schaute mich an. »*Sport.*« Sie hob die Augenbrauen. »Hast du nicht gesagt, wir müssen nach Beweisen suchen?«

Mein Herz schlug schneller. Auch wenn Sport bedeutete, Daisy nach unserer Auseinandersetzung zum ersten Mal gegenüberzutreten, bot es gleichzeitig die perfekte Gelegenheit, den Tatort nach Spuren abzugrasen. Ich stellte fest, dass ich mich ausnahmsweise tatsächlich freute, ein Spielfeld zu betreten.

2

Es war ein nasskalter, englischer Tag. Die Bäume am Rand des Spielfelds ragten gespenstisch aus dem Nebel und vergossen schlotternd schwere Tropfen aufs Gras des Sportplatzes.

Es war komisch, durchs Tor zu gehen und den Platz wieder vor sich zu sehen. Das Gras war trotz der vielen Schuhe, die am Dienstagabend darübergelaufen waren, nahezu unberührt. Nur zwischen den Umrandungen des Hockeyfelds und dem Pavillon befanden sich, hässlich dunkel auf dem silbrig grünen Untergrund, die Überreste des Lagerfeuers – und dicht daneben die Stelle, die wir alle sorgfältig meiden sollten, der Ort, an dem Elizabeth Hurst gestürzt war. Der Regen hatte das Blut fortgespült. Spuren würde man dort also nicht mehr finden.

In der Umkleide im Pavillon herrschte gedrückte Stimmung. Sogar Clementine war schweigsam und Küken wimmerte, während sie in ihre Sporthose schlüpfte. Mir war auch nach wimmern zumute wegen der Kälte und dem blöden Gefühl in meiner Brust. Daisy funkelte mich ständig an, redete aber kein einziges Wort mit mir. Mir war klar, dass ich diejenige war, die sie geohrfeigt hatte – aber sie war schrecklich gemein zu mir gewesen. Wie sollten wir uns diesmal wieder vertragen, und falls wir es nicht konnten, was würde das für den Fall bedeuten? Noch hatte ich Daisy nicht erzählt, was Küken und ich belauscht hatten, und wusste auch nicht, wohin sie in der Mittagspause verschwunden war. Bisher hatten wir jeden Fall zusammen gelöst. Wie sollten wir die Antwort auf diesen finden, ohne uns über die nötigen Informationen auszutauschen?

»Reiß dich zusammen, Küks«, sagte Daisy, während sie mir erneut einen kalten Blick zuwarf. Dann reckte sie das Kinn in die Höhe und marschierte aufs Spielfeld. Küken, Kitty und Lavinia sahen von mir zu Daisy, unsicher, was sie tun sollten. Dann – was sonst? – folgten sie ihr. »Tut mir leid, Hazel«, wisperte Küken mir im Vorbeigehen zu.

»Ist schon in Ordnung«, sagte ich blöde und stolperte ihnen nach. Aber es war nicht in Ordnung.

Donnerstagnachmittags haben die Neunte und die Zehnte immer gemeinsam Sport, und als wir im Freien ankamen, warteten die meisten Neuntklässlerinnen bereits auf uns. Allen voraus Binny Freebody. Sie grinste Kitty unverschämt an und Kitty warf ihr einen vernichtenden Blick zu, während sie über unausstehliche kleine Schwestern schimpfte.

»Das hab ich gehört«, beschwerte sich Binny finster. »Aber weißt du, Kitty Freebody, du hältst dich für ach so erwachsen und meinst, du und deine Freundinnen, ihr wisst alles. Dabei stimmt das nicht! Ihr habt genauso wenig Ahnung wie alle anderen, wie *alle* älteren Mädchen. Ihr werdet schon sehen! Auf unserer Schule gibt es Sachen, über die wissen nur wir Jüngeren Bescheid, hab ich recht?«

Ihre Freunde drehten sich um und nickten, nur die kleine Martha Grey wurde rot. Erneut hatte ich das Gefühl, die Machtverhältnisse ändern sich. Die Neuntklässler müssten vor uns Zehntklässlern Angst haben, aber nun wichen wir vor ihnen zurück. Sophie Croke-Finchley klammerte sich schutzsuchend an ihren Hockeyschläger und Rose Pritchett wurde blass.

Nur Kitty schnaubte verächtlich. »Du bist so ziemlich die schlimmste kleine Schwester, die man sich vorstellen kann«, sagte sie. »Wenn nur jemand *dich* das nächste Mal abservieren würde!«

»Ooh!«, sagte Binny genüsslich. »Das ist abscheulich, so was sagt man nicht! Wenn das eins der Fräulein hört!«

In diesem Moment schritt Miss Talent, die Sportlehrerin, zu uns und blies mit finsterem Blick in die Pfeife, die an einem Band um ihren Hals hing. »Bildet Teams, Mädchen!«, befahl sie. »Du! Du! Du! Und du! Ihr seid eine Mannschaft und der Rest von euch seid die zweite. Schluss mit dem Motzen! Du da! Hol die Hockeyschläger. Einen musst du aus dem Ersatzstapel holen – seit gestern fehlt einer. Beeilung, wir haben nicht den ganzen Tag Zeit! Kommt rüber und macht euch warm. Lauft! Bis zum Ende des Spielfelds und zurück. Nicht so träge! Im Laufschritt, Mädchen, los!«

Ich hätte nie gedacht, dass ich Miss Hopkins, unser früheres Fräulein für Sport, einmal vermissen könnte, aber, nun ja, das Leben ist voller Überraschungen. Miss Talents schottisches Gebrüll folgte uns übers Spielfeld, während wir unsere Aufwärmrunde liefen. Sie war wütend wegen des verschwundenen Schlägers und hatten offenbar die Neuntklässler in Verdacht, ihn versteckt zu haben – was sie meiner Meinung nach vermutlich auch getan hatten. Ich schwitzte im Nacken und die kühle Luft legte sich auf meine Arme und Beine, sodass mir unangenehm heiß und ich unangenehm nass und außer Puste war, trotz der Kälte. Ich sah, wie Daisy an der Spitze der Meute mit Leichtigkeit vorwegtrabte, dicht gefolgt von Kitty, und ärgerte mich.

Als wir mit dem eigentlichen Hockeyspielen begannen, schnaufte ich schon. Lavinia und ich drückten uns auf unseren üblichen Positionen in der Verteidigung herum (die kleine Alma aus der Neunten stand im Tor und sah ziemlich nervös hinter ihrer Polsterung hervor). Binny und ihre Freundinnen hatten es geschafft, alle in unserer Mannschaft zu landen, zu der auch Clementine gehörte, während Kitty, Daisy und Küken in der anderen waren. Ich sah Kitty an, dass sie noch immer sauer auf Binny war, und noch bevor sie die Schläger aneinanderstießen und anfingen, war mir klar, dass dies ganz und gar kein freundschaftliches Spiel werden würde. Kitty machte ein entschlossenes Gesicht. Mit großen Sprüngen preschte sie los, spielte den Ball mit Daisy hin und her, sprang über angreifende Schläger und rannte dabei um ein Haar Clementine über den Haufen.

Daisy kam auf mich zugstürmt und in meinem Magen bildete sich vor Angst ein Klumpen. Sie sah so wild entschlossen aus. Wie sollte ich sie aufhalten? Ich machte mich bereit, stellte den Schläger in Position – sie wirbelte an mir vorbei, als wäre ich Luft, und versenkte den Ball elegant im Tor. Sie hatte mich nicht einmal angesehen.

Plötzlich legte Kitty ein wirklich komisches Benehmen an den Tag. Sie wetzte übers Feld auf Lavinia und mich zu und ich stellte mich darauf ein, ein weiteres Mal plattgewalzt zu werden. Doch dann, statt den Ball seitlich zu Daisy abzuspielen, schien sie zu stolpern, sodass der Ball nach links davonflog und im hohen Gras unter den Bäumen landete.

Lavinia grummelte und trottete los, um ihn zu holen. Ein paar Minuten später kam sie zurück, Beine und Sportstrümpfe mit Blättern übersät. Da regte sich etwas in meinem Gedächtnis … ich war kurz davor, mich an etwas zu erinnern … doch dann schrie Miss Talent uns an und es war weg, bevor ich es fassen konnte.

»Zuschlagen, Temple! Himmel noch eins, Mädchen, schlag den Ball! Hast du nach vier Jahren noch immer nichts gelernt?«

Lavinia brachte einen schwachen, verbitterten Schlag zustande und stierte Miss Talent dabei finster an – und der Ball war wieder im Spiel. Nur wenig später walzte Kitty erneut auf uns zu und dasselbe passierte. Der Ball flog davon, prallte diesmal gegen einen Baumstamm und verschwand außer Sicht.

»GROSSE FREEBODY, SCHLECHT GESPIELT!«, donnerte Miss Talent. »Wong, hol den Ball!«

Ich seufzte. Ich hatte so gar keine Lust darauf, im Dreck unter den Bäumen herumzugraben, doch der Schlüssel dazu, Sport zu überleben, ist es, halbwegs Begeisterung zu zeigen. Außerdem war das immer noch besser, als sich Daisy zu stellen. Also trottete ich halb joggend (inzwischen bin ich darin perfekt: man erweckt den Eindruck, als würde man sich Mühe geben, obwohl man sich auch nicht schneller bewegt, als würde man laufen) dem Ball hinterher.

3

Kitty hatte den Ball wirklich mit voller Wucht geschlagen. Zuerst konnte ich ihn nirgends entdecken. Ich schaute mich um, angewidert vom Gedanken, die Finger in diese schwarzen Blätter und das feuchte, platt gedrückte Gras stecken zu müssen.

»BEEILUNG, WONG!«, brüllte Miss Talent. »Ach, Wells, hol einen neuen Ball! So lange können wir nicht warten!«

Da sah ich ihn, unter einem Brombeerstrauch, natürlich genau dort, wo die Dornen meine Finger zerstechen würden, sobald ich versuchen würde, ihn vorzuziehen. Ich ging darauf zu, begriff in diesem Moment jedoch zum Glück, was hier los war. Ich *sollte* den Ball gar nicht schnell finden. Kitty kann ausgezeichnet zielen, also musste sie ihn absichtlich so weit unter diesen Busch geschlagen haben. Und ich verstand, warum. Hier könnte sich ein Hinweis verbergen. Wir hatten das Gerücht gehört, das Martha in die Welt gesetzt hatte – dass angeblich jemand zu den Bäumen am Spielfeldrand gerannt war, kurz bevor es mit dem Feuerwerk losging. Kitty lieferte mir eine Gelegenheit, nachzusehen, ob es stimmte und ob es irgendwie mit Elizabeths Tod in Verbindung stand. Ein Hoch auf ihr detektivisches Vorgehen!

Also ging ich in die Hocke, als würde ich noch immer nach dem Ball suchen, und arbeitete mich Stück für Stück vor. Die nassen Blätter wollte ich noch immer nicht anfassen, also nahm ich einen Zweig und stocherte in Vertiefungen und Grasbüscheln herum. Regentropfen fielen mir ins Genick und ließen mich schaudern. Ich warf einen Blick hinüber zum Spiel. Kitty gab sich alle Mühe, Miss Talent abzulenken, während ich bei der Arbeit war, und Küken und Lavinia halfen ihr dabei. Plötzlich legte Daisy einen beeindruckenden Zug hin und schoss ein Tor. Gemeinsam mit Kitty führte sie einen übertriebenen Freudentanz auf, sodass Miss Talent mürrisch versuchte, die beiden voneinander zu trennen. Mein Herz führte in meiner Brust sein eigenes seltsames Tänzchen auf. Hatte Daisy bemerkt, was ich tat? Wollte auch sie helfen?

Doch dann warf sie einen zutiefst finsteren Blick in meine Richtung und mir wurde klar, dass ich mich wohl getäuscht hatte. Schnell schaute ich mit klopfendem Herzen zu Boden und suchte weiter.

Ich fand eine Turnhose und eine Socke, beide völlig durchnässt und ausgebleicht. Ein Schokoladenpapier (ohne Schokolade darin) – und schließlich etwas, das mein Herz schneller pochen ließ. Es war eine Haarspange, eine hübsche silberne mit einer feinen, zierlichen Blume darauf. Ein paar wenige Blätter lagen darauf, ansonsten wirkte sie sauber. Lange konnte sie hier noch nicht gelegen haben. Das war Banngut, ein Regelverstoß – die wenigsten Mädchen kommen mit so etwas durch, ohne dass eine der Lehrerinnen ihnen befiehlt, sie abzunehmen.

Eine Aufsichtsschülerin schon.

4

»LEG DA HINTEN MAL EINEN ZAHN ZU, WONG!«, dröhnte Miss Talent, woraufhin ich natürlich hochschnellen musste, den Ball in einer Hand, während ich die Spange mit der anderen in meiner Sporthose verstaute. Ziemlich ungeschickt rannte ich zurück aufs Feld, wobei die Spange verrutschte und fest in meinen Oberschenkel drückte. Ich wollte Kitty wissen lassen, dass ich endlich auf etwas gestoßen war, und nickte ihr zu.

Sie musste mich verstanden haben, denn sie winkte mir mit dem Schläger, und so wurde die Nachricht von einem Mitglied der Detektei zum nächsten weitergegeben. Daisy hob die Hand – das hätte ein Zeichen für mich sein können oder der Versuch, eine fliehende Haarsträhne wieder hinters Ohr zu klemmen. Dann ging das Spiel weiter. Was zwischen uns passiert war, machte mir schwer zu schaffen. Ich fühlte mich ganz fertig. Sich mit einem Freund zu streiten und Dinge vor ihm zu verheimlichen, war wirklich mies. Irgendwie war ich direkt froh, dass sie nun von Alexander wusste … wenigstens schwindelte ich ihr nicht länger etwas vor.

Ich fragte mich, ob sich der Mörder auch so fühlte, ob sich die Fünf so fühlten. Und kurz taten sie mir leid. Etwas Schlimmes zu tun, tut weh, selbst so kleine schlimme Dinge wie bei mir. Nun habe ich schon in drei Mordfällen mitermittelt und bin immer noch voll davon überzeugt, dass Mord sich niemals lohnt. Man wird nicht glücklicher oder besser. Dafür zerreißt es einen innerlich.

Noch einmal verschoss Kitty den Ball nicht. Sie bekam keine Gelegenheit dazu. Die Neuntklässler in unserem Team erhaschten den Ball, verteidigten ihn mit den Zähnen und schossen ein Tor nach dem anderen. Es war schon fast eine Schlappe für das Team von Daisy und Kitty, das vier zu fünfzehn verlor.

Binny und ihre Freundinnen hopsten jubelnd herum, während ich mich an meinem Schläger festklammerte. Meine Hände waren noch immer kalt und nass von den Blättern und fühlten sich gar nicht gut an. Genau wie ich im Innern. Daisy konnte mir nicht einmal ins Gesicht sehen.

Lavinia kam zu mir und rempelte mich an, Schulter an Schulter. »Kopf hoch«, sagte sie und musterte mich stirnrunzelnd, typisch Lavinia. Wahrscheinlich war das ihre Art, mir zu sagen, dass alles wieder in Ordnung kommen würde, auch wenn ich keine Ahnung habe, woher sie wusste, was mir Trauriges durch den Kopf ging. Vielleicht achtet Lavinia doch mehr auf ihre Mitmenschen, als ich immer angenommen habe.

5

Sehr zu Kittys Ärger drehten Binny und ihre Freundinnen unter dem Gebrüll von Miss Talent eine Siegesrunde ums Spielfeld.

Die Überreste des Lagerfeuers waren noch genau am selben Fleck aufgetürmt. Die verkohlten Stücke waren schrecklich feucht und schwarz, durchgeweicht vom Regen. Ich sah zwischen ihnen und dem Stapel Holz, der am Dienstag nicht mehr gebraucht worden war und neben dem Pavillon im Trockenen lagerte, hin und her. Zwischen beiden lagen etwa zwanzig Schritte und die trockenen Scheite waren so dicht am Pavillon, dass es für den Mörder ein Kinderspiel gewesen sein musste, so zu tun, als würde er Holznachschub besorgen, stattdessen den Rechen zu holen und damit hinter Elizabeth zu treten.

Lavinia trat an die Feuerstelle und stocherte mit der Schuhspitze darin herum.

»Igitt!«, sagte Clementine. »Lass das!«

»Das macht aber Spaß«, entgegnete Lavinia und machte weiter, während sie mich mit gerunzelter Stirn verstohlen ansah. Es war nur eine Ausrede gewesen, wegen der Mädchen aus dem anderen Schlafsaal. In Wahrheit suchte Lavinia auf ihre Art nach Spuren. »Sei nicht so ein Spielverderber, Clementine!«

»Du bist widerlich!«, sagte Kitty, die begriff, was los war. »Ehrlich, Lavinia!«

Ich trat unruhig von einem Bein aufs andere, weil die Spange wieder in meinen Oberschenkel pikte. Noch hatte ich keine Gelegenheit gehabt, sie an einem besseren Ort zu verstecken oder den anderen davon zu berichten.

Schließlich warf Daisy mir einen abschätzenden Blick zu, unter dem ich ein Stück in mich zusammenschrumpfte. Dann trat sie vor und stocherte selbst in den Ascheresten herum. Sie ließ es so aussehen, als würde sie es aus Langeweile tun, aber mir war klar, dass das reine Show war. Daisy hasst es, untätig zu sein, trotzdem rührt sie ohne guten Grund grundsätzlich keinen Finger. Plötzlich stockte sie – eine Bewegung, die mir so vertraut war, als würde ich sie selber ausführen.

»Himmel«, sagte sie. »Wie komisch! Das Stück Holz hier, das ist gar kein Scheit – es ist ein Hockeyschläger.«

»Oh!«, sagte Küken. »Das muss der sein, der fehlt – wegen dem Miss Talent so wütend war! Aber wie kommt der denn hierher? Und warum … *oh*.«

Ich erstarrte. Mein Herz donnerte wie wild. Wir alle schauten uns an und hatten eindeutig denselben Gedanken. Hier war der vermisste Schläger, geheimnisvollerweise halb im Lagerfeuer verbrannt. Der Rechen war neben Elizabeth gefunden worden, daher hatten wir ihn automatisch für die Tatwaffe gehalten – aber ein Hockeyschläger war eindeutig die bessere Wahl. Immerhin hatte er genau die richtige Form, um jemanden damit zu schlagen. Ich habe mir schon oft gedacht, wie gefährlich die Dinger sind, wenn Daisy und Kitty im Spiel mal wieder damit herumfuchtelten. Was, wenn der Rechen gar nicht verantwortlich war? Was, wenn das hier die Tatwaffe war und der Rechen nur davon ablenken sollte? Nur wie sollten wir das untersuchen, ohne dass die anderen Mädchen etwas davon mitbekamen?

Da trat Kitty in Aktion und machte etwas wirklich Geniales.

»Wisst ihr was?«, sagte sie zu Clementine. »Ich glaube, eure Mannschaft hat geschummelt. Ich hab dich genau gesehen – der Schlag war gegen die Regeln!«

Wie zu erwarten, geriet Clementine außer sich. »So eine Frechheit!«, rief sie. »Du bist nur ein schlechter Verlierer!«

»Ich sage auch, dass ihr gemogelt habt«, mischte Lavinia sich ein und stellte sich neben Kitty.

»Lavinia Temple, wir waren in derselben Mannschaft!«, zischte Clementine. »Ihr und euer ganzer Schlafsaal – ihr seid die Pest!«

Lavinia verzog die Lippen und Kitty streckte die Schultern. Clementine hatte unseren Schlafsaal beleidigt und das war inakzeptabel. Lavinia streckte die Arme aus und schubste Clementine – dann ging es los, ein echter Kleinkrieg. Als Clementine sich lautstark beschwerte, wurde sie von Lavinia gezwickt.

Es war ein perfektes Ablenkungsmanöver. Ich ging in die Hocke – genau wie Daisy. Es fühlte sich an, als hätte ich im Leben noch nie etwas Gefährlicheres gemacht. Ich sah zu ihr und wartete darauf, dass sie mich wegjagen würde, doch sie starrte nur auf den Schläger und musterte ihn neugierig.

»Oh!«, hauchte sie und holte eine winzigkleine Lupe aus ihrem Turnrock, durch die sie hindurchschielte. »Tatsache! Schau! Schau dir diese Flecken an, das ist Blut, ganz bestimmt! Oh, Watson –«

Als sie aufsah, begegneten sich unsere Blicke. Sie hatte geredet, ohne nachzudenken, denn jetzt wurde sie rot und schaute schnell weg.

»Woher weißt du denn, dass es Blut ist?«, fragte ich schroff.

»Sieh doch selbst!« Daisy hielt mir die Lupe hin und ich blickte durch.

Es machte ganz den Eindruck, als hätte jemand den Schläger ins Feuer geworfen, allerdings nicht ordentlich. Er musste wieder herausgerutscht sein, denn er war nur versengt, nicht verbrannt. Die Oberfläche war geschwärzt, trotzdem konnte ich darauf einen dunklen schmutzigen Fleck erkennen, an dem etwas klebte.

»Blut!«, raunte Daisy. »Und Haare! Siehst du? Hazel, was, wenn nicht der Rechen, sondern *das hier* die Mordwaffe war?«

Wieder sahen wir uns an, und diesmal wandte keine den Blick ab. Zwischen uns sprühte reine detektivische Aufregung, und für einen kurzen, herrlichen Moment war alles gut.

»Wir müssen ihn verstecken!«, sagte ich. »Im Pavillon?«

»Nein!«, zischte Daisy. »Wir müssen ihn ins Wohnheim bringen, wir können ihn nicht hier lassen!«

»Aber das merkt man doch!«, widersprach ich. »Was anderes als der Pavillon bleibt uns gar nicht übrig.«

»Hazel«, sagte Daisy. »Sei kein Kamel. Du –«

Miss Talent näherte sich. »Mädchen!«, rief sie. »Was treibt ihr hier? Nun wirklich! Legt sofort den Stock wieder hin! Ihr macht euch ganz schmutzig!«

Daisy ließ den Schläger fallen und versteckte die Lupe in ihrer Hand. »Entschuldigung, Miss Talent«, sagte sie. »Wir machen uns schnell sauber, Miss Talent.« Und so mussten wir in den Pavillon und den Schläger zurücklassen. Unser Streit hatte uns ein absolut wichtiges Beweisstück gekostet.

Sobald wir in der Umkleide waren, drehte Daisy sich zu mir um.

»Du riesen Dummkopf!«, zischte sie. »Warum hast du nicht einfach mitgespielt?!«

»Weil dein Vorschlag dämlich war! Man hätte uns erwischt!«

»Man hat uns so oder so erwischt! Und jetzt haben wir keinen Beweis. Ausgerechnet nachdem wir die wahre Tatwaffe entdeckt haben! Oh, ich könnte brüllen!«

Da kamen Küken, Kitty und Lavinia herein. Daisy drehte sich zu ihnen und ignorierte mich. Ich ließ mich wuchtig auf die Bank sinken.

Mir tat das Herz weh. Ich hatte über die Haarspange nachgedacht. Welcher der Fünf gehörte sie? Wieder dachte ich an den Fremden, der angeblich in den Wald gerannt war. Was, wenn es gar kein Mann, sondern eine unserer Verdächtigen gewesen war? Falls ja, könnten wir eine von ihnen doch noch ausschließen. Denn schließlich war diese unbekannte Gestalt vor dem Feuerwerk gesehen worden, als Elizabeth noch lebte. Wenn sie im Wald war, als die Raketen gezündet wurden, konnte sie den Mord nicht begangen haben. Doch welcher der Fünf gehörte die Spange?

All das waren wichtige Fragen, trotzdem wollte ich meinen Fund in diesem Moment nicht zeigen, nicht solange Daisy sich so aufführte. Also steckte ich ihn in meine Rocktasche und sagte kein Wort.

6

Deepdean-Internat, Donnerstag, 7. November

Lieber Alexander,
wir haben in unserem Fall einige wichtige Entdeckungen gemacht. Wir haben herausgefunden, dass der Rechen gar nicht die Tatwaffe war, sondern ein Hockeyschläger! Der Mörder hat versucht, ihn zu verbrennen, allerdings ohne Erfolg. Heute Nachmittag haben wir ihn in der Asche des Lagerfeuers gefunden. Es klebten Blut und Elizabeths Haare daran (ziemlich schaurig, ich weiß), doch bevor wir ihn verstecken konnten, wurden wir weggescheucht. Total ärgerlich. Wenn wir den Mörder überführen und beweisen wollen, dass Jones unschuldig ist, brauchen wir diesen Schläger. Leider wissen wir nicht genau, wann wir das nächste Mal die Chance haben, ihn zu holen. Jones tut

mir wirklich schrecklich leid. Ich wünschte, ich könnte einfach zu Miss Barnard gehen und sie bitten, ihn wieder einzustellen, aber ich weiß, dass das nichts bringen würde. Sie wird uns erst glauben, wenn wir ihr einen abgeschlossenen Fall präsentieren. Unser Problem sind unsere Verdächtigen. Alle haben Geheimnisse, die wir leider noch nicht herausgefunden haben. Wir glauben jedoch, dass wir an den meisten schon dicht dran sind: Wir vermuten, dass Florence eine Krankheit hat, von der keiner wissen soll. Dass Unas Vater Jude ist und es versteckt. Dass Enid bei Prüfungen betrügt. Und dass Margaret ein gemeinsames Geheimnis mit Astrid, einer anderen Großen, hat. Aber es ist knifflig, es hundertprozentig zu beweisen. Morgen wollen wir versuchen, ins Zimmer der Fünf einzubrechen und unseren Verdacht zu bestätigen, aber selbstverständlich ist das schrecklich schwierig, und ich weiß nicht, ob wir es schaffen. Heute Nachmittag im Sportunterricht, als wir den Schläger gefunden haben, stieß ich auf einen weiteren wichtigen Hinweis: eine Haarspange unter den Bäumen am Spielfeldrand. Sie muss einer der Fünf gehören, und wer ihre Besitzerin auch sein mag, sie können wir ausschließen. Es wurde nämlich jemand dabei beobachtet, wie er kurz vor der Tatzeit in den Wald gerannt ist. Wir werden die Fünf solange beschatten, bis wir ihre Geheimnisse gelüftet haben! Ich mache mir nur Sorgen über denjenigen, der die Geheimnisse verteilt. Die Fünf selbst scheiden aus, sie haben kein Motiv. Im Gegenteil, sie hätten jeden Grund, diese Geheimnisse verborgen zu halten. Unsere Freundin Küken und ich haben Florence und Una belauscht, als sie sich genau darüber unterhalten haben, und es hat ganz den Anschein, als seien die Fünf tatsächlich nicht verantwortlich. Sie wollen selbst dringend herausfinden, wer dahintersteckt, und ich habe Angst, was demjenigen zustoßen könnte, wenn er entlarvt wird. Ich glaube, es muss ein Mädchen aus den unteren Jahrgängen sein. Was, wenn die Fünf – oder der Mörder – sie vor uns finden?

Freue mich auf deine Antwort
Hazel

»Was schreibst du da?«, fragte Küken und linste zu mir herüber. Es war am Nachmittag nach der Teestunde und wir waren alle im Schlafsaal. Schnell schlug ich das Fallbuch zu.

»Nur Ermittlungsnotizen«, sagte ich.

Daisy schnaubte leise. »Sie schreibt Alexander«, sagte sie. »Sie kann es nicht lassen, Fakten über den Fall auszuplaudern.«

Ich brodelte vor Wut. »Und warum auch nicht?!« Ich gab mir Mühe, mutig zu klingen, aber es klang nur schroff und schwach. »Er könnte uns helfen.«

»Jungs lenken nur ab«, fuhr Daisy mich an. »Vor allem Alexander. Hazel, er gehört zu einer Konkurrenz-Detektei – das ist furchtbar gefährlich!«

»Es ist gar nicht gefährlich!«, rief ich. »Alexander ist unser Freund, deiner genauso gut wie meiner. Du weißt, dass er niemals etwas weitererzählen würde!«

»Ich weiß, dass du ein Dummkopf bist«, entgegnete Daisy.

Meine Augen fingen zu brennen an und ich schluckte.

Da stürmte Kitty ins Zimmer. »Oh, kommt schnell mit!«, rief sie. Dass Daisy ganz erhitzt war und ich mich abgewandt hatte, bemerkte sie gar nicht. »Das nächste Geheimnis ist aufgetaucht. Es lag in der Eingangshalle, mitten auf dem Teppich. Jemand muss es eben erst hingelegt haben – als wir vom Sport zurückkamen, war da nichts, wisst ihr noch?«

»Um wen geht es diesmal?«, wollte Daisy schnell wissen.

»Wieder um eine der Großen«, antwortete Kitty. »Was sonst.«

»Oje«, sagte Küken traurig. »Das alles ist so schrecklich.«

»Die Hausmutter ist furchtbar wütend«, erzählte Kitty, als wir nach unten eilten. Ich war froh, über etwas anderes nachgrübeln zu können, auch wenn dieses neue Geheimnis alles andere als nett klang. »Sie brüllt wie eine Irre.«

Und tatsächlich, schon hörte ich ihre Stimme, als sie die anderen mit Fragen bombardierte.

»Aufhören! Was ist das?«

Zum ersten Mal, zuckte es mir durch den Kopf, bekam einer der Erwachsenen mit, was die Geheimnisse des Skandalbuchs anrichteten. War das gut? Könnte es endlich dafür sorgen, dass der gemeine Spuk ein Ende hatte? Oder würde nun alles noch schlimmer werden?

7

Unter uns, vor der großen Uhr, die unser Leben bestimmt, hatte sich mitten im Flur des Wohnheims die Hausmutter aufgebaut, die Brust vorgereckt, die Beine breit und die Hände ausgestreckt. Links von ihr war Elsie Drew-Peters und rechts von ihr stand Jennifer Stone; beide funkelten sich zähneknirschend an.

»MÄDCHEN!«, donnerte unsere Hausmutter. »Hört sofort auf! Für junge Damen gehört sich das nicht!«

»Sie ist schuld!«, kreischte Jennifer. »Sie war's!«

»Nie im Leben!«, schrie Elsie. »Das würde ich nie, ich war das nicht!«

»Lügnerin! Auf dem Zettel steht doch, was du gemacht hast!«

»Ach, jetzt tu nicht so, als hätte er dir *gehört*! Er hätte dich gar nicht erst angeschaut, hätte seine Mutter ihn nicht dazu gezwungen! Er mag *mich*, nicht *dich*, du Kamel!«

»*Dich?* Deine Nase ist ganz krumm und schief!«

»Du hast rote Haare! Ein Wunder, dass du sie nicht färbst wie Astrid.«

»Du Ekel! Keine Ahnung, wie er deinen Anblick überhaupt ertragen sollte!«

»Tja, in den Sommerferien hat er mehr als nur das gemacht, das sag ich dir.«

Jennifer stieß einen schrillen Schrei aus und stürzte sich auf Elsie.

»Sie haben mit demselben Jungen herumgeturtelt«, wisperte Kitty schadenfroh. »Dem Sohn von Lord Edgemire: Charles. Gerade haben sie es herausgefunden – es stand auf dem Zettel. Ist das nicht *witzig*?«

Ich fand es kein bisschen witzig. Mein Magen zog sich krampfhaft zusammen und wieder hallte Daisys Stimme durch meinen Kopf: *Er mag dich ja nicht mal auf* die Art, *Hazel. Du bist ein Dummkopf.*

Ich schaute auf meine Füße und ballte die Fäuste.

»Nicht alle von uns sind verrückt nach Jungs, Kitty Freebody«, sagte Daisy. »Nicht alle sind wie du und Hazel.«

»Das sagst du jetzt«, entgegnete Kitty altklug. »Wart's nur ab. Sobald man dich bei Hofe einführt, bist du verheiratet. Das dauert keinen Monat!«

»Im Ernst, ich wüsste nicht, warum mich so was überhaupt interessieren sollte«, sagte Daisy. »Ein Ehemann wäre mir nur im Weg.«

»Nicht alle Mädchen wollen heiraten, wisst ihr«, ertönte hinter uns eine Stimme. Ich drehte mich um. Da stand Clementine und sah dem Streit zu. Der Ausdruck in ihrem Gesicht war gehässig. »Manche sind nicht ganz richtig im Kopf. Habt ihr Miss Bell und Miss Parker schon vergessen?«

Daisy fuhr zu ihr herum. »Halt den Mund, Clementine!«, zischte sie.

»Und nicht nur Lehrerinnen sind so«, fuhr Clementine mit gekräuselten Lippen fort. »Auch manche Schülerinnen. Es ist schockierend, aber es stimmt. Jeder weiß das.«

Ich biss mir auf die Zunge. Clementine war gemein, aber in meinem Hirn hatte es auf einmal Klick gemacht. Alles um mich herum wurde urplötzlich hell und klar. Manche Mädchen interessieren sich nicht für Jungs. Ich weiß das, auch wenn der Gedanke komisch ist. Auf der Deepdean wird ein Mädchen, das ein anderes mag – also mehr als nur für sie schwärmt –, ausgelacht und schief angeschaut. Oder schlimmer noch, man verspottet sie. Würde eine Schülerin eine andere mögen, würde sie es logischerweise verstecken, vor allem, wenn sie eine wichtige Stellung hätte, wie zum Beispiel eine Aufsichtsschülerin. Was, wenn das die Lösung zum Rätsel um Margaret und Astrid war? Was, wenn Margaret in Astrid *verliebt war*?

Ich wollte mit meinen Überlegungen herausplatzen, wusste aber, wie gefährlich das wäre.

»Ich würde nicht so viel auf den Klatsch der Leute geben, Clementine«, sagte Daisy, ohne mit der Wimper zu zucken. »Am Ende hörst du noch etwas über dich selbst.«

Clementine riss den Mund auf. »Ich habe nichts zu verbergen!«

Daisy packte sie am Arm, sodass Clementine stolperte. Dann hielt sie ihre Lippen an Clementines Ohr und flüsterte ihr etwas zu. Clementines Fuß knickte ein und das Handgelenk in Daisys Griff erschlaffte. »Soll ich das vielleicht weiterverbreiten?«, fragte Daisy nun lauter, gerade, als der Gong zum Abendessen schlug.

»Nimm deine Hände weg!«, wisperte Clementine. »Nein!« Damit hastete sie die Treppe runter und strauchelte vor lauter Eile.

»Was hast du zu ihr gesagt?«, wollte Kitty wissen.

»Nicht viel«, antwortete Daisy. Auf ihren Wangen hatten sich zartrosa Pünktchen gebildet. »Aber nicht nur Elizabeth wusste ein, zwei Dinge hier an der Schule.«

»Oh«, sagte Küken traurig, während wir uns vom allgemeinen Strom zum Abendessen mitreißen ließen. Alle um uns herum tratschten laut über Jennifer und Elsie, die man ins Büro der Hausmutter zitiert hatte, um sie für ihren Zank zu bestrafen. »Das alles gefällt mir nicht. Es wird nie mehr wie früher sein, oder? Alles hat sich verändert.«

»Pah!«, sagte Lavinia. »An diesem grässlichen Ort verändert sich doch nie was. Wenn es nur so wäre!«

Aber ich fand, dass Küken recht hatte. Wir alle wussten nun Dinge, die man nicht wieder un-bekannt machen konnte, und das ist das Problem mit Wissen. Es setzt sich im Kopf fest, selbst wenn man es nicht will.

Während des Silentiums sah ich zu Daisy und bekam einen schlimmen Schreck. Wie ich schon öfter erzählt habe, tut Daisy ja immer so, als hätte sie Mühe, ihre Aufgaben zu lösen, und lässt sich doppelt so viel Zeit als nötig, damit keiner merkt, dass sie schlauer ist als der Großteil ihrer Mitschülerinnen zusammengenommen. Weil ich sie und ihr Vorgehen jedoch so genau kenne, durchschaute ich sofort, was sie machte. Die

Überschrift auf ihrem Blatt lautete: DIE FAKTEN DES FALLS. Darunter hätte eine ordentliche Liste sein müssen. Ordentlich, in klaren Spalten, ging sie auch los, doch dann hatte Daisys Begeisterung die Oberhand gewonnen und ihr Stift war für die Linien zu schnell geworden. Eine Gedankenexplosion hatte Gekritzel, Gekrakel und runde Karten zum Ergebnis, die von lauter Fragezeichen umgeben waren.

Mir wurde schlecht. Ich bin Schriftführerin und Vizevorsitzende unserer Detektei und Daisy die Vorsitzende. Dass Daisy sich nun als Schriftführerin versuchte, konnte nur eins bedeuten: dass sie endgültig auf mich verzichten wollte.

Ich wünschte, ich könnte mit ihr sprechen. Ich will mit ihr gemeinsam ermitteln, aber unsere Freundschaft hat gelitten. Ich habe mich verändert, wie die Deepdean, und ich weiß nicht, wie ich es kitten soll.

8

Donnerstag blieb ich lange wach, um alles aufzuschreiben, daher war ich Freitagmorgen ganz verschlafen, als man mich weckte.

Jemand rüttelte an meinem Fuß, und benommen wie ich war, dachte ich, etwas wäre daran gebunden, irgendetwas Unangenehmes. Ächzend zuckte ich zusammen, erst da hörte ich Kitty: »Hazel. Hazel!«

Ich öffnete die Augen und sagte so höflich wie möglich: »Was ist denn?«

»Rose Pritchett ist weggelaufen«, antwortete sie. »Ihr Bett ist leer – im anderen Schlafsaal rasten alle aus. Jose weint und Clementine genießt es natürlich in vollen Zügen.«

»Warum das denn?«, fragte ich.

»Neues Geheimnis«, antwortete Daisy. Sie stand in der Tür, vollständig angezogen, die Haare gekämmt und die Wangen ganz ohne Kissenabdrücke. »Es kam gestern Abend heraus, als du schon eingeschlafen warst. Rose ist eine Diebin.«

Die Zwillinge Rose und Jose Pritchett teilen sich mit Clementine und Sophie Croke-Finchley den anderen Schlafsaal. Sie sind blond, haben runde durchschnittliche Gesichter und die Eigenart, sich miteinander in einem langgezogenen Singsang zu unterhalten. Daisy würde sie als *uninteressant* bezeichnen, und während ich das hier schreibe, fällt mir auf, dass meine Meinung eigentlich die von Daisy ist, die ich einfach so, ohne sie zu hinterfragen, übernommen habe. Was ich in diesem Trimester gelernt haben sollte, ist, dass man Daisy nicht immer alles abkaufen sollte. Ich hätte die Zwillinge genau wie alle anderen im Auge behalten müssen.

»Sie beklaut die Shrimps«, fuhr Kitty fort, während Daisy sich mit verschränkten Armen im Hintergrund hielt und mit leicht gekräuselten Lippen zusah, wie ich aus dem Bett kletterte und in meine Pantoffel schlüpfte. »Zumindest, wenn das neue Geheimnis stimmt. Jose hat sie wohl bisher gedeckt. Es heißt, dass Rose letzte Woche die Brosche der Hausmutter aus ihrem Büro gestohlen hat. Du weißt schon, diese unausstehlich hübsche.«

Mir fiel ein, dass unsere Hausmutter vergangene Woche auf der Suche nach ihrer Brosche das ganze Wohnheim auf den Kopf gestellt hatte, aber ohne Ergebnis. Wieder schien die Welt sich zu drehen, um an einem völlig neuen Ort stehen zu bleiben. War denn nichts, woran ich bisher geglaubt hatte, wahr? Rose war während der Suche nach der Brosche auffällig blass geworden – das hätte mich misstrauisch machen müssen.

»Gestern Abend hat wohl jemand einen Zettel ins Büro der Hausmutter gelegt, auf dem stand, dass Rose sie geklaut hat. Also ist die Hausmutter schnurstracks in Roses Schlafsaal und hat die Brosche dort gefunden. Sie wollte heute Morgen Roses Vater anrufen, aber als sie aufgewacht ist, war Rose längst weg!«

»Weit wird sie nicht kommen!«, meldete Daisy sich herablassend zu Wort. »Bestimmt ist sie zu Fuß durch den Oakeshott-Wald, also ist sie inzwischen schrecklich müde und dreckig. Automobile werden sie nicht mitnehmen und der erste Erwachsene, der sie sieht, wird es der Polizei melden. Bis zum Mittagessen ist sie wieder hier, unter Schimpf und Schande.«

»Sie wird vermisst!«, sagte ich. »Ihr könnte alles Mögliche zugestoßen sein!«

»Sei nicht so melodramatisch«, erwiderte Daisy. »Ihr ist gar nichts passiert. Du wirst schon sehen.«

»Das ist ja wohl eine völlig dämliche Bemerkung«, schnauzte ich sie an, bevor ich es mir verkneifen konnte. Daisy und ich funkelten uns an. Wieder einmal herrschte Krieg zwischen uns.

»Jetzt kommt endlich und lasst uns nachsehen, was los ist!«, mischte Kitty sich eilig ein.

Gemeinsam huschten wir aus dem Zimmer. Im Gang herrschte absolutes Chaos. Sämtliche Shrimps rannten durch die Gegend, wie es ihnen passte, bildeten Grüppchen, tuschelten und flitzten weiter. Binny und ihre Truppe marschierten an uns vorbei, wobei Binny sich unfassbar aufspielte.

»Ich weiß, dass sie es war«, meinte Binny. »Ich wusste, dass Rose der Dieb ist. Das habe ich schon letzte Woche gesagt, als mein Füller verschwunden war. Nicht wahr?«

Martha Grey nickte zustimmend.

»So ein Quatsch!«, meckerte Kitty. »Hör endlich auf, Geschichten zu erfinden, du unausstehliche Lügnerin!«

»Das ist kein Quatsch!«, rief Binny. »Ich weiß eine Menge. Mehr als *du*. Du hältst dich für wahnsinnig schlau und erwachsen, dabei bist du nur ein Jahr älter als ich.«

»Was bedeutet, dass du auf mich hören und dich gefälligst benehmen solltest!«, schimpfte Kitty. »Hättest du irgendwas gewusst, hättest du's sofort rausposaunt. Du bist grottenschlecht, wenn es darum geht, ein Geheimnis für dich zu behalten.«

»Hah!«, keifte Binny. »Das glaubst du! Du wirst dich noch wundern! Kommt, Leute. Überlassen wir diese Trottel sich selbst.«

Damit stolzierte sie majestätisch davon. Kitty war puterrot geworden.

»Kleine Schwestern sind das Letzte«, schimpfte Daisy, als wäre sie nicht selbst eine.

Es ist komisch, wie wenig die Engländer ein Problem damit haben, in aller Öffentlichkeit darüber zu reden, wie sehr sie ihre eigene Familie verabscheuen, selbst wenn es nicht einmal stimmt. Liebe halten sie geheim, ganz im Gegenteil zu Hass.

9

Als wir durch die Tür in den anderen Schlafsaal spähten, sahen wir Jose Pritchett, die schluchzte, und Sophie Croke-Finchley, die sie tröstete. Daneben stand Roses Bett, ordentlich gemacht und unberührt. Roses Kommode stand halb offen und ihr Ranzen war verschwunden. Also war sie wirklich durchgebrannt. Als Clementine uns entdeckte, schlug sie uns die Tür vor der Nase zu. Fast mochte ich sie dafür. Immerhin bewies sie einen gewissen Schlafsaal-Stolz.

Es klingelte zum Frühstück, also strömten alle ins Erdgeschoss. Während wir die Treppe nach unten lärmten, fiel lautstark die Haustür des Wohnheims ins Schloss und ich erhaschte einen Blick durch die Vorderfenster auf drei Hüte und drei Schals von Aufsichtsschülerinnen. Als wir den Speisesaal betraten, waren dort nur Florence und Enid. Sobald sich alle gesetzt hatten, stand Florence auf und bat mit einer Geste um Ruhe. Sie wirkte abgespannt und verärgert.

»Ihr da«, sagte sie, während Enid sich hinter ihr hielt und ihre allgegenwärtigen Geschichtsbücher an sich presste. »Hergehört! Eine bescheuerte Zehntklässlerin ist weg. Rose Pritchett. Ihr kennt sie ja alle, richtig? Nickt einfach – nicht sprechen! Lass das Gekicher, kleine Freebody! Also, sie ist weg, mitten in der Nacht fortgelaufen. Die Polizei wurde bereits verständigt und die anderen Aufsichtsschülerinnen suchen nach ihr, bis die Beamten hier sind. Doch ihr Glückspilze habt immer noch mich und Enid, und wir werden auf euch aufpassen. Falls ihr irgendetwas über Rose wisst – wohin sie gegangen sein könnte und warum –, müsst ihr es uns jetzt sagen. Macht ihr das nicht und wir finden später heraus, dass ihr uns hättet helfen können, bekommt ihr schreckliche Schwierigkeiten. Nicht wahr, Enid?«

Enid nickte und musterte den Raum mit düsterem Blick.

»Also macht den Mund auf! Nein, geheult wird nicht! Lasst das!«

»Aber was, wenn sie auch tot ist?«, wimmerte der kleine Siebtklässler-Shrimp Charlotte.

»Ist sie nicht, und wenn du das noch einmal sagst, setzt es was«, keifte Florence. »Wir geben euch zwei Minuten, um zu uns zu kommen und zu gestehen. Verstanden?«

Natürlich reagierte niemand. Wir saßen mucksmäuschenstill da und mir wurde bewusst, dass keiner mehr Angst hatte – oder zumindest fürchtete sich keiner mehr grundlos. Es war eine Art stille Rebellion im Gange. Die Fünf hatten ihre Autorität verloren.

Ich dachte fieberhaft nach. Die Polizei war unterwegs und das bedeutete: Inspektor Priestley. Er hatte uns bereits in zwei früheren Fällen geholfen und wenn uns überhaupt jemand wegen Elizabeth glaubte, dann er. Die Gelegenheit war unschlagbar. Außerdem war es noch an der Zeit für etwas anderes. Solange die Fünf damit beschäftigt waren, nach Rose zu suchen, war der Zeitpunkt ideal, um in ihrem Zimmer zu schnüffeln.

In bunt gemischten Gruppen liefen wir zur Schule, unterhielten sich ältere Mädchen mit jüngeren. Endlich meuterte jeder vereint gegen die Fünf. Die unteren Jahrgänge verband eine noch nie dagewesene Kameradschaft.

»Wären sie ordentliche Aufsichtsschülerinnen, wäre Rose nie weggelaufen!«

»Wären sie ordentliche Aufsichtsschülerinnen, wäre Elizabeth nicht gestorben!«

Eine nachdenkliche Pause entstand. Keiner sprach aus, was alle dachten: dass das vielleicht nicht *nur* schlecht war. Das versetzte mir einen Stich. Nachdem, was Florence gesagt hatte, meinte ich, Elizabeth besser zu verstehen. Sie war nur deshalb so grausam gewesen, weil sie nicht wusste, wie man freundlich war, weil sie nichts kannte, außer zu manipulieren und zu erpressen. Vielleicht *hatte* sie die Fünf für ihre Freundinnen gehalten. Vielleicht hatte sie deshalb damit gedroht, sie bloßzustellen, als sie nicht länger für sie arbeiten wollten.

Hatte sie noch Zeit zum Erschrecken gehabt, als eine von ihnen sich an sie angeschlichen hatte, um ihr mit dem Hockeyschläger eins überzuziehen?

Ich schüttelte den Gedanken ab und konzentrierte mich wieder auf die Unterhaltung.

»Ich habe gehört, dass sie etwas mit Elizabeths Tod zu tun haben.«

»Sie stecken mit Jones unter einer Decke!«

»Nein, *sie* waren es allein. Alle zusammen!«

»Quatsch«, fuhr Kitty die Kleine aus der Neunten an, die das behauptet hatte. Dass die Fünf inzwischen als verdächtig angesehen wurden, machte uns Detektivinnen nervös. Sollte die Täterin erst begreifen, dass man sie verdächtigte, würde sie dann nicht auch herausfinden, dass wir gegen sie ermittelten? Dann wäre nicht mehr nur die geheimnisvolle Austeilerin der Zettel in Gefahr.

»Doch!«, beharrte die Neuntklässlerin – Marion, eine der Marys. »Die Fünf sind ein Haufen Lügnerinnen. Lettice war im Sommer gar nicht auf einem Mädchenpensionat!«

»Natürlich war sie das«, sagte Kitty, die es noch immer nicht verkraftete, dass die Jüngeren so dreist geworden waren. »Das wissen doch alle.«

»Alle *glauben* es, aber es kann nicht stimmen«, widersprach Marion. »Nicht wirklich. Es ist nämlich so: Die Freundin meiner Cousine, Margery, deren Vater der österreichische Botschafter ist, war auf derselben Schule in Lausanne. Am letzten Exeat haben mich beide mit Mami zum Tee abgeholt. Margery war tödlich langweilig, als sie davon erzählt hat, also habe ich sie zur Abwechslung nach Lettice gefragt, aber sie wusste nicht, von wem ich spreche!«

Daisy lief gelassen weiter, nur ich sah, wie sich die Haltung ihrer Schultern veränderte. Mir stockte der Atem. War dies ein Hinweis für unser letztes Rätsel?

»Wahrscheinlich hat sie sie nur vergessen«, meinte Daisy.

»Oder gar nicht erst bemerkt«, sagte Lavinia. »Was denn? Kann doch sein, oder nicht?«

Marion schüttelte den Kopf. »Nein. Ich habe zweimal nachgefragt – sie war sicher, dass Lettice nicht da war. Margery erinnert sich an sämtliche Namen der Mädchen, und Lettice war nicht dabei. *Sie war nicht dort.*«

»Aber wo war sie denn?«, keuchte Küken.

»Psst, Küken«, unterbrach Daisy sie gekonnt. »Weißt du, Marion, ich frage mich, ob Lettice darüber geschwindelt hat, an *welcher* Schule sie war. Mir ist zu Ohren gekommen, dass ihr Vater Geldprobleme haben könnte. Vielleicht war er knauserig und sie hat sich zu sehr geschämt, es zuzugeben.«

»Ooh!«, staunte Marion. »Glaubst du wirklich?« Schon flitzte sie zu den anderen beiden Marys, die hinter uns liefen.

Wir sahen Daisy an. Sie rollte mit den Augen. »Irgendetwas musste ich ja sagen, damit sie verschwindet«, meinte sie. Aber ich wusste, was wirklich dahintersteckte: Sie hatte Marion von ihrem Verdacht abbringen wollen. Was die Kleine erzählt hatte, war wichtig. Wenn Lettice in den Sommerferien nicht auf dem Pensionat war, wo war sie stattdessen gewesen und warum?

10

Der Vormittag an der Schule verlief komisch. Wir hätten eigentlich eine Doppelstunde Naturkunde mit Miss Runcible haben sollen, doch man hatte sie für die Suche nach Rose eingeteilt, also steckte man uns mit in den Kunstunterricht der Elften. Das neue Fräulein, Miss Morris, drapierte verwelkendes Herbstlaub vor uns, dessen goldene Blätter lasch auf den Holztisch hingen und einen leichten Modergeruch verströmten. Schweigend zeichneten wir drauflos.

Ich war mit meinen Skizzen ziemlich unzufrieden, zog die Umrisse meiner Blätter immer wieder nach, bis sie dick und schwarz und völlig aus der Form waren, woraufhin ich mich über mich selbst ärgerte, weil ich mein Bild ruiniert hatte. Ich bin keine Künstlerin, trotzdem macht es mir keinen Spaß, etwas kaputt zu machen. Ich bekam Bauchweh. Was, wenn ich genau das auch mit Daisy gemacht hatte? Was, wenn ich unsere Freundschaft für immer zerstört hatte?

In der Süßen Pause (Ingwerplätzchen) machten überall Gerüchte die Runde. Inzwischen machte man tatsächlich die Fünf für Elizabeths Tod verantwortlich. Wir fünf standen derweil dicht beieinander – wobei Daisy und ich darauf achtgaben, dass wir Küken zwischen uns hatten –, denn es war ein kalter Tag und unsere Kleidchen und Pullover dünn. Wir hauchten auf unsere Hände, während wir aßen und uns über den Fall unterhielten. Leider schienen wir uns im Kreis zu bewegen und alles fühlte sich düster an. Ich überlegte, ob die Polizei schon angekommen war und ob man Rose gefunden hatte.

Als wir zum Mittagessen ins Wohnheim kamen, ragte ein neuer Brief aus meinem Postfach in der Eingangshalle.

Mit heißen Wangen schnappte ich ihn mir. Als ich mich umdrehte, sah ich mich Kitty, Küken und Lavinia gegenüber, die mich beobachteten. Daisy hatte sich abgewandt und tuschelte mit einer Elftklässlerin.

»Es ist nichts weiter«, sagte ich lauter als nötig.

»Es ist *Essenszeit*«, entgegnete Lavinia, als der Pausengong ertönte. »Im Ernst, manchmal ist es zum Aus-der-Haut-Fahren mit euch allen! Muss denn alles so kompliziert sein?«

Plötzlich wurde ich sehr wehmütig. *Warum* konnte nichts mehr unkompliziert sein? Warum musste alles so schwierig sein, nur weil wir älter wurden?

Als wir durch die Tür in den Speisesaal gingen, trat uns die kleine Neuntklässlerin Martha Grey in den Weg. Sie knabberte nervös an ihren Haaren und blinzelte ständig – dass sie etwas bedrückte, war mehr als deutlich. Als Kitty einen Schritt auf sie zu machte, wich sie zurück. »Ich …«, fing sie an. »Ich … äh … Binny –«

»Jetzt spuck's schon aus!«, verlangte Kitty. »Was hat die kleine Kröte nun schon wieder angestellt?«

»Oh!«, sagte Martha erschrocken. »G…gar nichts. Ich glaube nur, das neue Armband, das sie trägt, gehört ihr nicht. Sie behauptet zwar, es wäre ihrs, aber …«

»Neues Armband!«, brauste Kitty auf. »Von wegen, das ist meins! Wie kann sie nur?!« Und sie stürmte in den Speisesaal, um auf die Jagd nach ihrer Schwester zu gehen.

»Bist du nur deshalb hergekommen?«, fragte ich Martha.

»Ja«, sagte sie schnell. »Ich muss jetzt an meinen Platz.«

Um ein Haar wäre ich ihr hinterher, doch dann dachte ich an meinen Brief. Ich wollte wissen, was Alexander über den Fall dachte. Also ließ ich Martha in Ruhe.

11

Beim Essen (Kitty legte sich unter dem Ärmel ihres Pullis gerade siegesbewusst das Armband wieder an) stieß Küken mich an.

»Hast du's schon gehört?«, wisperte sie. »Kitty und Daisy wollen das Zimmer der Fünf durchsuchen! Betsy North sorgt für ein Ablenkungsmanöver.«

»Ach ja?« Ich legte meine Gabel ab. Eben hatte ich selbst darüber nachgedacht, wie wir es in den Schlafsaal der Großen schaffen könnten, doch dass Daisy es nun ohne mich tun wollte …!

»Oh«, sagte Küken, die es mir anmerkte. »Sie … wir … ich meine, wir alle. Lavinia und ich kommen auch mit. Und du natürlich.« Sie wurde rot.

Küken schwindelte, das war überdeutlich, oder zumindest versuchte sie, die Wahrheit schönzureden. Daisy hatte mich nicht einweihen wollen. Deshalb erfuhr ich als Letzte davon.

»Ich komme mit«, sagte ich und schaute trotzig zu Daisy. Sie verzog die Nase und musterte mich eisig. Ich erwiderte den Blick. Die Hazel vom letzten Jahr hätte wahrscheinlich um Verzeihung gebettelt, aber das war einmal.

Die Aufsichtsschülerinnen hatten sich abgewechselt. Florence und Enid hatten sich der Suche nach Rose angeschlossen, während Lettice und Margaret ihren Platz bei uns eingenommen hatten. Lettice zitterte, so nervös war sie, sie wirkte ganz erschöpft. Margaret war unaufmerksam und machte ein finsteres Gesicht. Ich hatte gehört, dass die Polizei inzwischen da war und die Suche eingeleitet hatte, trotzdem sollte ihnen jeder, der zur Verfügung stand, helfen. Ich fragte mich, ob Inspektor Priestley ins Wohnheim kommen würde, ob er überlegte, wo wir steckten. Aber vielleicht dachte er gar nicht an uns, wenn er davon ausging, dass sie es lediglich mit einer Ausreißerin zu tun hatten? Er hatte ja keinen Grund, anzunehmen, dass hinter allem eine Leiche steckte.

Als die Nachtischteller abgeräumt wurden (Apfelstreuselkuchen mit Vanillesoße), fing Betsy mit ihrer Ablenkung an. Daisy nickte ihr zu und Betsy gab ihrer Klasse einen Wink, die aufs Stichwort ausflippte. Sie brüllten sich an wie Affen und jagten, völlig entgegen der Regeln, quer durch den Speisesaal. Margaret und Lettice hatten die Lage nicht im Griff.

»Aufhören!«, schrie Lettice und Margaret versteckte verzweifelt das Gesicht in den Händen. Sie merkten gar nicht, dass wir fünf den Saal verließen.

Als wir die Treppe hochschlichen (und die knarrenden Stellen vermieden), drehte Daisy sich zu uns um. »Wir sind ziemlich viele«, zischte sie unwirsch, »also müssen wir extra vorsichtig sein.«

»Umso besser, oder nicht?«, gab ich leise Kontra, während hinter uns Schreie durchs Haus hallten. »Jeder kann einen Abschnitt übernehmen. Wir sind zu fünft und sie sind zu fünft. So sind wir viel schneller fertig mit dem Suchen.«

»Ja, danke, Hazel«, meinte Daisy und wieder funkelten wir uns giftig an. Ich fand es schrecklich. Wir waren so sehr entzweit und es tat so weh.

Wir stiegen eine weitere Treppe hoch und dann noch eine (wie gesagt, der Schlafraum der Fünf liegt ganz oben). Sich hier aufzuhalten, fühlte sich mehr als falsch an. Man trichtert uns andauernd ein, dass ausschließlich die Großen ins Obergeschoss des Wohnheims dürfen.

Doch schließlich, am Ende des schummrigen Flurs, lag die Tür zum Zimmer der Fünf.

»Himmel!«, raunte Küken. »Wollen wir das wirklich machen?«

»Was denn sonst?!«, fuhr Daisy sie an. »Und zwar schnell.

Wir müssen rein und wieder draußen sein, bevor die Mittagspause zu Ende ist!«

Mit ihrem üblichen Selbstvertrauen stieß Daisy die Tür auf.

12

Es war ein komisches Gefühl, im Zimmer der Fünf zu sein – nicht nur, weil es *ihres* war, sondern auch, weil es *unserem* so ähnlich sah. Die fünf Betten waren genau wie unsere angeordnet, und jede hatte ihre eigene kleine Kommode und Knabbertruhe unter dem Bett, genau wie bei uns. Der einzige Unterschied war, dass ihre Möbel in wesentlich besserem Zustand waren (wird etwas neu angeschafft, bekommen die Großen es zuerst, und dann, wenn es älter und abgenutzter ist, wird es in die Schlafräume der Jüngeren gebracht). Außerdem erlaubte man ihnen mehr Persönliches: ein gemusterter Überwurf auf Unas Bett, eine kleine Glasdekoration auf Lettices Kommode.

»Teilt euch auf!«, zischte Daisy. »Jede ein Bett. Lavinia, du übernimmst Margaret. Kitty, du Una. Küken: Lettice. Ich nehme Florence. Oh, und Hazel, vermutlich kannst du Enid haben. Denkt daran: Ihr sucht nach Hinweisen auf ihre Geheimnisse und nach allem, was darauf hindeuten könnte, dass eine von ihnen die Mörderin ist. Ein blutiger Handschuh oder ein angesengter Schal, alles, was uns die entscheidende Spur liefern könnte.«

Der Stachel saß – als bloßes Anhängsel behandelt zu werden, tat weh. Ich sah Daisy nicht an, sondern zwang mich, es interessant zu finden, dass sie sich diesmal Florence ausgesucht hatte. Hieß das, sie hatte inzwischen einen neuen Verdacht?

»Mir gefällt das nicht!«, wisperte Küken. »Was, wenn sie reinkommen und uns erwischen?«

»Enid, Una und Florence sind bei dem Suchtrupp und Margaret und Lettice sind abgelenkt. Wenn du dir trotzdem Sorgen machst, musst du dich eben beeilen, damit du nicht erwischt wirst«, sagte Daisy. »Los jetzt!«

Ich trat an Enids Bett und rief mir ins Gedächtnis, dass ich nach gestohlenen Prüfungsaufgaben suchte. Nach einem Beweis dafür, dass Enid eine Betrügerin war.

Enids Kommode war aufgeräumt, ihre Klamotten ordentlich gefaltet. Ich hob alles behutsam hoch, doch darunter war nichts versteckt.

»Ich hab was«, berichtete Lavinia brummig neben mir. »Unter Margarets Matratze. Es ist total eingerissen, aber ich glaube, es war mal ein Brief. Er ist mit *A* unterschrieben. Das steht bestimmt für *Astrid*. Igitt, das ist alles total verschossenes, romantisches Zeug. Die *mögen* sich echt.«

»Ooh, ich hab auch was!«, rief Küken. »Hier – ein Tagebuch! Oh nein, doch nicht. Wie komisch, das ist so eine Art Logbuch. Sie protokolliert … oje, sie protokolliert ihr Gewicht und was sie jeden Tag isst. Der erste Eintrag ist vom letzten Juli – da steht: *Auf Anweisung von Doktor Forel von der Nervenheilanstalt Prangins* führe ich dieses Tagebuch … Oh, das ist gar nicht schön. Ich will nicht weiterlesen.«

Dann stimmte es also! Lettice hatte die Sommerferien in einer Heilanstalt verbracht, nicht in einem Pensionat. Wenn herauskommen sollte, dass sie nicht richtig im Kopf war, würde sie niemals einen Mann finden – und ich wusste genau, dass sie sich nichts sehnlicher wünschte.

Als Nächstes nahm ich mir Enids Knabbertruhe vor. Dabei hatte ich ein ganz komisches Gefühl. Etwas wurmte mich – die persönlichen Gegenstände eines Verdächtigen zu durchwühlen, ist nie schön, aber diesmal kam es mir besonders schlimm vor. Es ging um Geheimnisse, die die Fünf um jeden Preis verbergen wollten, für die eine von ihnen sogar getötet hatte. Und wir betatschten sie, zerrten sie ans Tageslicht. Es kam mir falsch vor.

»Ha!«, stieß Daisy plötzlich aus. »Hier, schaut mal! Ein Pillenfläschchen in Florences Knabbertruhe. *Digoxin.*«

»Was ist das?«, fragte Lavinia. Es klang, als wäre sie aufgestanden und hätte ihre Suche unterbrochen.

»Ich bin nicht sicher«, sagte Daisy. »Aber ich weiß, wie ich es herausfinde. Ich rufe Doktor Cooper in Fallingford an und tue so, als wäre ich Mami, damit er mir verrät, was das ist. Die Hausmutter ist nicht in ihrem Büro, weil sie Shrimps jagt, also kann ich mich ganz leicht einschleichen. Das ist ausgezeichnet. Kitty, hast du irgendwas?«

Etwas scharrte. »Möglich«, antwortete Kitty. »Sie hat unter ihren Blusen Bilder von irgendwelchen alten Leuten versteckt. Auf der Rückseite steht, äh, *Oma und Opa, Juni 1934*. Das müssen ihre Großeltern sein, aber ich wüsste nicht, warum …? Sie sehen nicht sehr jüdisch aus, oder?«

»Zeig her!«, sagte Daisy. Ich steckte den Kopf in Enids Knabbertruhe und kramte los. Darin waren stapelweise Zettel, alles Korrekturanmerkungen. Ich nahm sie mir einen nach dem anderen vor.

»*Kitty!* Was soll das denn heißen, *nicht sehr jüdisch*?! Siehst du nicht diesen Leuchter im Hintergrund? Das ist eine Menora – gehört zu dem Fest, das Juden anstelle von Weihnachten feiern.«

»Was, sie haben kein Weihnachten?«, rief Küken entsetzt. »Die Armen!«

»Küken, sie – Na egal. Jedenfalls hat Una jüdische Großeltern. Gute Arbeit! Und, Hazel? Was hast *du* gefunden?«

Es klang wie ein Vorwurf und ich war wütend, weil ich bisher noch auf nichts gestoßen war.

»Hier.« Ich hielt das erstbeste Papier hoch und warf es ihr zu. »Bitteschön!«

Daisy und ich sahen uns an. Ihr Blick war eisig. Und meiner war auch nicht herzlicher, das merkte ich. »Hazel, das«, fing sie an, »ist absolut –« Dann hielt sie inne. »Das scheint ein Brief von Enids Vater zu sein«, sagte sie.

»Ooh, ist er wichtig?«, fragte Küken.

Eine Pause entstand. »Ja«, sagte Daisy schließlich. »Ich glaube schon. Er ist ein paar Wochen alt. Mr Gaines redet hier von Universitäten. Er schreibt: *Es betrübt mich, von deiner letzten Geschichtsnote zu erfahren. Vergiss nicht, Enid, dass deine Mutter und ich erwarten, dass du am Ende dieses Schuljahres in Oxford aufgenommen wirst. Klug genug bist du, wenn du dich nur entsprechend anstrengst. Wir haben so viel in deine Ausbildung investiert und erwarten, entsprechende Ergebnisse zu sehen. Deine Schwester lässt dich grüßen. Wie immer wünscht sie, sie könnte bei dir sein, aber natürlich lässt unsere finanzielle Lage das nicht zu. Ich hoffe, du legst hinreichend Fleiß an den Tag, wie wir besprochen haben.* Himmel, so geht das noch ewig weiter.«

Als sie aufschaute, kreuzten sich unsere Blicke. Ich wusste, was ihr durch den Kopf ging. Dieser Brief verriet auch mir, warum eine Prüfungsnote für Enid Leben oder Tod bedeuten könnte. Sollte sie es nicht nach Oxford schaffen, nachdem ihre Eltern so viel Geld ausgegeben hatten, um sie auf die Deepdean zu schicken … Herrje, sie würden ihr niemals vergeben! Zu schummeln erschien ein vernünftiger Ausweg.

Meine Eltern haben sich noch nie über Geld sorgen müssen, trotzdem weiß ich, was es heißt, wenn hohe Erwartungen an einen gestellt werden. Ich muss meinem Vater beweisen, dass ich Deepdean verdiene, nachdem er mich hierher hat gehen lassen – dass ich hierher gehöre und es sich lohnt, meine erste kleine Halbschwester, die acht ist, ebenfalls hierher zu schicken, wenn sie erst alt genug ist. Als Vorreiterin hat man es manchmal ganz schön schwer.

Ich öffnete den Mund, doch Daisy wandte sich ab.

»Tja«, sagte sie zu Kitty und Küken. »Damit hätten wir alles. Wollen wir verschwinden, bevor man uns erwischt? Ich muss einen Arzt anrufen.«

13

Wir liefen zum Hauptgang hinunter. Die Shrimps und Betsy lieferten noch immer eine fabelhafte Vorstellung und hielten alles auf Trab. Die Tür zum Büro der Hausmutter stand offen und keiner war darin. Irgendwo im ersten Stock brüllte sie die Kleinen an, also waren wir in Sicherheit. Doch die Uhr an der Wand ließ uns nur zehn Minuten, bevor wir zum Nachmittagsunterricht zurück in die Schule mussten. Wir hatten keine Zeit zu verlieren.

»Na schön«, sagte Daisy. »Ich gehe rein und telefoniere. Ihr vier bleibt hier draußen. Solltet ihr die Hausmutter oder eine der Fünf sehen, wimmelt ihr sie so gut und so laut wie möglich ab. Ich brauche nicht lange – *falls* Doktor Cooper in seiner Praxis ist. Hoffen wir das Beste.«

»Viel Glück!«, raunte Küken nervös. Ich sagte gar nichts.

»Danke, *Küken*«, sagte Daisy betont und huschte ins Büro,

nachdem sie mir einen letzten Blick zugeworfen hatte. Wäre es nicht Daisy, sondern jemand anderes gewesen, hätte ich gemeint, Schmerz in ihren Augen zu lesen.

Wenig später hörten wir ihre Stimme, die sehr erwachsen klang. »Hallo? Vermittlung? Fallingford 214, bitte. Ja, Doktor Coopers Praxis. Ja, ich warte.«

Eine Pause entstand. Dann wieder Daisys Stimme: »Oh, schönen guten Tag, Doktor Cooper! Nein, nein, man muss Ihnen eine falsche Nummer genannt haben. Hier spricht Lady Hastings, und ich habe eine *klitze*kleine Frage an Sie …«

»Zehntklässler!«, ertönte eine Stimme. »Was treibt ihr hier?«

Wir wirbelten herum. Wir hatten uns so auf Daisy konzentriert, dass wir ganz vergessen hatten, wie beauftragt Ausschau zu halten. Die Haustür hatte sich geöffnet und Enid war aufgetaucht.

Kitty hustete, ich räusperte mich und Lavinia streckte das Kinn vor und sagte: »Was treibst *du* hier?«

»Ich habe nach dem vermissten Mädchen gesucht«, antwortete Enid kühl. »Und wurde dann zurückgeschickt. Der Fußweg ist voller Äste und ich bin nicht stark genug, um sie wegzuräumen. Warum lungert ihr hier herum? Wartet ihr auf jemanden?« Ihr Kopf schwang in Richtung Büro.

»Ja!«, antwortete Küken auf einmal, so laut, dass es beinahe geschrien war. Enid zuckte zusammen und wir übrigen starrten sie an. »Wir … wir warten auf die Hausmutter! Weil … weil …«, wir alle hörten Daisy erneut, »WEIL ich so SCHRECKLICH TRAURIG BIN! DIE ARME ELIZABETH, und all die GRAUENHAFTEN DINGE, die seitdem passiert sind! FURCHTBAR!«

»Oh, und WIE!«, rief Kitty, schniefend, während sie sich Krokodilstränen vom Gesicht wischte. »GRÄSSLICH!«

Sie machten so viel Lärm, dass Daisy vollkommen übertönt wurde. Enid wirkte nervös, und als Küken vortrat und ihr die Arme entgegenstreckte, um sich von ihr trösten zu lassen, wich sie entsetzt zurück. In jedem Fall war sie viel zu abgelenkt, um zu bemerken, dass Daisy sich, hocherfreut, aus dem Büro der Hausmutter schlich. Bevor Enid sie überhaupt entdeckte, stand sie neben Lavinia, nickte ihr grüßend zu und sagte gelassen: »Habe der Hausmutter eine Nachricht hinterlassen. Immerhin müssen wir nun zur Schule und sie ist noch nicht zurück.«

Enid sah verunsichert aus, doch dann klingelte es zum Unterricht und sie musste uns zwangsläufig gehen lassen. Als wir nach draußen eilten, stand sie noch immer im Flur. Für eine Mittagspause hatten wir unser Glück oft genug strapaziert, fanden wir.

»Was hast du rausgefunden?«, wisperte Kitty Daisy zu, als wir durch feinen Nieselregen zur Schule liefen. »Weißt du, was Dig…dingsbums ist?«

»Ja!« Daisy glühte vor Aufregung. »Ich habe mich als Mami ausgegeben und Doktor Cooper erzählt, ich hätte es in meinem Schränkchen gefunden und mich gefragt, ob ich es gegen meine Kopfschmerzen einnehmen kann. Er ist ganz außer Fassung geraten und meinte, das dürfte ich auf keinen Fall, weil es ein Herzmedikament für Menschen mit *einem höchst schwerwiegenden Herzleiden* ist.«

»Nein!«, rief Kitty.

»Doch!«, sagte Daisy. »Oh, es war ein Kinderspiel. Und damit steht es fest: Unser letztes Motiv ist bestätigt! Florence ist krank und verbirgt es. Wenn das rauskommt, lässt man sie nie zur Olympiade zu. Ist das nicht wundervoll?«

»Aber damit haben wir noch immer niemanden ausgeschlossen!«, stellte ich fest. Wahrscheinlich wollte ich Daisy piesacken – trotzdem war es eine Tatsache. Unsere Jagd nach Motiven schien uns nicht weitergebracht zu haben.

»Das«, sagte Daisy gut gelaunt, »kommt schon noch. *Wenn* man nur Vertrauen in die Detektei hat. Hast du das, Hazel?«

Ich wusste nicht, was ich darauf erwidern sollte.

14

In Geschichte notierte ich unsere Eskapaden während der Mittagspause, dann endlich nahm ich mir meinen Brief vor.

Weston-Schule, Donnerstag, 7. November, morgens

Liebe Hazel,

kaum hatte ich meine Antwort weggeschickt, als ich schon deinen zweiten Brief bekommen habe. Es entwickelt sich alles so schnell. Ich wünschte, George und ich wären dabei. Hat man den Hausmeister verhaftet? Oder halten die Erwachsenen es noch immer für einen Unfall? Und habt ihr mehr darüber herausgefunden, wer diese Geheimnisse in Umlauf bringt und warum? Kennt man die Geheimnisse der Fünf inzwischen? Wer war es, der in den Wald gerannt ist?

Entschuldige die vielen Fragen, aber uns ist das ganze Trimester lang noch nichts Spannenderes passiert. Hier geschieht rein gar

nichts – ihr habt wirklich Glück. Wir sollten nach Deepdean kommen, das wäre lustig! Obwohl sie da Jungs niemals reinlassen würden, ein echter Jammer.
George und ich haben die Köpfe zusammengesteckt und überlegt, wie wir euch von hier aus unterstützen können. Bisher waren wir keine große Hilfe. Ich kann nur sagen, kümmert euch nicht zu sehr um die Motive. Ihr wisst, dass alle Verdächtigen eines haben, das reicht. Wichtig ist nicht das Warum, sondern das Wie, oder?
Jede hätte es getan haben können, doch nur eine war es. Es ist ein einfaches Logikrätsel – wer war zur fraglichen Zeit am fraglichen Ort? Vielleicht hilft es euch, das Ganze nachzustellen. Habt ihr das schon gemacht?
Nicht aufgeben, Hazel. Natürlich weiß ich, dass du das nie tun würdest, anders als die meisten anderen. Vielleicht ist das nicht sehr »britisch« von mir, aber manchmal glaube ich, genau das macht uns zu guten Detektiven – dass wir keine Engländer sind. Schon komisch, von uns vieren ist eigentlich nur Daisy Engländerin. Möglicherweise arbeitet ihr deshalb so gut zusammen und seid so gute Freundinnen.

Alexander

Ich hatte am ganzen Leib zu zittern begonnen, halb vor Aufregung, halb vor Übelkeit. Natürlich freute ich mich über den Brief, aber das allein war es nicht. Alexander hatte etwas sehr Wichtiges gesagt, etwas, das genau die Frage beantwortete, die ich mir auf dem Weg zur Schule gestellt hatte. Er war nicht hier, also konnte er vieles, was den Fall betraf, nicht sehen (außerdem arbeitete er anhand meines zweiten Briefs vom Mittwoch, der bereits völlig überholt war).

Dennoch hatte er etwas gesehen, wofür wir blind gewesen waren. Wir waren so besessen von Geheimnissen, Gerüchten und Motiven gewesen, dass wir ganz vergessen hatten, den Fall auch als *Fall* zu betrachten, als Logikrätsel. Je mehr wir ermittelten, desto mehr erschien Elizabeths Tod unausweichlich, eine Tatsache. Elizabeth hatte so viele Menschen dazu gebracht, sie zu hassen, dass jeder als Mörder infrage kam. Doch es war nicht jeder gewesen. Alle Fünf hatten Motive, doch nur eine war die Täterin. Wie Alexander gesagt hatte, die simple Frage lautete: Wer war zum richtigen Zeitpunkt am richtigen Ort gewesen? Das war es, was wir herausfinden mussten. Warum hatten wir das Verbrechen noch nicht nachgestellt?

Das war wichtig, das wusste ich, und ich musste mit den anderen darüber reden. Doch mit Daisy wollte ich nicht sprechen. Ich hatte Angst, dass sie mir gar nicht erst zuhören würde, wenn ich zugab, dass die Idee von Alexander stammte.

Noch beim Abendessen zerbrach ich mir den Kopf, wie ich es ihr beibringen sollte. Ich gab mir die größte Mühe, meinen Teller nicht aus den Augen zu lassen und mir das Essen in großen Portionen in den Mund zu schaufeln, ohne es überhaupt zu schmecken. Nach und nach wurde mir bewusst, dass um mich herum reges Stimmengewirr aufgekommen war, alle redeten lauter als normal – viel lauter, als es uns während des Abendessens für gewöhnlich erlaubt war. Ich kaute auf klebrigem Eintopf herum, als jemand an meinem Ellbogen zog. Ich drehte mich um und sah die kleine Neuntklässlerin Martha Grey.

»Entschuldigung«, sagte sie. »Aber hast du Binny gesehen?«

• TEIL FÜNF •

Entführt

1

»Binny versteckt sich irgendwo«, sagte Kitty zwanzig Minuten später. »Bestimmt. Oh, das kleine Biest, ich bringe sie um, wenn wir sie finden! Ach, Küken, spar dir das Quietschen, natürlich mein ich's nicht ernst. Aber ich weiß, was sie ausgefressen hat. Sie war eifersüchtig, weil sich auf einmal alle nur um Rose gekümmert haben, also hat sie sich irgendwas Lächerliches einfallen lassen. Wahrscheinlich steckt sie in der Wäschekammer oder unter irgendeinem Tisch, ihr werdet schon sehen. Bestimmt hat sie Martha eingespannt, damit sie ihr Essen bringt.«

Doch als wir Martha befragten, stritt sie alles ab. »Es sind jetzt schon Stunden«, sagte sie zitternd und mit roten Augen. »Ich hab sie seit Unterrichtsschluss nicht mehr gesehen. Sie meinte, sie würde sich noch mit jemandem treffen und dann mit Alma zurückkommen. Alma war allerdings der Meinung, Binny sei mit den Marys mitgegangen, außerdem war Binny weder im Aufenthaltsraum noch beim Abendessen. Glaubst du, ihr ist was passiert?«

»So ein Quatsch!«, rief Kitty. »Ich hab doch gesagt, sie verkriecht sich irgendwo.«

Unsere Hausmutter schien derselben Ansicht zu sein und schäumte vor Rage. Ein weiteres verschwundenes Mädchen war mehr, als sie ertragen konnte. Sie stürmte durchs ganze Wohnheim und schimpfte lautstark über törichte Neuntklässler.

Doch Binny tauchte nicht wieder auf. Alle suchten nach ihr, aber sie war weder in der Wäschekammer noch unter den Betten – auch nicht im Bad oder einem der Schränke. Sie war nirgends. Und obwohl ich zu Anfang der Suche nicht sehr konzentriert bei der Sache war, machte ich mir bald Gedanken. Ich merkte Kitty an, dass sie zunehmend unsicher wurde und etwas in ihr einknickte mit jedem neuen Raum, den wir erfolglos umkrempelten. Ich dachte an die Worte der Fünf, dass sie diejenige, die für das Verteilen der Geheimnisse aus dem Skandalbuch verantwortlich war, finden und mit ihr abrechnen würden, und war ernsthaft besorgt.

Ich durchsuchte eine kleine Nische im zweiten Stock, als hinter mir ein kleines Stimmchen ertönte: »Hazel?«

Es war Martha. Ihre Augen waren nun noch stärker gerötet und sie wirkte schrecklich durch den Wind. »Alles in Ordnung mit dir?«, fragte ich.

»Nein«, gab Martha mit bebenden Lippen zu. »Vorhin konnte ich nichts sagen, aber ich glaube, dass Binny etwas Schlimmes passiert ist!«

»Wie meinst du das?«

»Sie ist nicht wegen Rose weggelaufen!«, rief Martha. »Kitty behauptet das und die Hausmutter glaubt es auch, aber es stimmt nicht. Binny hat sich schon die ganze Woche über komisch benommen. Ständig hat sie mir erzählt, dass sie etwas weiß, dass sie ein Geheimnis hat – und ich hab das natürlich für leeres Gerede gehalten, aber dann … Na ja, ich hatte den Verdacht, dass *sie* diejenige sein könnte, die all die Zettel verteilt. Ich wollte es dir schon beim Mittagessen sagen, aber du warst so in Gedanken. Und jetzt ist sie verschwunden! Oh!«

Hinter mir erschallte ein zweites »Oh!«. Ich erstarrte.

»Hallo, Daisy«, sagte ich.

»Watson«, erwiderte sie. Wütend drehte ich mich um – es war nicht fair von ihr, mich so zu nennen. Da stand sie, mit gerümpfter Nase und strahlend blauen Augen. Sie schüttelte kaum merklich mit dem Kopf und innerhalb einer Sekunde begriff ich: Jetzt war nicht der Zeitpunkt, um sich zu streiten.

»Glaubst du wirklich, dass Binny nicht mehr im Haus ist?«, wandte Daisy sich an Martha. »Du denkst dir das nicht nur aus?«

»Nein!«, sagte die Kleine getroffen. »Niemals!«

»Weggelaufen?«

»Ich weiß nicht! Was, wenn … jemand sie geholt hat?«

»Die wahrscheinlichste Erklärung ist noch immer, dass sie sich irgendwo versteckt«, meinte Daisy. »Aber – du denkst, sie steckt hinter den Zetteln?«

»Ja«, bestätigte Martha mit Tränen in den Augen. »Ich bin fast sicher. Sie hat sich so komisch aufgeführt. Manchmal erfindet Binny Sachen, aber diesmal war es anders. Wenn man mit jemandem befreundet ist, dann weiß man das einfach.«

»Verstehe ich«, sagte Daisy. »Freunde merken so was immer.«

Martha neigte den Kopf, um sich mit den Händen über die Augen zu wischen, und ich sah Daisy an. In meinem Hals steckte ein Kloß.

»Komm mit«, sagte Daisy zu Martha. »Wir gehen in unseren Schlafsaal. Gemeinsam finden wir schon heraus, was hier los ist, nicht wahr, Hazel?«

Ich nickte.

2

»Erzähl uns alles«, forderte Daisy Martha auf und setzte sich auf ihr Bett. »Wann hast du Binny zuletzt gesehen?«

Kitty, Lavinia und Küken drängten sich dicht um die Kleine, die am Kopfende des Betts stand. Ich war am Fußende und schrieb mit.

»Heute Nachmittag hatten wir in der letzten Stunde Französisch«, berichtete Martha. »Danach hat Binny mir erzählt, dass sie noch in der Schule bleiben muss.«

»Sei genauer«, verlangte Daisy. »Jedes Detail, egal wie klein, könnte wichtig sein.«

Martha holte tief Luft und machte ein konzentriertes Gesicht. »Sie meinte, sie würde sich mit jemandem treffen und später mit Alma nachkommen. Doch Alma sagt, sie hat sie nicht gesehen.«

Schlagartig fielen mir unser Fall vom letzten Jahr und Miss Bell ein, die zu einem Treffen in die Sporthalle aufgebrochen war – ein Treffen, das ihren Tod bedeutet hatte. Ich schauderte und Küken stieß einen leisen Laut aus. Offenbar ging den anderen der gleiche Gedanke durch den Kopf, doch keiner wollte es laut aussprechen.

»Na schön, also sie hat sich mit jemandem getroffen«, fasste Daisy zusammen. »Mit wem?«

»Das weiß ich nicht«, gab Martha zu. »Sie hat's mir nicht gesagt!«

»Jemand aus der Schule oder aus der Stadt?«

»Wäre es außerhalb der Schule gewesen, hätte sie das Gelände mit mir oder Alma oder *sonst jemandem* verlassen müssen«, sagte Martha und bewies beeindruckende Logik. »Ihr wisst doch selbst, dass wir nicht allein raus dürfen. Ich war nicht bei ihr, auch kein anderer aus unserer Klasse, also kann sie das Schulgelände nicht verlassen haben.«

Martha war sich sicher und hatte damit vermutlich auch recht. Trotzdem drängte sich mir das Bild einer Binny auf, die in die Nacht verschleppt wurde, lange nachdem alle anderen gegangen waren. War es so gewesen, konnte sie inzwischen überall sein.

Ich überlegte und begriff schließlich: Wie angeberisch und hochnäsig Binny sich aufgeführt hatte, wie wichtig sie sich gemacht hatte, weil sie ein großes Geheimnis hütete. Sie war auf etwas Entscheidendes gestoßen – und wieder einmal hatten wir in die völlig falsche Richtung geschaut und es verpasst. Ich schämte mich. Ich hatte mich von Kitty beeinflussen lassen und Binny nicht als Mensch, sondern als nervige kleine Schwester betrachtet.

Wenn ich ehrlich mit mir war, rechnete ich mit dem Schlimmsten. Binny hatte etwas Wichtiges gewusst und nun war sie verschwunden. Es gehörte nicht viel Fantasie dazu, sich auszumalen, dass Elizabeths Mörder sie verschleppt hatte. Was würde aus ihr werden? Der Täter würde ihr doch unmöglich etwas antun, nicht einem kleinen Mädchen wie Binny, das noch ein halber Shrimp war?! Sie war töricht und hatte ein loses Mundwerk, aber sie war kein schlechter Mensch. Andererseits … die Fünf wollten ihre Geheimnisse um jeden Preis bewahren. Wir hatten mit eigenen Ohren gehört, dass Florence und Una geschworen hatten, nach dem Dieb zu suchen. Und der Mörder hatte bereits Elizabeth auf dem Gewissen …

»Binny passiert nichts«, sagte Kitty, nachdem Martha schniefend gegangen war. »Sie ist hart im Nehmen. Wie eine Ameise – einfach nicht kaputt zu kriegen.« Doch ihre Stimme klang unsicher und schwach. »Sollte ihr was zustoßen, würde Mami mir niemals verzeihen«, sagte sie. Küken drückte ihre Hand.

»Wir finden sie«, sagte Küken.

»Ja«, stimmte ich zu. »Das werden wir.«
»Gemeinsam finden wir sie«, bestätigte Daisy.
Ich drehte mich zu ihr um.
»Watson«, sagte Daisy, »wir müssen reden.«

3

Daisy führte mich durchs Geschrei, Gerenne und Gewusel des kopfstehenden Wohnheims (die Hausmutter hatte beschlossen, erneut die Polizei zu verständigen, also galt Binny nun offiziell als vermisst) zum langen, breiten Fenster im zweiten Stock, unter dem sich ein kleiner Vorsprung befindet. Manchmal sitzen hier die Älteren im Freien, um zu rauchen, ohne von der Hausmutter erwischt zu werden, doch nun war der Sims an der Hauswand verlassen. Daisy schob den Rahmen auf, schlüpfte nach draußen und ich folgte ihr.

»Was willst du?«, fragte ich, sobald wir uns gesetzt hatten. Wind und kleine Regentropfen malträtierten uns – es war keine schöne Nacht, um im Freien zu sein. Ich dachte an Rose, die sich irgendwo im Oakeshott-Wald versteckte, und an Binny. Wo steckte sie? War sie in Sicherheit?

»Ich muss mit dir reden, Hazel«, antwortete Daisy. »Allein.«

»Jetzt erst?« Ich war verärgert. »Vorher nicht? Es ist deine Schuld – es ist *unsere* Schuld, dass Binny weg ist. Wären wir nicht so mit Streiten beschäftigt gewesen, wäre das nie passiert. Was, wenn ihr etwas zugestoßen ist?«

»*Falls* ihr etwas zugestoßen ist, ist es sowieso schon zu spät«, antwortete Daisy. »Aber falls nicht, ist es unsere Pflicht, sie rechtzeitig zu finden, bevor etwas passieren kann. Ich weiß, dass du lieber mit jemand anderem ermitteln würdest, aber kannst du nicht wenigstens so tun, als ob, Watson? Nur eine Zeitlang?« Ihr Tonfall war schneidend geworden und selbst in der Dunkelheit erkannte ich die Falte über ihrer Nase.

»Was soll das heißen?«, fragte ich.

»Du würdest lieber mit Alexander ermitteln als mit mir!«, warf sie mir vor. »Du schreibst *ihm* und fragst *ihn* um Hilfe und … nicht mich!«

Ich öffnete den Mund, schloss ihn dann jedoch wieder. »Er ist mein Freund.«

»Du bist *meine* Freundin!«, sagte Daisy wütend. »Meine *beste* Freundin – zumindest warst du das mal! Du hast mich mit einem *Jungen betrogen*, und das ist nicht fair!«

»Warum musst du solche Sachen sagen?«, fragte ich. »Das ist scheußlich. Ich kann doch mit dir und mit ihm befreundet sein. Das eine hat mit dem anderen nichts zu tun.«

»Ach nein?« Daisy klang verdutzt. »Ich … Bist du *sicher*? Du hast dich verändert.«

Ich sah sie an. Plötzlich betrachtete ich die vergangenen Monate durch ihre Augen. Daisy war noch immer Daisy in ihrer urtypischen Daisy-Art, und sie hatte nicht gewusst, was sie anstellen sollte, während ich Briefe schrieb und an jemanden dachte, der nicht sie war. Für sie war ich fortgegangen und hatte sie gestrandet zurückgelassen.

»Natürlich!« Meine Augen brannten. »Du bist Daisy, meine beste Freundin auf der ganzen Welt! Zumindest *warst* du das, bis du diese schlimmen Sachen über mich und Alexander gesagt hast.«

Eine Pause entstand. Der Wind zog und zerrte an uns und zerzauste mir das Haar. Kalter Regen prasselte mir ins Gesicht.

»Hazel«, sagte Daisy nach einer Weile. »Hast du mir die Lage nicht genau erklärt? Ist Alexander *nicht* dein neuer bester Freund?«

Die Frage war so typisch Daisy, dass ich mir das Schlucken verkneifen musste. »Natürlich nicht!«, antwortete ich. »Du Kamel. Alexander ist ein Junge und mein Freund. Aber er ist nicht du. Genauso wenig wie Kitty oder Küken oder Lavinia. Und das solltest du eigentlich wissen. Du solltest nicht sauer auf mich sein, nur weil ich ihm schreibe.«

»Ach, natürlich bin ich das«, sagte Daisy sachlich. »Aber jetzt sehe ich ein, dass du die Briefe nur deshalb versteckt gehalten hast, weil du dachtest, dass ich damit nicht einverstanden wäre. Und ich … habe überreagiert, wie es aussieht. Ich hätte niemals so etwas sagen dürfen. Das war höchst unangebracht. Kannst du mir verzeihen? Was jetzt zählt, ist Binny. Sie ist fort und ich bin sicher, dass ihr Verschwinden einzig und allein mit dem Mord an Elizabeth zu tun hat. Es ist logisch, anzunehmen, dass sie von dem Mörder entführt wurde, damit sie sein Geheimnis nicht preisgeben kann. Um sie zu finden, müssen wir also den Fall lösen. Und ohne dich schaffe ich das nicht, Watson.«

Ich blinzelte heftig. »Ach. Also gut. Es tut mir leid, Daisy. Ich hätte das alles nicht hinter deinem Rücken tun sollen.«

»Detektei Wells & Wong für immer?«, fragte Daisy.

»Für immer«, antwortete ich, und fast noch bevor ich wusste, was ich tat, streckte ich ihr die Hand entgegen und sie schüttelte sie. Wir saßen ganz eng beisammen. Trotz des Regens auf den Wangen und der kalten Dunkelheit des Abends war ich im ganzen Trimester noch nicht so glücklich gewesen wie jetzt.

4

»Na gut«, sagte Daisy und lehnte sich gegen die Ziegelwand des Wohnheims. »Wie wollen wir den Fall lösen?«

Ich wusste, dass sie lächelte. Genau wie ich.

»Mir ist etwas aufgefallen«, sagte ich. »Wir haben uns ständig um Motive und Geheimnisse gekümmert. Aber sie spielen eigentlich gar keine Rolle. Wir *wissen*, dass die Fünf Motive haben, und das reicht. Wichtig ist, *wer die Gelegenheit hatte*. So lösen wir den Fall und finden Binny. Wir müssen das Verbrechen nachstellen.«

»Himmel!«, rief Daisy. »Du hast recht! Wir waren so auf die Geheimnisse konzentriert – Mensch, Watson, wir Kamele! Warum ist uns das nicht gleich eingefallen?!«

»Mir ist es eigentlich auch nicht eingefallen.« Ich sah ihr in die Augen. »Sondern Alexander. Er kann nützlich sein, siehst du? Er ist nicht hier, also hat er einen anderen Blick auf die Dinge. Ich glaube, er kann uns helfen, so wie beim letzten Mal.«

Daisy verzog das Gesicht. Es herrschte Stille. »Na gut«, sagte sie endlich. »Ich verstehe, was du meinst. Wir müssen das Verbrechen nachstellen. Oh, hätten wir diesen Hockeyschläger doch nicht zurücklassen müssen!«

»Immerhin wissen wir, dass es ihn gibt. Außerdem hätten wir sowieso nichts, um Fingerabdrücke zu nehmen!«, sagte ich. »Was würde der Schläger nützen, wenn wir ihn hätten?«

Daisy seufzte. »Es *ist* ein Problem, dass wir keine vernünftige Ausrüstung haben. Ich habe mir vorgenommen, mir für Weihnachten eine zu wünschen.«

Ich grinste. »Oh! Gestern habe ich in Sport etwas gefunden! Weißt du noch, als Kitty den Ball in die Bäume geschlagen hat? Ich glaube, es könnte sich um eine Spur handeln.

Ich habe sie erst in meine Sporthose und dann in meine Tasche gesteckt, damit sie nicht verloren geht.«

Ich nahm die Haarspange heraus und zeigte sie Daisy. Die kleine silberne Blume schimmerte dumpf, obwohl es nicht viel gab, das sich darauf reflektieren konnte – kein Mond und nur ein schwacher Lichtschein, der durch die schweren Vorhänge des Wohnheims hinter uns drang.

Doch Daisy riss staunend den Mund auf. »Hazel! Und das hattest du die ganze Zeit? Weißt du denn nicht, wem die gehört? Oh, warum nur haben alle Tomaten auf den Augen?«

Das fand ich ziemlich unverschämt, da wir im Fall von Miss Bell auf genau so eine Spur gestoßen waren, nur dass Daisy damals nicht gewusst hatte, zu wem sie führte, bis es fast zu spät gewesen war.

»Und wem bitte gehört sie?«, fragte ich.

»Lettice«, hauchte Daisy. »Ich weiß es genau, sie trägt sie die ganze Zeit. Und warte mal …« Sie schloss die Augen und runzelte die Stirn, als müsste sie angestrengt überlegen. »Ja, ich bin fast sicher, dass sie sie beim Austeilen der Wunderkerzen getragen hat, kurz vor dem Feuerwerk. Doch seitdem habe ich sie nicht mehr an ihr gesehen, soweit ich mich erinnern kann. Und wenn sie zwischen den Bäumen lag … Junge! Das heißt, Lettice war am Dienstag dort.«

»Dann war sie der unbekannte Fremde, der kurz vor dem Feuerwerk Richtung Wald gerannt ist!«, schlussfolgerte ich. »In ihrem Deepdean-Mantel sieht sie stämmiger aus. Wahrscheinlich hat Martha sie deswegen nicht erkannt. Oh, und – jetzt fällt es mir wieder ein! Als Lettice nach dem Tod von Elizabeth ins Wohnheim gekommen ist, klebte ein Blatt an ihrem Strumpf, genau wie bei Lavinia, als sie in Sport aus dem Wäldchen zurückgekommen ist. Es passt!«

»Ja! Was, wenn sie nach dem Streit mit Elizabeth so aufgelöst war, dass sie weggelaufen ist? Wenn das stimmt, kann sie den Mord nicht begangen haben!«, rief Daisy. Wir strahlten. Endlich verstanden wir uns wieder blind, und es fühlte sich großartig an.

»Wir haben jemanden ausgeschlossen!«, sagte ich.

»Endlich! Meine Güte, das war unerwartet einfach, nach all dem Heckmeck. Das ist das Herrliche an Beweisstücken! Also … Pax? Für immer?«

»Pax«, sagte ich, noch immer lächelnd.

»Ausgezeichnet. Gehen wir zurück ins Zimmer und berichten den anderen von unseren fantastischen Schlussfolgerungen und der geplanten Nachstellung. Ich weiß auch schon die ideale Gelegenheit dafür. Am Samstag, wenn wir zum Spiel gegen das Fareham-Internat gehen, sind alle abgelenkt. Keiner wird uns beobachten. Du meine Güte, in gewisser Weise wird es genau wie am Abend des Mords sein.«

»Wie schrecklich«, sagte ich und unterdrückte ein Schaudern.

»Ich weiß«, meinte Daisy fröhlich. »Aber es führt kein Weg daran vorbei. Wenn wir Binny finden wollen, müssen wir den Mord aufklären. Und dafür müssen wir die Alibis der übrigen Verdächtigen abklären. Was das angeht, Hazel, habe ich schon eine exzellente Idee.«

5

Als Daisy und ich den Schlafsaal betraten, schaute Küken uns nur einmal an und quietschte vor Freude. »Oh!«, rief sie. »Ihr habt euch vertragen! Supi!«

Kitty brach in Gelächter aus und selbst Lavinia gab ein Schnauben von sich, das beinahe freundlich klang.

»Ja, schätze schon«, sagte Daisy und grinste mich an. Ich grinste zurück. »Also, Assistentinnen, wollen wir gemeinsam Binny suchen?«

»Ja«, antwortete Kitty. »Bitte. Ich weiß, sie ist eine kleine Kröte, aber trotzdem ist sie meine Schwester. Ihr wisst schon.«

Wir nickten. Ich dachte an meine kleinen Halbschwestern in Hongkong. Als ich vorletztes Jahr an die Deepdean gekommen bin, waren sie noch winzig und seither habe ich sie kaum gesehen. Dennoch verstand ich Kitty. Sie sind ein Teil von mir, genau wie meine Mutter und mein Vater. Ihnen wehzutun, bedeutet, mir wehzutun. Und, begriff ich schlagartig, mit Daisy war es dasselbe. Auch *sie* ist für mich Familie, meine englische Familie. Mir wurde klar, dass mir deswegen so schlecht gewesen war. Nur hatte ich so getan, als würde es mir nichts ausmachen.

Ich schämte mich schrecklich, gleichzeitig fühlte ich mich besser, genau wie damals, als ich nach einem Fieber erwacht und mich zum ersten Mal seit Wochen wieder kühl gefühlt habe.

»Brillant«, sagte Daisy. »Also, Hazel und ich haben unsere Detektivnasen zusammengesteckt – was wir dürfen, da wir die Detektei gegründet haben. Sie gehört uns. Jedenfalls sind uns ein paar äußerst wichtige Dinge klar geworden. Erstens ist Binny aller Wahrscheinlichkeit nach nicht weggelaufen. Man hat sie entführt, und wir glauben, der Entführer und Elizabeths Mörder sind ein und dieselbe Person – der Täter muss herausgefunden haben, dass Binny es war, die diese Geheimnisse aus dem Skandalbuch verteilt hat. Er hatte Angst, sein Geheimnis könnte das nächste sein.«

»Oh!«, machte Kitty. »Diese dumme Binny! Ach, hätte ich das gewusst …« Sie verstummte traurig.

»Deswegen ist es extrem wichtig, dass wir den Mord an Elizabeth aufklären, und der nächste Schritt dahin ist es, das Verbrechen nachzustellen. Das Spiel gegen Fareham morgen bietet uns die perfekte Gelegenheit. Eine der Fünf können wir allerdings außen vor lassen. Dank Hazels ausgezeichneter Detektivarbeit können wir die erste Verdächtige von der Liste streichen!«

»Ich habe im Wald was gefunden«, erklärte ich. »Eine Haarspange. Und Daisy hat sie wiedererkannt: Sie gehört Lettice. Sie hat sie am Dienstag getragen, also muss sie sie damals verloren haben – und ich weiß noch, dass sie am Abend mit einem Blatt am Strumpf ins Wohnheim kam. Sie muss im Wald gewesen sein, und da wir alle Fünf vor dem Feuerwerk am Lagerfeuer gesehen haben …«

»*Sie* war es, die Martha vor dem Feuerwerk in den Wald hat rennen sehen!«, meldete Daisy sich zu Wort. »Das bedeutet, dass sie Elizabeth nicht getötet haben kann. Sie war nicht am fraglichen Ort!«

»Ach!«, sagte Küken. »Oh, so ein Glück!«

»Du Softie, Küks«, sagte Kitty. »*Eine* der Fünf war es trotzdem, auch wenn Lettice ausscheidet.«

»Ich weiß«, sagte Küken stirnrunzelnd. »Aber ich wünschte, es wäre anders.«

»Jetzt müssen wir die restlichen vier Verdächtigen bis auf eine eingrenzen«, sagte Daisy. »Und damit unsere Nachstellung morgen so gut wie möglich wird und wir den Mörder sowie Binny möglichst schnell finden, müssen wir noch einmal die Fakten durchgehen, die wir über Una, Florence, Enid und Margaret gesammelt haben. Wie verlief ihr jeweiliger

Dienstagabend? Es ist lebenswichtig, dass wir möglichst gründlich sind!«

Wir nahmen uns noch einmal meine Notizen vom Mittwoch vor und erkannten ein Muster. Wie wir wussten, waren die Fünf dafür zuständig gewesen, Holz zur Feuerstelle zu bringen, was sie in mehreren Schichten erledigt hatten: in einer strengen Reihenfolge und im Fünfminutentakt. Enid hatte zum Auftakt des Abends mehrere Ladungen gebracht, zwischen 19 Uhr 05 und 19 Uhr 10. Während dieser Zeit hatte sie kurz angehalten, um mit Elizabeth zu reden. Gegen 19 Uhr 10 hatte Florence übernommen, um 19 Uhr 15 kam Lettice an die Reihe und Margaret schürte das Feuer um 19 Uhr 20 nach. Schließlich war es Unas Schicht um 19 Uhr 25, während Lettice und Enid die Wunderkerzen verteilten – der Zeitrahmen, in dem *Una* mit Elizabeth geredet hatte.

Während der Ansprache von Miss Barnard um 19 Uhr 30, hatten die Fünf eine Pause gemacht, um zuzuhören, wobei das Feuer ein klein wenig runterbrannte. Anschließend hatten sie die nächste Runde begonnen. Enid hatte die erste Schicht, um 19 Uhr 35, übernommen, während wir von Una, Florence und Margaret in Reihen aufgestellt wurden – der Zeitpunkt des Streits zwischen Elizabeth und *Lettice*, nach dem Martha einen Schemen in den Wald hatte rennen sehen. Dieser Schemen hat sich inzwischen als Lettice herausgestellt. Als um 19 Uhr 40 das Feuerwerk abgebrannt wurde, hatte Enid eine letzte Ladung Scheite zum Feuer gebracht. Theoretisch hatte nach ihr Florence übernommen (was wir bislang nicht beweisen konnten), denn obwohl Lettice um 19 Uhr 45 an der Reihe gewesen wäre, war sie nicht da gewesen. Anschließend war Margaret dran, um 19 Uhr 50, und Una um 19 Uhr 55.

»Tja«, sagte Daisy, als wir auf die angelegte Liste mit den Zeiten schauten, »wir wissen endlich genau, wann der Mord stattgefunden hat.«

Alle begriffen, was sie meinte. Obwohl Florence und Enid beide die Gelegenheit gehabt hätten, Elizabeth während ihrer Schicht zu ermorden, bedeutete Lettices Abwesenheit, dass es in der ganzen Abfolge eine viel günstigere Spanne von fünf Minuten gab. Außer den Fünf und Elizabeth hatte sich keiner in der Nähe des Feuers aufhalten dürfen. Daher hätte jede unserer vier Verdächtigen das Fenster um 19 Uhr 45 nutzen können, um sich an Elizabeth anzuschleichen und sie mit dem Hockeyschläger zu erschlagen.

»Moment«, sagte ich. »Da ist noch was. Guckt mal, was Charlotte hier sagt: Als das Feuerwerk vorbei war, ging sie zum Lagerfeuer und sah *Una*. Nicht Margaret. Danach ist Charlotte über Elizabeths Leiche gestolpert …«

»Una könnte gerade die Schicht übernommen haben«, überlegte Kitty. »Immerhin war fast Zeit, zu wechseln.«

»Denkbar«, sagte Daisy. »Denkbar, allerdings hat keine der anderen früher übernommen. Wenn überhaupt, hat sich der Zeitplan leicht nach hinten verschoben. Deshalb hat Enid auch immer noch gearbeitet, als die ersten Raketen abgefeuert wurden. Und schaut mal, was Charlotte über Una erzählt hat, dass sie *sich aufgeregt* hat. Möglicherweise hat sie sich geärgert, weil das Feuer niederbrannte und sie unerwartet einspringen musste. Bedenken wir zudem die Tatwaffe … sie war nicht verbrannt, wisst ihr noch? Was, wenn *beide*, Lettice und Margaret, ihre Schicht versäumt haben und das Feuer deshalb so schwach brannte?«

»Das sind doch alles Spekulationen«, murrte Lavinia.

»Schon«, räumte Daisy ein. »Aber es gibt jemanden, den

wir fragen können, um sie zu bestätigen. Jemand, von dem wir wissen, dass er nach dem Feuerwerk nahe dem Lagerfeuer und Elizabeths Leiche war: Martha.«

»Martha?«, wiederholte Kitty. »Aber –«

»Denk logisch«, sagte Daisy. »Elizabeth hatte das Skandalbuch bei sich. Das haben die Fünf selbst gesagt – wir haben es belauscht. Nehmen wir an, der Mörder hat es ihr nach der Tat abgenommen und dann irgendwo zwischen Elizabeths Leiche und dem Lagerfeuer in der Dunkelheit verloren. Binny muss es in der Nähe des Feuers gefunden haben – und Martha war mit Sicherheit bei ihr. Daher müssen wir noch einmal mit ihr reden. Versteht ihr?«

Lavinia nickte mürrisch. Küken strahlte. »Du bist clever, Daisy!«, sagte sie.

»Ich weiß«, antwortete Daisy. »Holt Martha Grey!«

6

Martha wurde erneut einbestellt und bestätigte Daisys Theorie. Manchmal hat Daisy wirklich unverschämtes Glück.

»Kurz nach dem Feuerwerk sind wir zum Lagerfeuer«, berichtete Martha. »Es war ein bisschen runtergebrannt und Binny wollte es wieder anfachen. Sie war schrecklich, hat so kräftig mit dem Fuß dagegengetreten, dass die Funken flogen. Die Aufsichtsschülerin, die frisches Holz holte, Una, hat uns angebrüllt. Sie war ganz rot und sauer, also habe ich mich umgedreht und mich bei ihr entschuldigt. Als ich mich dann wieder zu Binny umgedreht habe, beugte die sich über irgendwas am Boden. Als sie mich bemerkt hatte, ist sie schnell aufgestanden. Ich hab noch gefragt, was sie gefunden hat, aber sie meinte, nichts weiter. Oh, ich wünschte, ich hätte sie gezwungen, es mir zu verraten! Vielleicht –«

»Es war mehr als gut, dass du nicht nachgebohrt hast«, tröstete Daisy sie. »Sonst wärst du jetzt vielleicht auch verschwunden. War das der Moment, nach dem Binny sich so komisch verhalten hat?«

»Ja!«, antwortete Martha. »Obwohl es mir so richtig erst am nächsten Tag aufgefallen ist, als die ersten Geheimnisse auftauchten.«

»Danke«, sagte Daisy sehr hoheitlich zu Martha. »Du warst uns eine schrecklich große Hilfe.«

»Werdet ihr Binny jetzt finden?«, wollte die Kleine wissen. »Sie ist ja noch immer weg!«

»Natürlich! Aber dafür musst du uns nun in Ruhe arbeiten lassen. In Ordnung?«

»In Ordnung«, sagte Martha gehorsam und ging.

»Also!«, sagte Lavinia. »Was fangen wir jetzt damit an?«

»Das ist doch wohl klar«, meinte Daisy. »Wir haben eine Zeugin, die nach dem Feuerwerk gesehen hat, dass das Feuer am Ausgehen war und Una sich aufgeregt hat. Wir wissen, dass Lettice ihre Schicht verpasst hat, was erklärt, warum das Feuer niedrig war. Nur warum hat Margaret, die nach ihr hätte kommen sollen, nicht dafür gesorgt, es wieder zu entfachen? Diese Frage ist entscheidend, daher müssen wir die Antwort darauf finden. Und um das zu tun, müssen wir direkt zur Quelle.«

»Zu Margaret?«, fragte Kitty entsetzt.

»Warum nicht?«, fragte Daisy zurück. »Sie war nicht, wo sie hätte sein sollen.«

»Aber sie könnte die Mörderin sein!«, gab Lavinia zu bedenken. »Das ist ein bescheuerter Plan.«

»Stimmt nicht!«, verteidigte sich Daisy. »Ein bisschen mehr Respekt deiner Vorsitzenden gegenüber, Assistentin Temple! Ich sage, es ist eine gute Idee, weil es so ist. Aber egal, du musst es ja nicht machen. Hazel und ich reden mit ihr.«

»Ach ja?«, rutschte mir heraus. »Ich meine … selbstverständlich machen wir das.«

»Aber was, wenn sie euch ermordet?«, fragte Kitty nervös.

»Wird sie nicht«, sagte Daisy.

Ich fühlte mich unwohl dabei. Sollte Margaret die Täterin sein und wir sie mit dem Geheimnis konfrontieren, das sie so verzweifelt geheim halten wollte, könnte sie etwas Schreckliches tun. So sah ich das zumindest. Was Daisys Ideen anging, gehörte diese definitiv zu denen, die mir am wenigsten gefielen.

Als Daisy und ich uns auf die Suche nach Margaret machten, war ich daher alles andere als glücklich. Waren wir dabei, einen unverzeihlichen Fehler zu begehen?

7

Wir stießen auf Margaret, als sie gerade eins der jüngeren Mädchen zurechtweisen wollte – erfolglos, da sie schlicht ignoriert wurde. Als Daisy sich räusperte, wirbelte Margaret zu uns herum. Mir rutschte das Herz in die Hose.

»Was wollt ihr?«, fragte Margaret.

Man muss wissen, dass Daisy klasse darin ist, andere zu konfrontieren. Sie scheint immer genau das Richtige zu sagen und genau zu wissen, wie man den Pflock am besten ins Herz treibt (natürlich keinen richtigen Pflock, das wäre selbst für Daisy übertrieben). Diesmal starrte sie Margaret einfach nur an, durchdringend und selbstsicher, sodass Margaret als Erste blinzelte.

»Was *wollt* ihr?«, wiederholte sie und wurde rot vor Zorn. »Lass das!«

»Ich mache doch gar nichts«, sagte Daisy scheinheilig, während der Shrimp, den Margaret angebrüllt hatte, sich nervös davonstahl und uns mit unserer Verdächtigen allein ließ. »Wong und ich ... wir wollten dich nur etwas fragen.«

»Und was?«, fragte Margaret.

»Hast du Elizabeth Hurst umgebracht?«

»Was?!« Margaret wurde sogar noch röter vor lauter Panik und Entsetzen. Ihr Mund stand offen und ihre Fäuste waren geballt. »Stell dich nicht so dumm an! Elizabeths Tod war ein Unfall ...«

»War es nicht«, entgegnete Daisy. »Und das weißt du ganz genau. Inzwischen weiß es die *ganze Schule*. Sie wurde ermordet, und zwar von einer von euch Aufsichtsschülerinnen. Jeder sagt das.«

»Nein!«, schrie Margaret. »Das ist –«

»*Wahr*«, unterbrach Daisy sie. »Wie du sehr wohl weißt. Na bitte, du zuckst zusammen. Man wird dich beschuldigen.«

»Lüge!«, sagte Margaret.

»Oh doch«, beharrte Daisy. »Elizabeth wurde während des Feuerwerks getötet. Du hättest um 19 Uhr 50 Holz nachlegen sollen, kurz nachdem es vorbei war. Aber das hast du nicht, oder? Denn du warst damit beschäftigt, *Elizabeth zu erschlagen*.«

Sie klang absolut überzeugt. Daisy hatte einen voreiligen Schluss gezogen. Sie stellte sich schon vor, wie Inspektor Priestley Margaret in Handschellen abführte. Aber –

»Ich war's nicht!«, beteuerte Margaret. »Das stimmt nicht.«

»Dann beweise es«, forderte Daisy sie auf. »Sonst werden

die anderen dir alle Schuld geben. Wir haben gehört, wie sie es besprochen haben. Una und Florence – sie hecken etwas gegen dich aus. Sie können dich nicht leiden.«

In meinen Ohren hallte ein Echo nach – *Er mag dich ja nicht mal auf* die Art, *Hazel* –, aber ich blendete es aus. Hier ging es um etwas anderes. Daisy wollte ein Geständnis herauskitzeln, mit dem Nachdruck der Spanischen Inquisition. Wahrscheinlich hoffte sie darauf, dass Margaret beobachtet hatte, wie sich Florence und Una am Donnerstag gemeinsam fortgeschlichen hatten.

»Das würden sie nie tun!«, widersprach Margaret, und mir wurde klar, dass Daisy ins Schwarze getroffen hatte. »Außerdem hätte keine von uns Elizabeth getötet – wir waren Freunde.«

»Das ist gelogen«, konterte Daisy. »Du wolltest sie umbringen. Soll ich dir auch verraten, warum?«

»Ich … Ich …«, stotterte Margaret.

»Na dann«, sagte Daisy. »Hazel, warum sind die Leute eigentlich so schwer von Begriff? Du wolltest Elizabeth aus dem Weg räumen, weil sie damit gedroht hat, dein Geheimnis zu offenbaren: dass du und Astrid Frith ein Liebespaar seid.«

Margaret wurde kreidebleich. »Das ist gelogen!«, wisperte sie. »Ich hasse sie!«

»Nein, *das* ist eine Lüge«, sagte Daisy.

»Es … das ist nur eine Schwärmerei.«

»Auch das stimmt nicht. Versuch gar nicht erst, mir etwas vorzumachen. Du bist in sie verliebt und Elizabeth wusste Bescheid. Sie hat dein Geheimnis in ihr Buch geschrieben, genau wie die Geheimnisse der anderen vier. Über euch alle steht darin etwas, was euch ruinieren könnte.«

Margaret schluckte wie ein Frosch. »Bitte«, sagte sie kleinlaut. »Bitte sag keinem was. Meine Eltern …«

»Also habe ich recht?«, fragte Daisy.

Ohne Vorwarnung stürzte Margaret sich auf sie. Doch Daisy ist erstaunlich stark. Sie packte sie an den Handgelenken und hielt sie fest. »Hazel!«, sagte sie. »Hilf mir!«

Das hätte sie mir nicht erst sagen müssen. Mit einem Satz schlang ich die Arme um Margarets Taille und versuchte, sie von Daisy wegzuzerren. Als sie nicht aufgeben wollte, versetzte ich ihr einen schnellen Tritt ans Schienbein (das sollte ich zwar nicht zugeben, aber ich habe es richtig genossen – es war eine gerechte Strafe für all die Tritte, die Margaret uns im Lauf des Schuljahrs versetzt hatte).

»Au!«, jammerte sie. »Wie könnt ihr nur, ihr kleinen Biester!«

»Wenn du weiter so einen Radau machst, kommt die Hausmutter und dann erzähle ich ihr, was du gerade gesagt hast!«, keuchte Daisy. »Gib es zu, du hast Elizabeth getötet!«

»Nein!«, beteuerte Margaret. »Ich war es nicht! Du hast recht, was das Feuer angeht, aber ich habe sie nicht umgebracht! Das schwöre ich. Und ich kann es sogar beweisen.«

»Was?«, stieß Daisy aus. »Natürlich warst du es! Gestehe!«

»Daisy«, mischte ich mich ein. »Lass sie doch erklären.«

»Ich habe ein Alibi!«, keuchte Margaret. »Es gibt einen Grund, warum ich während meiner Schicht nicht am Feuer war! Hör mir nur kurz zu – lass mich los!«

»Versprichst du, uns nicht umzubringen?«, wollte Daisy wissen.

»Ja!«, antwortete Margaret. »Lass mich los! Ich tu euch nichts.«

Daisy rührte sich nicht von der Stelle, also musste ich etwas unternehmen. Ich ließ Margarets Taille los und ging einen Schritt zurück. Margaret war außer Puste, genau wie ich, nur bei Daisy war lediglich eine der goldblonden Strähnen verrutscht, während auf ihren Wangen zwei hübsche Farbkleckse prangten.

»Komm mit in die Wäschekammer«, sagte ich, »da kannst du alles erklären.«

»Von mir aus«, stimmte Margaret zu. »Aber wenn das rauskommt …«

Dann waren wir in der Wäschekammer angekommen und schlossen die Tür hinter uns. »*Einige von uns* können Geheimnisse tatsächlich noch für sich behalten«, erwiderte Daisy. »*Einige von uns* haben Ehre. Außerdem ist mir die Sache mit Astrid gleich. Mir ist egal, was ihr treibt. Es geht keinen was an, außer sie und dich.« Ich schaute Daisy an, doch diesmal war ihr Blick nicht auf mich gerichtet. Wieder waren ihre Wangen zart rosa und ihre Nase gerümpft. »Jedenfalls«, sagte sie dann, »kann ich es mir ohnehin denken. Du warst während des Feuerwerks *mit ihr* zusammen, richtig?«

»Ja«, bestätigte Margaret. »Ich war bei Astrid. Ich wollte mich bei ihr entschuldigen. Elizabeth hatte uns zusammen gesehen und von mir verlangt, gemein zu Astrid zu sein – ich hatte keine andere Wahl, versteht ihr? Doch dann, als sie weg war … Ich konnte es nicht ertragen, Astrid so zurückzulassen. Während wir alle zu Reihen aufstellten, habe ich Astrid aus der Gruppe genommen und so getan, als würde ich sie zurechtweisen, weil sie keinen Internatsschal trug. Ich habe laut gesagt, dass sie mitkommen soll, nur habe ich sie natürlich nicht zu Elizabeth gebracht, um sie bestrafen zu lassen, sondern ein Stück weit vom Lichtschein fort. Wir standen das ganze Feuerwerk über beisammen, abseits der anderen. Meine zweite Schicht zum Nachschüren habe ich versäumt, ich weiß, aber nur, weil ich bei Astrid war.«

»Wart ihr in der Nähe des Pavillons?«, fragte Daisy schroff.

Margaret schüttelte den Kopf. »Wir standen auf der anderen Seite. Am Waldrand. Als die ersten Raketen zündeten, kamen wir an und wir sind erst wieder zum Lagerfeuer, als wir das Geschrei wegen Elizabeth gehört haben.«

»Und Astrid kann das bestätigen?«, fragte Daisy.

»Was denn sonst?«, meinte Margaret. »Sie war bei mir!«

Da hechtete Daisy zur Tür und steckte den Kopf in den Flur hinaus. »Hey!«, rief sie. »Du da – Betsy! Hol Astrid, hörst du? Bring sie in die Wäschekammer, sofort!«

8

»Solange wir warten«, sagte Daisy, »kannst du uns erklären, was am Abend vor dem Mord passiert ist. Warum ausgerechnet in dieser Nacht? Was genau hat Elizabeth gemacht?«

Natürlich wusste sie das längst – wir hatten es ja schon gehört –, doch Daisy bohrt gerne nach.

»Am Nachmittag hatten wir Elizabeth gesagt, dass wir für sie nicht länger die Handlanger spielen«, berichtete Margaret. »Dass wir ihr nicht länger helfen würden und fanden, dass sie es nicht verdient hat, Schülersprecherin zu sein. Seit Wochen hatten wir schon darüber geredet, doch an diesem Tag beschlossen wir, es durchzuziehen. Sie ist ausgerastet. Komisch, sie schien viel mehr *verletzt* als irgendwas sonst. Als hätte sie geglaubt, wir wären Freunde! Aber dann ist alles schiefgelaufen. Wir dachten, wenn wir uns gemeinsam gegen sie stellen, kann sie nichts dagegen tun. Aber sie hatte uns in der Hand. Sie meinte, sie könnte neue Aufsichtsschülerinnen wählen – bessere – und dass sie uns am nächsten Tag bei Miss Barnard verpetzen würde. Sie holte ihr kleines Buch hervor und wedelte damit vor unserer Nase herum, bevor sie es wieder in ihrer Tasche bunkerte. Wir haben Panik bekommen. Wir haben sie angebettelt, es nicht zu tun, aber dadurch wurde Elizabeth nur umso entschlossener.

Am Lagerfeuer hat jede von uns versucht, es ihr auszureden, aber sie hat uns entweder gar nicht beachtet oder angegiftet. Zu mir war sie so fies wegen Astrid. Dann dachte ich mir, wenn Elizabeth sowieso die Katze aus dem Sack lässt, will ich wenigstens einen letzten Abend mit Astrid haben. Also habe ich sie vor dem Feuerwerk von der Gruppe fortgeholt – und war bei ihr, als Elizabeth starb.«

»Dann habt ihr also nichts bemerkt?«, wollte Daisy wissen.

Margaret schüttelte den Kopf. »Gar nichts. Ich war … mit Astrid zusammen, wie ich schon sagte. Das Komische bei diesem Mord ist, ich hab's zwar nicht getan, aber ich hatte darüber nachgedacht. Ehrlich. Als das Durcheinander losbrach, weil man die Leiche gefunden hatte, dachte ein Teil von mir sogar, dass ich tatsächlich etwas damit zu tun hatte. Ich hatte es mir so gewünscht – und dann ist es passiert. Alle meine Probleme waren gelöst.« Sie war hochrot geworden und in ihren Augenwinkeln sammelten sich Tränen.

»Ist schon gut«, sagte ich und Daisy warf mir einen Blick zu, den ich zu gut kannte – ich sollte mit Verdächtigen nicht so viel Mitleid haben. Aber jetzt tat mir Margaret wirklich leid, genau wie die übrigen Fünf.

»Ich bin froh, dass sie tot ist«, fuhr Margaret fort. »Wenn sie sich erst mal etwas in den Kopf gesetzt hatte, ließ sie nicht locker. Sie ist … sie war wie ein Terrier oder ein Blutegel, etwas Scheußliches. Und sie hatte sich an mir festgebissen. Das ganze letzte Jahr und dieses Trimester über hat sie mich nicht in Ruhe gelassen wegen dem, was zwischen mir und Astrid war!

Immer wieder habe ich ihr versichert, dass da gar nichts war, aber sie hat mich nur ausgelacht und meinte: *Aber natürlich nicht. Trotzdem steht es im Buch, Margaret. Ich hab dich aufgeschrieben und sobald man erst mal im Buch ist, kommt man nicht mehr raus.* Die Drohungen haben nun ein Ende. Und sobald wir das Buch finden, sind wir alle unsere Probleme los.«

Ich warf Daisy einen Blick zu. Margaret hatte quasi gerade zugegeben, dass sie nicht wusste, wer dafür verantwortlich war, dass die Geheimnisse des Skandalbuchs in Umlauf kamen. Ihr Alibi *klang* plausibel, doch die Tatsache, dass sie Binnys Verschwinden nicht mit dem Buch in Zusammenhang brachte, war so gut wie eine Bestätigung. Könnten wir etwa bald die zweite Verdächtige von der Liste streichen?

9

In diesem Moment klopfte es an der Tür der Wäschekammer.

Vorsichtig linste ich mit klopfendem Herzen nach draußen. Ich hatte auf einmal Angst, es könnte unsere Hausmutter sein – oder schlimmer noch, eine der Fünf. Doch da stand nur Astrid Frith, begleitet von Lavinia.

»Was machst *du* denn hier?«, fragte ich Lavinia. »Wo ist Betsy?«

»Betsy hat mir gesagt, dass ich euch Astrid bringen soll«, berichtete Lavinia, das Kinn trotzig vorgereckt, »also habe ich sie geholt. Besser, ihr wollt sie jetzt auch.«

Fast hätte ich gelacht. So wie sich Lavinia mürrisch das Haar aus dem Gesicht schüttelte, gab sie ein wirklich einschüchterndes Bild ab, während die arme Astrid völlig verstört wirkte.

»Wollen wir«, sagte ich. »Bring sie rein. Sie ist Margarets Alibi.«

»Nun macht schon!«, drängte Daisy hinter mir, woraufhin Lavinia Astrid praktisch an mir vorbei in die schummrige Wäschekammer zerrte. Als Astrid Margaret entdeckte, zuckte sie zusammen und Margaret ballte die Fäuste. Sie schien Astrid nicht in die Augen schauen zu können.

»Also hör mal!«, beschwerte sich Astrid nervös bei Lavinia, die sie ziemlich grob an den Handgelenken gepackt hatte. »Lass mich los!«

»Erst wenn du gestanden hast!«, erwidere Lavinia.

»Lavinia, sie hat nichts zu gestehen«, sagte ich. »Sie ist ein *Alibi*.«

»Überlasst das Reden einfach mir«, sagte Daisy. »Astrid, wo warst du Dienstagabend, als das Feuerwerk gezündet wurde? Erzähl uns davon.«

»Bei Margaret«, antwortete Astrid und klang ziemlich ängstlich. »Sie hat mich geholt, als wir uns in Reihen aufstellen sollten. Sie … äh … mein Schal war nicht der der Schuluniform und –«

Mein Herz machte einen Satz. Astrid erhärtete die Notlüge, von der Margaret uns berichtet hatte. Bisher stimmten ihre Aussagen überein.

»Wissen wir«, sagte Daisy höhnisch. »Wir wissen, dass sie so getan hat, als würde sie dich bestrafen lassen, aber das war eine Lüge. Ihr habt euch gemeinsam ans Feuer gestellt, nicht wahr?«

»Nein! Da waren doch die anderen Aufsichtsschülerinnen. Wir sind weiter weg gegangen, zu den Bäumen – warte mal, woher weißt du, dass es gelogen ist? Margaret! Was hast du ihnen erzählt?«

»Ich musste«, gestand Margaret niedergeschlagen. »Sie wissen alles. Sie glauben … dass Elizabeth ermordet wurde.«

»Nein!«, sagte Astrid. »Es war doch ein Unfall …« Sie verstummte und wurde blass. Dann platzte sie heraus: »Aber selbst, *wenn* es Mord war, du warst es nicht, Margaret!« Sie klang richtig panisch.

»Ist ja gut«, sagte ich. »Wir wissen, dass sie es nicht war. Du hast es gerade bewiesen.«

»Stimmt«, sagte Daisy. »Meine Vizevorsitzende hat recht. Margaret, du bist unschuldig. Du darfst gehen.«

Astrid sah noch immer verängstigt aus. »Margaret!«

»Ist schon in Ordnung«, sagte Margaret. »Mach dir keine Sorgen, Aster.«

Sie streckte die Hand aus, als wollte sie die von Astrid nehmen, zog sie im letzten Moment jedoch zurück. Beide erröteten und Lavinia schnitt eine Grimasse.

»Hervorragend«, sagte Daisy. »Ich danke euch. Und jetzt geht. Wir müssen hier einiges besprechen.«

Margaret war es nicht!, dachte ich. Wir konnten eine weitere Verdächtige streichen.

»Verdächtigenliste!«, verlangte Daisy, als hätte sie meine Gedanken gelesen. »Watson, wie ist der aktuelle Stand?«

Lavinia, Daisy und ich spähten auf die überarbeitete Liste.

Liste der Verdächtigen

1. *Una Dichmann.* Hielt sich in der Nähe des Lagerfeuers auf, als Elizabeth getötet wurde. Eine Elftklässlerin hat eine verärgerte Unterhaltung zwischen ihr und Elizabeth

beobachtet, während die Wunderkerzen ausgeteilt wurden. Nach dem Feuerwerk wurde sie von zwei Siebtklässlern, und auch von Binny und Martha, am Lagerfeuer gesichtet. ANMERKUNGEN: ~~Wir meinen, ihr Motiv aufgedeckt zu haben. Sie reagierte auf Miss Lappets Bemerkung über die Nazis betroffen (bezeugt von Kitty Freebody). Das und ihr Gespräch mit Florence lassen uns vermuten, dass ihr Vater oder ein anderes Familienmitglied insgeheim Jude sein könnte. Das wäre ein exzellentes Mordmotiv. Noch zu beweisen~~. Ihr Motiv wurde von Kitty Freebody bewiesen, die im Zimmer der Fünf eine Fotografie fand, auf der ersichtlich ist, dass ihre Großeltern Juden sind. Würde das herauskommen, würde ihr Vater seinen Posten in der Nazipartei verlieren und ihre Familie müsste Deutschland verlassen. Direkt nach dem Feuerwerk, gegen 19 Uhr 52, wurde sie von Charlotte und Emily dabei beobachtet, wie sie das Lagerfeuer neu entfachte, obwohl ihre Schicht eigentlich erst später angefangen hätte. Sie wirkte aufgebracht. Hat sie sich geärgert, weil Margaret nicht aufgetaucht war, oder hatte sie ein schlechtes Gewissen?

2. *Florence Hamersley.* Hielt sich in der Nähe des Lagerfeuers auf, als Elizabeth getötet wurde. Wurde von Achtklässlern und Clementine beim Streit mit Elizabeth gesehen. ANMERKUNGEN: ~~Küken Martineau und Hazel Wong haben belauscht, wie sie heimlich mit Una geredet hat. Sie scheint eine Krankheit zu verheimlichen, um zur nächsten Sommerolympiade zugelassen zu werden. Falls zutreffend, wäre dies ein vortreffliches Mordmotiv. Noch zu beweisen~~. Ihr

Motiv wurde von Daisy Wells und Doktor Cooper bestätigt: Sie nimmt Digoxin gegen eine Herzkrankheit ein. Würde das ans Licht kommen, dürfte sie nicht an den Olympischen Spielen teilnehmen. Sie legte während des Feuerwerks zwischen 19 Uhr 40 und 19 Uhr 45 Holz ins Lagerfeuer. Hat sie diese Gelegenheit genutzt, um Elizabeth zu töten?

3. *Lettice Prestwich.* ~~Hielt sich in der Nähe des Lagerfeuers auf, als Elizabeth getötet wurde. Wurde beim Weinen beobachtet, während sie die Wunderkerzen austeilte, eindeutig sehr emotional mitgenommen. Wurde außerdem kurz vor Beginn des Feuerwerks beim Streit mit Elizabeth gesehen. ANMERKUNGEN: Ist auffallend nervös und isst nicht. Außerdem verzweifelt auf der Suche nach dem Skandalbuch. Liegt das an Schuldgefühlen oder hat sie einfach nur Angst, man könnte ihr Geheimnis aufdecken? Weitere Nachforschungen vonnöten.~~ AUSGESCHLOSSEN: Auch wenn sie ein Mordmotiv hat (sie war – anders als behauptet – in den Sommerferien nicht in einem Pensionat, sondern in einer Nervenheilanstalt), fand Hazel Wong ihre Haarspange im Wald. Gemeinsam mit der Aussage der Neuntklässlerin Martha beweist es, dass sie zur Tatzeit nicht am Feuer war. Sie hat Elizabeth nicht ermordet. Doch ihre Abwesenheit (sie hätte sich von 19 Uhr 45 bis 19 Uhr 50 um das Lagerfeuer kümmern sollen) lieferte dem Mörder die perfekte Gelegenheit, die Tat auszuführen.

4. *Enid Gaines.* Hielt sich in der Nähe des Lagerfeuers auf, als Elizabeth getötet wurde. Stand kurz nach der allgemeinen Ankunft gemeinsam mit Elizabeth beim Feuer und wurde von Elizabeth grob angefahren. ANMERKUNGENEN: ~~Sie ist sehr zerstreut, auch wenn Elizabeths Tod sie nicht ganz von der Arbeit abhält. Daisy Wells hat beobachtet, wie sie während Miss Lappets Abwesenheit in den Geschichtsraum gegangen ist. Hazel Wong hörte sie sagen, dass den Großen ein Geschichtstest bevorsteht. Könnte ein Zusammenhang bestehen? Will Enid betrügen? Weitere Nachforschungen vonnöten.~~ Ihr Motiv wurde von Hazel Wong bestätigt: Ein Brief ihres Vaters beweist, dass sie unter großem Druck steht, in Oxford angenommen zu werden. Vermutlich betrügt sie, um das zu gewährleisten. Sie hatte zwischen 19 Uhr 35 und 19 Uhr 40 Feuerwache. Könnte sie Elizabeth im Anschluss getötet haben?

5. *Margaret Dolliswood.* ~~Hielt sich in der Nähe des Lagerfeuers auf, als Elizabeth getötet wurde. Daisy Wells und Hazel Wong beobachteten vor dem Feuerwerk Streit zwischen ihr und Elizabeth. ANMERKUNGENEN: Seitdem hat Hazel Wong sie mit Astrit Frith beobachtet. Was geht zwischen den beiden vor? Weitere Nachforschungen vonnöten.~~ AUSGESCHLOSSEN: Während des Feuerwerks war sie mit Astrid Frith zusammen. Sie sind ein Liebespaar (Margarets Geheimnis), doch Margaret hat Elizabeth nicht ermordet. Während der Vorführung hat sie sich dem Lagerfeuer nicht genähert, was auch bedeutet, dass sie ihre Schicht dort, um 19 Uhr 50, nicht angetreten hat.

Wir hatten tatsächlich zwei Verdächtige ausschließen können, gleichzeitig hatten wir bewiesen, dass es ein Fünf-Minuten-Fenster gab, in dem jede der drei Übrigen Elizabeth leicht hätte töten können. Wir waren der Sache näher, aber noch nicht ganz dran.

10

Plötzlich rannte draußen jemand durch den Gang. »Sie ist wieder da!«, tönte es. »Sie ist zurück!«

Wir drei schauten uns an, dann drehte Daisy sich um und flitzte mit Lavinia und mir im Schlepptau aus der Wäschekammer. Mein Herz klopfte wie verrückt. Hatte man Binny gefunden?

Sobald wir die Treppe erreichten, spähten wir nach unten in die Eingangshalle. Da stand ein Mädchen in Deepdean-Uniform mit strähnigen Haaren und matschverschmierten Schuhen. Die Hausmutter hatte sie an den Schultern gepackt und schrie sie an, wobei ihr wutverzerrtes Gesicht ganz dicht an dem des Mädchens war. Im Hintergrund schälte Una sich aus ihrem Mantel und klopfte sich den Rock ab.

Es war Rose. Sie war durchnässt, voller Schlamm und ihre Wangen waren tränenverschmiert.

Hinter mir ertönte ein Ächzen. Als ich mich umdrehte, sah ich Kitty, die Augen weit aufgerissen und die Hände über dem Mund. Als auffiel, dass ich sie beobachtete, wich sie einen Schritt zurück. »War ja klar, dass es nicht sie ist«, presste sie erstickt heraus. »Die kleine Pest! Hätte mir gleich denken können, dass sie sich nicht so leicht finden lässt.«

Vor Sorge war mein Magen ganz aufgewühlt.

»Rauf mit dir!«, brüllte unsere Hausmutter Rose an. »Geh mir aus den Augen! Aufsichtsschülerinnen, kümmert euch um die Mädchen. Ich muss die Polizei verständigen.«

Unter lautem Schluchzen floh Rose die Treppe hoch. Jose nahm sie in Empfang, während Kitty sich mit düsterer Miene von den beiden Schwestern abwandte.

Plötzlich griff Daisy nach meiner Hand, sodass ich erschrak. Ihre Augen funkelten und ihre Wangen waren rosig. Ich dachte schon, sie würde sich darüber *freuen*, dass Binny noch immer verschollen und Kitty deswegen verzweifelt war, aber dann begriff ich, was ihr Gesichtsausdruck zu bedeuten hatte: Sie war nun absolut felsenfest entschlossen.

»Watson«, wisperte Daisy mir hastig zu, sodass außer mir es keiner hören konnte. »Wir sind dicht dran. Aber wenn wir das Rätsel nicht lösen … Du weißt schon.«

Ich nickte kaum merklich. Wir mussten den Fall aufklären. Binnys Leben hing davon ab.

• TEIL SECHS •

Holmes & Watson

I

Nach dem Zähneputzen kletterten wir alle ins Bett und ich kuschelte mich unter meine Decke, um im Schein meiner Taschenlampe meinen Bericht über die neuesten Ereignisse zu verfassen. Ich hörte Kitty und Küken flüstern, zumindest Küken raunte tröstende Worte, während Kitty kurze, abgehackte Laute zur Antwort gab. Ich wusste, dass sie sich schreckliche Sorgen um Binny machte. Mir ging es da nicht anders. Wir taten, was wir konnten, aber würden wir rechtzeitig kommen?

Wenigstens waren Daisy und ich wieder versöhnt. Beim Gedanken daran wurde mir im Bauch mollig warm, genau an derselben Stelle, an der vorher das mulmige Gefühl gesessen hatte. Schon komisch, wie viel besser ich mich nach unserer Aussprache fühlte. Als wäre die Welt wieder in Ordnung.

Ich schrieb und schrieb, während ich die Taschenlampe auf meiner Schulter balancierte (sie wackelte herum, aber daran war ich längst gewöhnt), als unerwartet ein leises Geräusch ertönte, knapp über meiner Decke. Ich hielt inne und lauschte meinen eigenen Atemzügen – und einem zweiten, zarten und gemäßigten Atem.

»Daisy?«, wisperte ich, obwohl ich es mir bereits denken konnte.

»Ich komme rein, Watson«, sagte sie – selbstverständlich, ohne um Erlaubnis zu fragen, weil sie das ja nie tut. Die Matratze sackte ab, die Decke wurde hochgezogen und Daisy quetschte sich neben mich ins Bett, wobei sie mir mit dem Ellbogen in die Seite stieß.

»Au!«, beschwerte ich mich leise.

»Psst, Hazel! Die anderen sind gerade eingeschlafen.«

»Kitty nicht«, stellte ich fest.

»Woher weißt du das?«, fragte Daisy. »Obwohl es rein zufällig stimmt. Ihr Atemrhythmus passt nicht, auch wenn sie so tut, als ob.«

Ich machte mir nicht die Mühe, zu erklären, warum ich über Kitty Bescheid wusste. Ganz anders als Daisy, fühlte ich manche Dinge einfach. Deshalb ist Daisy auch Daisy und ich bin ich.

»Wie weit bist du?«, raunte sie und linste über meine Schulter. Sie sah das Fallbuch, dann Alexanders letzten Brief, der aufgeklappt daneben lag. Als sie aufgetaucht war, hatte ich überlegt, ihn zu verstecken, aber das wollte ich nicht länger tun. Wenn wir wieder Freunde waren und es auch bleiben wollten, dann wollte ich vor ihr nie wieder etwas verstecken.

»Alexander?«, fragte Daisy, obwohl sie es natürlich längst wusste. Ich nickte, wobei ich ihren Kopf streifte.

»Schätze, er ist ganz in Ordnung«, sagte Daisy nach einer Weile. »*Wenn* du schon jemandem von unserem Fall erzählen musst, warum nicht ihm. Und ... na ja, nicht schlecht, mit Zitronensaft zu schreiben, damit es keiner merkt. Sehr einfallsreich.«

»Danke. Und ... Alexander und ich sind wirklich bloß Freunde, Daisy. Wie du selbst gesagt hast.«

»Ach, wie auch immer. Wir sind wieder die Detektei Wells & Wong, nicht?«

»Und ob!«, sagte ich und stieß gegen ihre Schulter. »Und unseren Fall habe ich fast auf den allerletzten Stand gebracht. – Was gibt's denn?«

»Binny«, sagte Daisy. »Vorhin konnte ich nichts sagen, aber ich glaube, es könnte bereits zu spät sein.«

»Daisy!«

»Ich bin nur realistisch. Jemand muss ja! Ich bin nicht grausam, Hazel, nur ehrlich. Sie ist von allein nicht zurückgekommen, und keiner hat mitbekommen, dass sie verschleppt wurde. Dabei ist sie so laut – wäre sie irgendwo eingesperrt, warum hört man sie dann nicht schreien? Natürlich könnte ich das vor Kitty niemals sagen, aber gedacht habe ich es.«

Für Daisy war das außerordentlich rücksichtsvoll. Ich war beeindruckt.

»Natürlich versuchen wir morgen weiterhin, sie zu finden«, sagte Daisy. »Wenn jemand sie finden kann, dann wir. *Vor* der Polizei.«

»Unsere Detektei schafft das!«, stimmte ich zu.

Ich glaube, wir beide fanden, dass es geschwindelt klang.

2

Ein Teil von mir hatte trotz unserer Unterhaltung gehofft, dass Binny zurück sein und den Leuten bereits wieder auf die Nerven fallen würde, wenn wir aufwachten. Doch als uns am Samstagmorgen der Gong aus den Betten holte, war das Wohnheim noch immer in Aufruhr und Binny nach wie vor verschollen. Ein käsiger Glanz lag in Kittys Gesicht, der schlimmer wurde, als wir uns anzogen und zur Schule liefen.

»Inzwischen haben sie sicher Mami angerufen«, sagte sie. »Ich frage mich, was sie denkt. Daddy ist geschäftlich unterwegs – ich wette, Mami glaubt, dass Binny am Ende wieder auftaucht, sobald es ihr erst zu langweilig wird. Binny ist nämlich schon öfter von zu Hause weggelaufen, um Aufmerksamkeit zu bekommen, aber normalerweise bleibt sie nie lange weg. Mami wird nicht mal herkommen, solange …«

Solange man sie nicht gefunden hat, dachte ich. Wir mussten uns beeilen.

»Wisst ihr«, sagte Lavinia, während wir durch den Eingang in den Altbau liefen, »eine Sache ist *nicht* passiert.«

Wir schauten sie an.

»Es gab keine neuen Geheimnisse mehr, nicht mehr seit gestern. Also scheint wirklich Binny dahinterzustecken.«

»Assistentin Temple«, sagte Daisy überrascht, »du hast völlig recht!«

»Oh Junge!«, sagte Küken tief traurig. »Dann war sie es!«

»Das wussten wir doch längst!«, meinte Daisy. »Warum sonst hätte man sie entführen sollen? Wir müssen davon ausgehen, dass Binny von derjenigen verschleppt wurde, die Elizabeth ermordet hat, und unsere drei übrigen Verdächtigen heute Vormittag gründlich beschatten. Immerhin findet heute der Gedenkgottesdienst statt – eine perfekte Gelegenheit, sie zu beobachten. Seid ihr einverstanden?«

Wir nickten.

»Was ich gerne wüsste«, sagte Lavinia plötzlich, »ist, warum keiner Binny gehört hat, als sie weggebracht wurde. Sie plärrt doch sonst ständig rum – warum hat sie nicht geschrien?«

Exakt derselbe Gedanke, der auch Daisy und mir vergangene Nacht gekommen war. Nicht nur mir wurde übel – Kitty lief richtig grün an.

»Wahrscheinlich hat man sie geknebelt«, sagte ich schnell. Aber insgeheim quälte mich ein anderer Gedanke. Was, wenn Binny *tatsächlich* das zweite Opfer war?

Der Gottesdienst war furchtbar. Er fand in der Aula statt – alle strömten zur Andacht und warteten anschließend betreten und nervös in ordentlichen Reihen. Elizabeths Eltern waren da. Ihre Mutter war auffällig klein und verhuscht, ihr Vater dagegen auffällig groß und Elizabeth erschreckend ähnlich mit seinem eckigen Gesicht und dem verbissenen Ausdruck darin. Keiner von beiden weinte, obwohl ihre Mutter den Anschein machte, als wäre sie kurz davor. Sonst kam von außerhalb der Schule keiner.

»*Keiner*«, flüsterte Kitty verwundert. »Stellt euch das mal vor!«

Ich stellte es mir vor. Niemand, den es kümmerte, ob man lebte oder tot war. Keine Onkel und Tanten, keine Freunde aus Kindheitstagen oder Bedienstete. Wieder musste ich an Florences Worte denken, dass Geheimnisse zu sammeln, Elizabeths einziger Weg war, *jemandem nahe zu sein*, und ich wurde tieftraurig. Arme Elizabeth.

Nebenbei beobachtete ich unsere drei Verdächtigen. Enid war blass, wirkte aufgewühlt und gehetzt. Sie hatte die Hände auf die Brust gelegt, als hielte sie eins ihrer Schulbücher fest, und schaute kein einziges Mal zu Mr und Mrs Hurst. Una dagegen schien die beiden nicht aus den Augen lassen zu können. Aufrecht stand sie da, klammerte sich an dem Stuhl vor ihr fest und starrte die Hursts ohne Pause an. Florence, die drei Plätze weiter stand, lehnte kreidebleich an einer Säule. Nun machte sie tatsächlich den Eindruck, als wäre sie krank, und ich machte mir Sorgen. Sie sollte ein Gedicht vorlesen, aber ich hatte meine Zweifel, dass sie es durchstehen würde.

»*Sie sollen nicht altern wie wir, die wir zurückbleiben und altern müssen …*«, las Florence atemlos und mit zitternden Händen. Kurz hatte es den Anschein, als würde sie zusammenbrechen.

»Rührend«, murmelte Miss Lappet hinter uns, und ich erwischte Daisy dabei, wie sie mit den Augen rollte. Ich wusste, was sie dachte: Erwachsene sind manchmal so naiv.

Dann reckte ich den Hals ein Stück weiter und bekam einen kleinen elektrisierenden Schlag, wie von einem Wollpullover. Im hinteren Teil der Aula stand ein Mann, die Hände respektvoll über dem Hut vor seinem Schoß gefaltet, den Kopf gesenkt. Ich kannte seinen Mantel und die zerknitterte Stirn. Ich kannte diesen Mann sehr gut. Es war Inspektor Priestley. Er war hier! Auch wenn ich angenommen hatte, dass er bei den Polizisten war, die nach Binny und Rose suchten, erschrak ich trotzdem, als ich ihn sah. Unser letztes Treffen hatte auf Fallingford stattgefunden, nach dem Unglück, das Mr Curtis zugestoßen war. Ich überlegte, ob er von Elizabeths Tod wusste und ebenfalls vermutete, dass es mehr als nur ein Unfall gewesen war – und falls ja, würden Daisy und ich dann die Gelegenheit bekommen, ihm alles zu erklären?

Dröhnend setzte die Orgel zu einem letzten Lied an, dann verließen wir die Aula endlich. »Daisy!«, zischte ich, stieß sie an und nickte mit dem Kopf – doch der Inspektor war bereits fort.

3

Der Rest des Vormittags verlief ungeheuer angespannt. So gut wie möglich beschatteten wir unsere drei Verdächtigen. In der Süßen Pause (Zermatschte Fliegen) ging Una in die Aula, um die Gesangbücher aufzuräumen, und Florence verschwand zu einer Strategiebesprechung mit dem Hockeyteam, aber sonst ließen wir sie zu keiner Zeit aus den Augen.

Beim Silentium konnte ich unmöglich arbeiten. An Alexander schrieb ich einen Brief, in dem nur stand: *Ein Mädchen wurde entführt. Wir sind dem Mörder, ihrem Entführer, auf der Spur, aber ich weiß nicht, ob wir rechtzeitig kommen.* Meine

Sorge jemandem außer Daisy gestehen zu können, war ein Trost. In diesem Augenblick wurde mir bewusst, wie ich tatsächlich mit Daisy und Alexander gleichzeitig befreundet sein konnte. Ich konnte mit beiden ehrlich sein, aber ich musste nicht beiden denselben Teil von mir geben. Es gab Dinge, von denen Daisy nichts wissen musste, und eine Menge mehr, die Alexander nie im Leben verstehen würde.

Zum Mittagessen servierte man uns überbackenen Käsetoast und als Nachtisch Pudding mit getrockneten Früchten. Ich dachte, ich würde keinen Bissen runterbringen, aber dann waren es Küken und Kitty, die nichts essen konnten, und am Ende verputzte ich ihre Portionen gleich mit. Danach war mir schlecht und ich war unentschlossen, ob es an der Nervosität oder daran lag, dass ich so vollgestopft war. Jeder einzelne Gongschlag brachte uns dem Hockeyspiel und unserer Nachstellung des Verbrechens näher. Die Hockeymannschaft hatte sich an einem der Tische versammelt und unterhielt sich. Unter ihnen war auch Clementine, die sich unter so vielen Großen (einschließlich Florence) ungeheuer wichtig vorkam. Ich fand, dass Florence im Kontrast zu ihren roten Haaren blasser wirkte als sonst, konnte mich aber auch irren.

Als sie gemeinsam zum Spielfeld marschierten, folgten wir ihnen, eingemummt in unsere Internatsschals. Daisy hielt sich ihren vors Gesicht und flüsterte uns Anweisungen zu. »Also, Küken, Kitty und Lavinia, sobald das Spiel beginnt, spielt ihr unsere drei Verdächtigen. Küken, du bist Una, Kitty übernimmt Florence und Lavinia kann Enid sein. Ich will, dass ihr genau nachspielt, was sie unseres Wissens nach am fraglichen Abend getan haben. Wo sich das Lagerfeuer befunden hat, ist klar. Wir wissen außerdem, dass Elizabeth zwischen Feuerstelle und Pavillon niedergeschlagen wurde, gerade weit genug vom Lichtschein entfernt, um nicht gesehen zu werden.«

»Was ist mit dir und Hazel?«, fragte Lavinia mürrisch.

»Wir beobachten euch«, antwortete Daisy ungerührt. »Hazel wird Lettice sein, bis zu dem Moment, in dem sie weggerannt ist. Dann spielt sie Margaret und ich spiele Elizabeth. Gleichzeitig werden wir eure Bewegungen dokumentieren. Wir müssen wissenschaftlich vorgehen.«

»Letztes Mal haben wir es mit Puppen gemacht!«, sagte Küken.

»Ich sagte *wissenschaftlich*«, zischte Daisy. »Inzwischen sind wir viel älter, außerdem waren Puppen schon beim letzten Mal unangebracht. Haben alle verstanden? Wir fangen an, sobald ich das Zeichen gebe, und ich will, dass ihr euch den gesamten Zeitablauf gründlich einprägt. Denkt daran, wir vermuten, dass Elizabeth um 19 Uhr 45 ermordet wurde, als das Feuerwerk in vollem Gange war. Weiß jeder, wo er wann zu sein hat?«

Lavinia, Kitty und Küken nickten.

»Gut«, sagte Daisy. »Dann sind alle bereit. Und außenrum ist wieder eine Menschenmenge, die zusieht – realistischer können wir Dienstagnacht nicht nachstellen. Ihr versucht alle drei, zum Pavillon zu gehen, Schläger und Rechen zu holen und dann zu Elizabeth – also mir – zu gelangen, ohne dem Feuer zu nahe zu kommen. Schlagt mich, klaut das Buch aus meiner Tasche und dann geht ihr zur Feuerstelle, um den Schläger reinzuwerfen. Alles klar?«

Ich war nervös. Das alles kam mir so schrecklich gefährlich vor. Was, wenn der Mörder uns entdeckte und begriff, was wir taten? Trotzdem hatten wir keine andere Wahl. Zu jeder anderen Gelegenheit würden wir mit unserem Spielchen erst recht Aufsehen erregen. Also mussten wir mit der Gefahr leben und hoffen, dass alles gut gehen würde.

Wir liefen gemeinsam durchs Tor, genau wie Dienstagabend, und wie immer, kurz bevor wir etwas nachstellten, hatte ich das Gefühl, in der Zeit zurückzureisen, in die Nacht des Mords. Ich glaube, für solche Inszenierungen habe ich einfach zu viel Fantasie. Ich sehe nicht nur alles genau vor mir, ich spüre es regelrecht. Daisy dagegen sieht zwar alles, dafür aber nicht mehr – all die Gefühle, die damit verbunden sind, können ihr nichts anhaben. Für sie ist es, als würde sie vor ihrem inneren Auge ein Theaterstück anschauen, während ich das Entsetzen fühle; spüre, was in dem Mörder vorging – und beinahe kann ich nachvollziehen, warum er getan hat, was er getan hat.

4

Obwohl es früher Nachmittag und nicht Abend war (der Tag war schmucklos und unscheinbar; über uns ein weißer Himmel, der so blank war, dass ich trotz meines schweren Wollmantels und der Mütze bibberte), versetzten mich die aufgeregt quasselnden Massen um uns herum tatsächlich zurück an den Dienstag der Guy-Fawkes-Feier. Noch immer sah man den verbrannten Haufen schwarzer Äste neben dem Pavillon, und auch ohne hinzusehen, wusste ich, wo die Stelle lag, an der Elizabeth gestorben war.

Große Mengen von Deepdean-Schülerinnen in grauen Mänteln und gestreiften Internatsschals waren da, dazwischen kleinere Grüppchen von Fareham-Mädchen im Purpur-Gelb ihrer Schule. Als die Mannschaften aus dem Pavillon joggten, jubelten die Zuschauer.

»Zeigt's ihnen!«, rief Kitty, die sich sofort von der Begeisterung mitreißen ließ. »Nichts wie ran!«

Unser Team wirkte gut gelaunt, als es mit den Schlägern winkte – sie hatten hart trainiert und in diesem Jahr hohe Erwartungen geschürt. Nur Florence zog ein ernstes Gesicht. In ihrer Spielerinnenkluft machte sie wie immer einen bemerkenswerten Eindruck, doch das Gesicht unter dem Rotschopf war nun eindeutig blass und angestrengt. Trotzdem wandte sie sich an ihre Mannschaft und hielt ihre Ansprache, wie es sich für den Kapitän gehörte. Ich sah jeder Einzelnen an, dass sie ihr Bestes geben wollte. Dann krachten die Kapitänsschläger gegeneinander (ich zuckte zusammen) und die Teams nahmen ihre Positionen auf dem Feld ein. Nicht nur Florence nickte ihrer Mannschaft nun zu, auch Daisy gab uns vieren das vereinbarte Zeichen und nickte. Wir legten die Hände aufeinander – Lavinias ziemlich rau und kräftig, Kittys fest und schmal, Kükens klein und fahrig, und Daisys so leicht und vertraut wie meine eigene – und schlichen uns dann auf *unsere* Positionen. Wir hatten uns darauf geeinigt, die Nachstellung mit Miss Barnards Ansprache beginnen zu lassen, also um 19 Uhr 30.

Wir bahnten uns einen Weg durch die Menge, bis wir zwischen dem Lagerfeuer und dem Pavillon standen, wo sich Elizabeth und die Fünf am Dienstag aufgehalten hatten: Küken als Una, Kitty als Florence, Lavinia als Enid, ich als Lettice und Margaret, und Daisy als Elizabeth. Auf dem Spielfeld krachten die Schläger aufeinander und die Partie ging los.

Ich schaute auf meine Armbanduhr. Daisy würde für uns alle die Zeit stoppen. Miss Barnards Ansprache hatte fünf Minuten gedauert, und in dieser Zeit hatte sich keiner vom Fleck gerührt, nicht einmal, um das Feuer in Gang zu halten.

Ich stand still, während die Geräusche des Spiels über mich hinwegfegten. Die Zeiger der Uhr bewegten sich. Es war 19 Uhr 35: der Zeitpunkt, als Miss Barnard aufgehört hatte zu reden. Lavinia lief als Enid zwischen dem Pavillon und dem verkohlten Haufen hin und her, als würde sie frisches Holz zum Feuer tragen. Una und Florence (Kitty und Küken) entfernten sich von Daisy und mir, um zur Stelle des Sportplatzes zu gehen, wo sich die jüngeren Mädchen in Reihen hatten aufstellen müssen, um das Feuerwerk anzuschauen. Am Dienstag war natürlich auch Margaret dort gewesen, aber im Augenblick war ich Lettice und stellte deren letzten Streit mit Elizabeth nach.

Als ich mich zu Daisy drehte, zwinkerte sie mir aufmunternd zu. Sie stellte sich genau dorthin, wo man Elizabeth gefunden hatte, nahe dem Pavillon und kurz hinter dem Rand des Lichtkegels, den das Feuer verströmt hatte. Wieder sah ich auf meine Uhr: 19 Uhr 39, der Moment, in dem Lettice in den Wald gerannt war. Enid kümmerte sich ums Feuer. Als Margaret lief ich dorthin, wo die Großen gestanden hatten, blieb kurz stehen und trat dann an den Waldrand, genau wie Margaret, als sie Astrid weggeführt hatte. Margaret und Lettice waren nun beide aus dem Spiel und es war 19 Uhr 40: Zeit für das Feuerwerk.

Als Florence machte Kitty sich daran, Lavinia bei der Feuerwache abzulösen. Enid entfernte sich und ging Richtung Pavillon – etwas anderes war nicht denkbar. Wäre Enid Richtung Wald gelaufen, wäre sie über Margaret und Astrid gestolpert. Aber nun blockierte sie Florence den Weg. Florence musste um sie herumlaufen, um zum Holzstapel zu gelangen. Anschließend ging Kitty als Florence zur Lagerstelle, warf die unsichtbaren Scheite hinein und wandte sich wieder zum Pavillon um. Da fiel mir etwas auf. Enid und Una hielten sich zwar nun beide im Dunkeln auf, außerhalb des Lichtkreises, doch Florence versorgte stetig das Feuer. Hätte sich während ihrer Schicht jemand anderes den Flammen genähert, hätte sie ihn sofort bemerkt. Bei ihrem zweiten Gang zum Pavillon blieb Kitty etwas länger stehen, um nicht nur Holz, sondern auch Rechen und Hockeyschläger mitzunehmen. Diesmal blieb sie auf dem Rückweg hinter Elizabeth stehen. Mit einer schwungvollen Bewegung hob sie die rechte Hand, in der sie den Schläger gehalten haben musste. Während sie Holzscheite und Rechen unter dem linken Arm balancierte, schlug sie mit rechts auf Elizabeths Kopf ein. Dann bückte sie sich, platzierte den Rechen und wühlte in Elizabeths Kleidern. Alles war im Handumdrehen vorbei. Dann trat sie ans Feuer, warf Scheite und Schläger gelassen in die Flammen und holte anschließend Nachschub. Florence hätte den Mord begehen können.

Nach einem weiteren Gang blieb Kitty stehen. Es war 19 Uhr 45, der Augenblick, in dem Lettice die Feuerwache hätte übernehmen sollen. Doch sie war nicht gekommen – jetzt war der wahrscheinlichste Moment für den Mord. Aber wer war in Aktion getreten, Una oder Enid? Lavinia zuckte seufzend mit den Schultern. Als Enid hatte sie ziemlich dicht bei Elizabeth gestanden, aber nun drehte sie sich um und lief die vier Schritte bis zum Pavillon. Ich zählte im Kopf die Sekunden mit, während sie sich bückte, einen Armvoll Scheite griff und anschließend zwei Gegenstände von der Pavillonwand nahm: Rechen und Hockeyschläger. Anders als Kitty tat sie so, als wäre sie ziemlich schwer beladen und ging sehr langsam auf Daisy zu, genau wie Enid es gemacht hätte, um ja nichts fallen zu lassen. Mir wurde klar, wie schwer und wie schwierig zu balancieren diese Ladung für Enid gewesen sein musste. Es hatte viel Kraft und Präzision dazugehört,

Elizabeth mit dem Hockeyschläger zu erschlagen, ohne dabei Holz und Rechen fallen zu lassen. Die große, kräftig gebaute Una käme dafür infrage, genau wie die muskulöse Florence, doch Enid, die sogar zu schwach gewesen war, um im Oakeshott-Wald die heruntergefallenen Äste aus dem Weg zu räumen? Das schien mehr als unwahrscheinlich.

Lavinia trat zu Daisy, langsam und behutsam (nun waren schon dreißig Sekunden vergangen), hob den rechten Arm und vollführte eine Schlagbewegung auf Daisys Kopf zu. Daisy drehte sich um und hob eine Augenbraue, was Lavinia zum Grinsen brachte. Dann tat sie so, als würde sie sich über die gestürzte Daisy bücken und legte etwas neben sie – den Rechen. Sie durchwühlte Elizabeths Taschen (siebzig Sekunden) und stand dann auf, als wäre ihr gerade die Zeit wieder einfallen. Tatsächlich war es nun schon 19 Uhr 49 und die letzten Raketen wurden gezündet. Lavinia musste zum Feuer hasten, doch als sie dort ankam, war Küken schon zur Stelle.

»Was treibst du denn?«, sagte Lavinia verärgert.

»Ich bin Una!«, sagte Küken. »Es ist 19 Uhr 51 – ich muss jetzt hier sein, sonst könnte mich Charlotte in einer Minute ja nicht beim Feuer sehen, oder?«

»Aber …«, begann Lavinia. »Oh. Du hast recht!«

In der Tat. Und das bedeutete noch etwas anderes – von Enid hatte Charlotte *nicht* berichtet, dass sie nach dem Feuerwerk am Lagerfeuer gestanden hatte, also konnte sie nicht dort gewesen sein. Daher hatte sie unmöglich genug Zeit gehabt, den Mord zu begehen, zurück zum Feuer zu laufen und den Schläger hineinzuwerfen, ohne dass jemand Verdacht geschöpft hätte. Wir konnten sie ausschließen!

»Dann kam der Schrei«, sagte ich im Schutz einer weiteren Applauswelle. »Und … da, jetzt hat man sie gefunden.«

Ich drehte mich um und trat zu Daisy. Da stand sie, unverletzt, an der Stelle im Gras, an der man auf Elizabeth gestoßen war.

»Perfekt in der Zeit«, wisperte sie. »Was sagt uns das?«

5

»Enid kann es nicht gewesen sein!«, sagten Kitty und ich gleichzeitig.

»Florence hat um 19 Uhr 45 mit der Feuerwache aufgehört«, erklärte ich. »Ihr habt Lavinia gesehen. Sie hatte keine Zeit, Elizabeth zu töten und den Schläger ins Feuer zu werfen, bevor Una kam. Und wäre sie gleichzeitig mit Una da gewesen, hätten Binny und Martha sie gesehen. Enid ist weder besonders stark noch groß. Ich glaube nicht, dass sie überhaupt alles tragen *und* dann auch noch Elizabeth heftig genug schlagen könnte, um sie zu ermorden.«

»Sehr gut!«, lobte Daisy. »Dem kann ich nur zustimmen. Allerdings bedeutet das gleichzeitig, dass Una sehr wohl genug Zeit hatte. Sie hätte genau das tun, was Lavinia uns vorgeführt hat, und mit ihrer Ladung Holz anschließend zum Feuer gehen können. Das würde zu allem passen, was wir bisher wissen – Una ist definitiv weiterhin verdächtig. Was ist mit Florence?«

»Sie hätte es tun können, solange sie sich um das Feuer kümmerte«, sagte Kitty. »Sie ist stark. Für sie wäre es leicht gewesen. Wir haben angenommen, dass der Mord um 19 Uhr 45 stattgefunden hat. Aber falls Florence es war, könnte es auch früher gewesen sein. Florence kann auf jeden Fall einhändig zuschlagen, das habe ich schon gesehen. Sie hätte es quasi im

Vorbeigehen erledigen können und hätte dann alle Zeit der Welt gehabt, um den Schläger im Feuer loszuwerden.«

»Bleiben also zwei Verdächtige übrig«, folgerte Daisy nickend. »Hat sonst noch jemand Schlüsse gezogen? Mir jedenfalls ist noch etwas aufgefallen.«

»Ja«, sagte ich langsam. »Mir ist etwas klar geworden, als Kitty und Lavinia den Schläger und den Rechen genommen haben. Der Mörder muss sie vorher dort bereitgestellt haben. Es war kein Versehen und Zufall kann es auch nicht gewesen sein. Also war der Mord geplant, von dem Moment an, als die Fünf den Sportplatz betreten haben. Es war nicht so, dass jemand spontan seine Chance ergriffen hat. Es war –«

»Volle Absicht!«, beendete Daisy strahlend meinen Satz. »Oh, ABSOLUT, Hazel! Unsere Mörderin wusste genau, was sie tat, und wartete nur den richtigen Moment ab. Sie ist clever. Den Eindruck hatte ich schon von Anfang an, seit wir die Wahrheit über den Rechen aufgedeckt haben. Das ist der Beweis. Ja, sehr gut. Entweder Una oder aber Florence ist sehr gewieft und sehr berechnend vorgegangen.«

Doch Kitty runzelte die Stirn. »Das ist ja alles schön und gut, aber welche von beiden war es? Wer Binny hat, wissen wir noch immer nicht. Was, wenn sie irgendwo eingesperrt ist? Oder wenn sie …«

Sie verstummte und ich sah besorgt Daisy an.

Die allerdings blickte wie zur Salzsäule erstarrt quer über das Feld. »Schaut mal!«

Das Spiel war in vollem Gange – die letzten fünf Minuten der ersten Halbzeit waren angebrochen und der Ball wurde wild über den Rasen gescheucht. Clementine hatte sich an eine Fareham-Stürmerin geheftet, die dem Tor gefährlich nahe kam. Unsere Torhüterin ging in die Hocke und konzentrierte sich. Doch Daisys Aufmerksamkeit galt natürlich nicht dem Hockey. Sie nickte zu einem Mann in einem Wintermantel. Noch bevor ich mich überhaupt umdrehte, wusste ich, wen ich sehen würde – keinen anderen als Inspektor Priestley.

»Ohh! Inspektor Priestley!«, rief Küken. »Was macht er hier?«

»Binny suchen, was denn sonst?!«, antwortete Daisy. »Man hat die Polizei erst wegen Rose verständigt und natürlich auch, als Binny verschwunden ist. Wenn Kinder vermisst werden, muss man immer die Polizei rufen. Wenn der Inspektor also wegen Binny hier ist –«

»Dann können wir ihm vielleicht von Elizabeth erzählen!«, beendete ich ihren Satz.

»Nur vorher brauchen wir Beweise«, meinte Daisy. »Und wir haben den Schläger nicht.«

»Wir können ihn besorgen!«, sagte ich.

Während ich darüber nachgrübelte, beobachtete ich den Inspektor. Und nachdem ich kurz geblinzelt hatte, fiel mir auf, dass er ebenfalls zu uns herübersah. Er runzelte die Stirn, dann schenkte er uns ein breites, von Fältchen umrahmtes Lächeln. Er hob die Hand und winkte uns, als ein Pfiff das Ende der ersten Halbzeit verkündete. Schülerinnen wuselten über das Gras – der Spielstand sorgte für Aufsehen: Deepdean lag ein Tor hinter Fareham – und der Inspektor bahnte sich einen Weg durch die Menge auf uns zu.

»Oh Gott!«, keuchte Küken. »Er kommt rüber!«

»Was denn sonst? Wir müssen ihn begrüßen«, sagte Daisy und reckte das Kinn. Da sie gewachsen ist, reicht sie dem Inspektor inzwischen fast bis an die Schulter, doch so selbstbewusst, wie Daisy immer ist, hat man ohnehin den Eindruck, sie wären auf einer Augenhöhe. »Und wir müssen herausfinden, wie viel er über *unseren* Fall weiß.«

Unseren sagte sie mit dieser gewissen Betonung, so wie sie auch *unsere* Schule sagt – und wie sie vielleicht *unser* Inspektor sagen würde. Inspektor Priestley gehörte *ihr*, genau wie Deepdean, genau wie ich.

Als er nun auf uns zukam, stellte ich erfreut fest, dass er lächelte.

»Meine Damen«, sagte er und fügte leiser hinzu: »Verzeihung, Miss Wells. *Detektivinnen*. Unter den gegebenen Umständen kann ich das ja aber schlecht laut sagen. Geht es Ihnen gut?«

»Sie sind wegen meiner Schwester hier«, sagte Kitty blass.

Der Inspektor hörte auf zu lächeln. »Sie sind die ältere Miss Freebody! Natürlich. Die Ähnlichkeit ist deutlich – dieselben Wangen. Verzeihen Sie. Es lag nicht in meiner Absicht, die Situation ins Lächerliche zu ziehen. Sie haben recht, wir sind hier, um Ihre Schwester zu finden.«

»Alle denken, dass sie weggerannt ist«, sagte Kitty hastig. »Aber das stimmt nicht! Man hat sie entführt, das weiß ich.«

Der Inspektor hob die Augenbrauen. »Sie glauben, sie wurde *entführt*?«

»Ja! Von –« Kitty hörte abrupt auf und sah Daisy an.

Auch ich schaute zu ihr. Was würde sie sagen? Würde sie einfach so preisgeben, was wir wussten, oder es dem Inspektor schwer machen?

»Hat das vielleicht etwas mit dem tragischen Unfall zu tun, der sich Dienstagabend ereignet hat?«, fragte der Inspektor. »Ihre neue Direktorin hat mir alles darüber erzählt. Aber sicher gibt es daran nichts Rätselhaftes. Der Schuldige wurde bereits der Schule verwiesen.«

Daisy wurde hochrot. »Jones ist nicht schuld!«, sagte sie. »Man hat ihn reingelegt! Und – ach Mist! Was soll's: Es war kein Unfall. Elizabeth Hurst wurde ermordet und Binny ist verschwunden, weil sie das Mordmotiv kennt und es der ganzen Schule verraten wollte. Man hat sie verschleppt, wie Kitty schon sagte.«

Als sie es so aussprach, klang es wirklich unglaubwürdig. Noch nie hatten wir den Inspektor mit einer so dünnen Geschichte überzeugen müssen. Mich verließ der Mut.

Wie ich mir gedacht hatte, blickte Inspektor Priestley höchst skeptisch drein. »Sind Sie sicher?«, fragte er. »Es steckt nicht immer Mord dahinter. Manchmal passieren Unfälle.«

»Aber natürlich sind wir uns sicher!«, brauste Daisy auf. »Wir sind Detektivinnen! Wir haben schon drei Fälle gelöst!«

»Trotzdem muss dies nicht Ihr vierter sein«, entgegnete der Inspektor freundlich. »Soweit ich weiß, ist das Mädchen auf einen Rechen getreten. Es war ein Versehen, ein mehr als trauriges.«

»Es war nicht der Rechen! Es war ein Hockeyschläger! Jemand hat ihn ins Lagerfeuer geschmissen, um ihn zu verbrennen, aber es hat nicht geklappt. Er ist noch da. Wir zeigen es Ihnen – sobald das Spiel weitergeht und alle in die andere Richtung schauen.«

Der Inspektor wirkte nicht überzeugt. Aber dann seufzte er. »Na schön. Wenn Sie mir Beweise liefern können, kann ich die Sache überdenken. Aber bis dahin sollte ich wohl das Spiel genießen.« Er sah sich um und räusperte sich. »Äh, vorwärts, Deepdean!«

»Sie«, meinte Daisy schroff, »haben noch eine Menge über die Kunst zu lernen, wie man sich anpasst.«

6

Die Spielerinnen stellten sich auf und der Anpfiff ertönte. Florence preschte vor, um sich den Ball zu schnappen, und erneut fiel mir auf, wie ungeheuer blass sie war. War ihr bewusst, dass sie eine der zwei letzten Verdächtigen war? Quälte sie ein schlechtes Gewissen?

»Kommt schon!«, zischte Daisy. »Zur Feuerstelle –«

Doch dann hörte man aus der Menge entsetztes Keuchen, als Florence haltlos übers Spielfeld strauchelte. Ihre Augen waren geschlossen und ihr Gesicht kalkweiß. Noch bevor sie den Rasen berührte, hatte sie das Bewusstsein verloren. Mehrere Schülerinnen schrien auf.

»Oh Gott!«, rief Kitty.

»Nein!«, keuchte Küken. »Ihr Herz! Oh, schnell! Was, wenn sie nun auch tot ist?«

»Wartet«, sagte der Inspektor und hielt seine große Hand in die Höhe, um uns am Weiterlaufen zu hindern.

Fast hätte ich ihn für grausam gehalten, doch dann sah ich, wie Miss Barnard zu Florence eilte, sich auf den Boden kniete und mit den Fingern ihren Puls fühlte. Als sie aufblickte, verstummten alle – sie hat diese Wirkung auf die Menschen.

»Miss Hamersley ist nur bewusstlos!«, sagte sie gefasst. »Sie braucht Hilfe, schnell! Miss Talent! Helfen Sie mir, sie muss sofort ins Sanatorium.«

Miss Talent ging neben Florence auf die Knie und hob sie hoch, als wäre sie eine kleine Shrimp, nicht groß und kräftig gebaut.

»Na, dann komm mit, du Klotz von einem Mädchen«, sagte sie zu Florence ganz ungewohnt liebevoll. »Hoch mit dir.«

Der Inspektor hielt uns noch immer in Schach, allerdings

hätte er es sich auch sparen können. Ich sah ja selbst, dass man sich um Florence kümmerte. Nur, sobald sie im Sanatorium war, würde Schwester Minn sie untersuchen und ihre Herzschwäche feststellen. Das Geheimnis wäre keins mehr.

Ich schaute mich aufmerksam um, bis ich in der Menge die anderen Mitglieder der Fünf ausgemacht hatte. Margaret wirkte missmutig und fast erleichtert. Lettice war blass, Una voller Spott und Enid verkniffen. Keine schien sich um Florence zu sorgen – sie schienen einfach nur verloren. Wieder taten sie mir leid: Zutiefst schreckliche Ereignisse hatten sie so eng miteinander verbunden, trotzdem waren sie alles andere als Freundinnen. Nach Elizabeths Tod war Florence noch am ehesten eine neue Anführerin gewesen – doch nun war sie gestürzt. War sie die Mörderin? Und wenn ja, wie sollten wir jetzt Binny finden?

»Schnell«, flüsterte Daisy. »Zur Feuerstelle, solange alle abgelenkt sind!«

Wir eilten hinüber.

»Da, Sehen Sie, der Schläger – oh!« Daisy starrte vollkommen verdattert auf die Überreste des Feuers. »Er ist weg! Er ist *weg*!«

Wir starrten darauf. Es stimmte. In der Feuerstelle gab es nichts, außer ganz gewöhnlichen Holzstücken. Der Hockeyschläger war verschwunden.

»Vielleicht ist er verrutscht!«, sagte Kitty. »Schaut noch mal!«

»Nein«, meinte Daisy langsam. »Er ist weg. Ich weiß genau, wo er gelegen hat. Jemand hat ihn geholt.«

Ich wandte mich von ihr ab und stellte mich auf eine Standpauke ein – immerhin war es meine Schuld gewesen, dass wir den Schläger zuvor nicht hatten rechtzeitig verstecken können.

Doch Daisy schimpfte nicht. Stattdessen griff sie meine Hand und dann traten wir gemeinsam vor Inspektor Priestley.

»Er war hier!«, sagte Daisy. »Hazel und ich, wir haben ihn beide gesehen. Er war die Tatwaffe – Blut und Haare klebten daran – und nun ist er fort. Der Mörder muss ihn geholt haben!«

Der Inspektor zog eine sehr ernste Miene. »Meine Damen«, sagte er. »Was Sie auch sagen, solange Sie mir keinen Beweis liefern, bin ich gezwungen, Miss Barnard zu glauben.«

Daisy sah aus, als würde sie jeden Moment explodieren. »Erwachsene!«, rief sie. »Sie sind auch wie alle anderen! Aber Sie werden schon sehen! Wir arbeiten weiter. Jetzt erst recht! Und Sie werden es noch bereuen, uns nicht geglaubt zu haben.«

Der Inspektor verzog das Gesicht. Offenbar gefiel selbst ihm nicht, was er hatte sagen müssen.

»Sie *werden* es bereuen, nicht auf uns gehört zu haben«, wiederholte Daisy. »Immerhin haben wir schon *drei* Mordfälle aufgeklärt. Wir sind Profis. Haben sie nichts vom Orientexpress gehört?«

»Oh, doch, natürlich«, antwortete der Inspektor. »Ihr bislang größter Triumph, wie mir zu Ohren gekommen ist. Aber das war damals, und dies hier ist etwas völlig anderes. Bei jedem Fall fängt man ganz von Neuem an. Das müssen Sie doch einsehen?« Er seufzte. »Wenn Sie darauf bestehen, kann ich mit diesem Jones sprechen, sicher. Ich glaube, ich kann mich vom letzten Jahr noch an ihn erinnern. Ich werde mir anhören, was er über Dienstagabend zu berichten weiß.«

»Das müssen Sie!«, meldete Kitty sich zu Wort. »Binny ist nicht weggelaufen, man hat sie entführt! Ich kenne sie. Sie läuft ziemlich oft weg, aber niemals so lange! Ihr wird immer entweder langweilig oder sie bekommt Hunger und dann kommt sie zurück. Sie hat kein Durchhaltevermögen. Das weiß ich.«

»Und *ich* weiß, Ihnen ist wichtig, dass man Ihre Schwester findet«, sagte der Inspektor und legte Kitty eine Hand auf den Arm. Kitty holte abgehackt Luft und schaute auf ihre Füße. »Ich verspreche, ich gebe mein Bestes, um sie zu finden, wo sie auch steckt. Das verspreche ich.«

Wenn der Inspektor ein Versprechen gibt, sollte man ihm glauben. Trotzdem … ich wünschte, er würde uns einfach vertrauen und glauben, dass wir auf einen neuen Mord gestoßen sind.

Traurig blickte ich ihn an.

»Na gut«, sagte er. »Ich muss zurück an die Arbeit. Meine Männer warten auf Anweisungen und ein kleines Mädchen darauf, dass wir sie finden.« Mit wehendem Mantel drehte er sich um und marschierte davon.

Wir sahen uns an, und ich glaube, wir alle waren sehr niedergeschlagen. Dennoch wussten wir, dass wir weiterermitteln mussten. Noch waren zwei Verdächtige übrig. Wir hatten einen Rückschlag eingesteckt, was nicht hieß, dass wir den Fall nicht lösen und Binny finden konnten – auch wenn wir von Inspektor Priestley keine Unterstützung bekamen. Er hatte deutlich gemacht, dass er uns erst glauben würde, wenn wir ihm konkrete Beweise liefern konnten. Also mussten wir es allein schaffen.

Lavinia beugte sich vor und stocherte mit den Füßen in der Asche.

»Ach, lass das doch«, meinte Daisy. »Der Schläger ist nicht da. Hast du das noch nicht begriffen?«

7

Zum Ende des Spiels, das für Deepdean nicht gut verlaufen war, standen wir, noch immer niedergeschlagen, in einer der Gruppen. »Wäre Florence fit gewesen, hätten wir gewonnen!«, rief Clementine empört. »Das nenne ich unfair! Dem Team nicht zu verraten, dass sie nicht auf der Höhe ist – Mann, das hat uns den Sieg gekostet! Das könnte uns die ganze Schulpokalliga kosten!«

Die Schulpokalliga war für alle sportlichen Mädchen das ganze Jahr über schon Gesprächsthema Nummer eins. Florence war davon ganz besessen gewesen, hatte für die Mannschaft Zusatztraining, Sprints, Dehn- und Freiübungen angeordnet. Und nun hatte sie alles aufs Spiel gesetzt, weil sie krank war und es verheimlichte. Deepdean hatte eine Reservespielerin einsetzen müssen, die in Panik geraten war – weshalb wir das Match verloren hatten. Alle schäumten vor Wut, denn nun stand die Deepdean als Schwächling da. Den gesamten Weg bis zum Wohnheim hörte man die Schülerinnen über nichts anderes reden.

Nach und nach erreichten uns vom Sanatorium aus erste Neuigkeiten. Florence war nicht einfach nur krank, es lag an ihrem Herzen. Es war schlimm, sehr schlimm. Sie würde vielleicht (raunten sich die Mädchen gegenseitig in den Fluren und auf der Treppe zu) nie wieder spielen können. Möglicherweise wäre sie ein Leben lang geschädigt. Die Olympischen Sommerspiele würden für sie ausfallen.

Das Geheimnis, das Florence so verbittert verteidigt hatte, war heraus. Ich beobachtete die vier übrig gebliebenen Aufsichtsschülerinnen, als sie zum Abendessen antraten. Sie hatten eindeutig Angst. Lettice ging Una aus dem Weg. Margaret konnte Enid nicht einmal ansehen. Und Una wirkte einfach nur verloren. Ihr Gespräch mit Florence fiel mir ein – *wenn eine von uns untergeht, sind wir alle dran* – und es versetzte mir einen Stich. Nur eine der Fünf konnte die Täterin sein. Doch den Fall aufzuklären, bedeutete für alle Konsequenzen.

Auch Daisy hatte die Aufsichtsschülerinnen im Auge, genau wie Kitty und Küken, nur Lavinia beugte sich tief über ihren Teller und hantierte mit etwas herum.

»Was hast du da?«, zischte Kitty, nachdem sie Lavinia zweimal angestoßen und keine Reaktion geerntet hatte. »Igitt, das ist ja schmutzig! Leg das weg!«

»Das sind Holzsplitter«, antwortete Lavinia. »Sie lagen auf dem Boden, kurz hinter der Haustür des Wohnheims. Ich hab sie mitgenommen.«

»Bäh! Wozu?«, wollte Kitty wissen.

»Weil ich dachte, es könnte wichtig sein«, sagte Lavinia. »Schaut sie euch an! Die sind frisch!«

Sie hielt sie in ihrer leicht schmutzigen Hand so, dass ich sehen konnte, dass sie tatsächlich frisch waren – ein bisschen dreckig und warm von Lavinias Tasche, doch abgesehen davon ziemlich frisch und gelb, als wären sie erst vor Kurzem gehackt worden. Und am Rand hatten sie … Lack und einige Farbsprenkel.

Plötzlich war mir klar, woher diese Splitter stammten. *Ein Hockeyschläger.* Bei den anderen war ebenfalls der Groschen gefallen. Könnten diese Späne … von der verschwundenen Mordwaffe stammen? Daisy hatte ihre winzige Lupe gezückt und untersuchte sie gespannt.

»Der Schläger ist weg«, sagte Lavinia. »Das wissen wir. Und deshalb habe ich überlegt, wie ich ihn verstecken würde, wenn ich müsste. Ihn in eine Büchertasche zu stopfen, kann man vergessen, dafür wäre er viel zu lang. Es sei denn, man würde ihn irgendwie kürzen – kleinhauen. Zumindest würde ich das machen. Das wäre ein Kinderspiel und ein Riesenspaß. Dann könnte man ihn ordentlich verschwinden lassen.«

»Du bist komisch«, sagte Kitty.

»Aber sie hat *recht*«, sagte Daisy und blickte mit der Lupe in der Hand auf. Sie war ganz aus dem Häuschen. Daisys Meinung nach sollten *Assistenten* keine wichtigen Spuren aufstöbern. »Diese Schnitzel stammen von der lackierten Oberfläche des Schlägers.«

»Aber was ist damit passiert?«, fragte Küken.

»Ich wette, unsere Täterin hat sich auf den Sportplatz geschlichen, als sie eigentlich nach Rose und Binny hätte suchen sollen«, flüsterte Daisy, damit der restliche Tisch sie nicht hören konnte. »Sie hat den Schläger aus der Asche geholt, sich eine von den kleinen Äxten aus der Werkzeugkammer geschnappt und ihn damit kleingehauen.«

»Aber wie sind die Späne hierhergekommen?«, gab Küken nachdenklich zu bedenken.

Die Haare auf meinen Armen stellten sich auf. »In der Büchertasche der Mörderin«, sagte ich. »Genau wie Lavinia sich gedacht hat. Was, wenn der Rest noch immer darin ist? Oder – selbst wenn nicht –, was, wenn man am Boden noch mehr Späne finden könnte? Wir können gleich danach suchen! Die Ranzen der Aufsichtsschülerinnen stehen draußen auf dem Gang – wir können unsere letzten Verdächtigen überprüfen!«

»Watson, du bist ein Genie«, sagte Daisy. »Und du hast völlig recht – wir müssen sofort handeln, solange die Aufsichtsschülerinnen mit dem Abendessen beschäftigt sind. Solange sie alles im Auge haben, werden sie uns allerdings nie nach draußen lassen. Kitty, Küken, Lavinia, gebt uns Deckung. Wir werden gleich mit Schimpf und Schande rausgeschmissen.«

Dann stand sie auf, zeigte wuchtig mit dem Finger auf mich, sodass sie mir beinahe ins Auge gestochen hätte und ich erschrocken aufsprang, und schrie: »Oh, wie kannst du nur?! Du … du Biest!«

8

Mir klingelten die Ohren. Alle unterbrachen ihr Essen und drehten sich zu mir um. Ich spürte sämtliche Blicke auf mir, bohrend. Obwohl ich bereits ein Jahr lang Detektivin war, wurde ich trotzdem noch nervös. Anders als Daisy liegt es mir gar nicht, vor vielen Menschen etwas vorzuführen, doch jetzt – ganz ohne Vorwarnung – musste ich es versuchen.

»Ich … ich …«, stammelte ich atemlos. »Was hab ich denn gemacht?«

»Das weißt du ganz genau!«, zischte Daisy. »Heimlich mit einem *Jungen* anzubändeln! Zu glauben, ich würde nichts merken! Oh, Hazel Wong, du gemeines Ekel!«

Ich spürte, wie ich rot wurde. Wie konnte sie Alexander nur so benutzen? Vielleicht hatte sie mir doch noch nicht verziehen. Vielleicht war unsere Freundschaft in Wirklichkeit gar nicht gekittet. Vielleicht … Aber dann sah ich das Funkeln in ihren Augen, die erhobene Braue, und begriff, dass Daisy einmal wieder nur eine Show abzog.

Ich keuchte laut und hoffte, es würde sich schrecklich empört anhören. »Nie im Leben!«, jammerte ich. »So was würde ich niemals machen!«

Anders als Daisy, meine ich grundsätzlich, was ich sage.

»Er hat *mir* gehört!«, brüllte Daisy melodramatisch. »Mir!«

»Wells!«, keifte Una und stand auf. »Wong! Ruhe, sonst schmeiße ich euch raus.«

»Nein!«, rief Daisy. »Das ist nicht fair! Das darfst du nicht! *Sie* ist die Böse, nicht ich!«

Wieder waren alle Augen auf mich gerichtet. Ich war ziemlich sauer auf Daisy. Sie ließ mich wirklich grauenhaft dastehen. Ich merkte regelrecht, wie ein neues Gerücht in die Welt gesetzt wurde.

Wie Daisy bestens weiß, nutzen Menschen, denen man sagt, dass sie etwas *nicht* tun sollen, diese Chance sofort – daher: »Raus! Sofort! Stellt euch auf den Gang, das Gesicht zur Wand, und KEIN WORT!«, brüllte Una. Wir waren verbannt.

Mit möglichst beschämter Miene trotteten wir nach draußen und stellten uns an die Wand. Doch sobald die Tür zum Speisesaal zuschwang, sprang Daisy in Aktion. »Schnell!«, zischte sie. »Die Taschen!«

Unas und Enids Ranzen standen auf dem Ehrenplatz, dem niedrigen Tischchen unter der Uhr, links und rechts von Florences Büchertasche. Die anderen mussten sie nach ihrem Zusammenbruch mitgenommen haben. Ein Auge auf die Tür zum Speisesaal gerichtet, machten wir uns an den Schnallen zu schaffen. Zuerst die von Una: zwei Schulbücher, eine Bürste, ein Notizbuch (leider nicht das Skandalbuch, obwohl Daisy vor Aufregung schon kurz den Atem anhielt), eine kleine Flasche mit irgendeiner Flüssigkeit, von der meine Finger ganz ölig wurden, eine Haarspange, drei Stifte und ein Apfel. Dann Enids, die sehr aufgeräumt und erst kürzlich ausgewischt worden war: fünf Schulbücher, mehrere bekritzelte Hefte, ein Lineal, Kulis, Bleistifte, zwei Tintenfässchen in verschiedenen Farben und ein Haargummi.

Dann nahmen wir uns Florences Ranzen vor. Beim Öffnen fiel ein zerkleinerter Hockeyschläger heraus, der in einen alten Sportpulli gewickelt war – die Sorte, die im Pavillon herumliegt und die keiner mehr haben will. Daran klebten allerlei hässliche Holzschnipsel und Asche. Jemand hatte den Pullover mit dem Schläger darin tief unter Florences Schulbücher gestopft, die nun alle ganz verbogen und geknickt waren.

Daisy und ich rissen den Mund auf. »Watson!«, rief Daisy. »Wir haben unsere Mörderin!«

Es hatte ganz den Anschein. Da, endlich, hatten wir unseren Schläger. Florence musste ihn den ganzen Tag mit sich herumgetragen und auf eine Gelegenheit gewartet haben, ihn loszuwerden, doch dann waren das Spiel und ihr Zusammenbruch dazwischengekommen. Es passte.

»Wir sollten den Inspektor informieren!«, sagte ich. »Er sollte das wissen! Jetzt, da wir die Tatwaffe haben, können wir beweisen, dass es wirklich einen Mord gegeben hat.«

»Und wie sollen wir das anstellen?«, fragte Daisy. »Das Telefon ist im Büro der Hausmutter – genau wie sie selbst im Augenblick. Außerdem ist das Abendessen fast vor-«

Lauter werdender Lärm brach aus und die Tür zum Speisesaal öffnete sich. Die Erste, die herauskam, war Una, die ihre Shrimps anführte. Sie bemerkte uns und den Ranzen – und den Hockeyschläger. Erst wurde sie blass, bevor sie rot anlief. Sie *wusste*, was es zu bedeuten hatte, das war klar.

»Wells! Wong!«, stammelte sie. »Warum steht ihr nicht an eurem Platz?!«

»Wir haben etwas gefunden«, erklärte Daisy in zutiefst verletztem und selbstgerechtem Tonfall. »Etwas SCHRECK-

LICHES. Florence hat Schuleigentum demoliert! Das muss die Hausmutter erfahren. Hausmutter! Hausmutter!«

Unsere Hausmutter kam aus ihrem Büro gestürmt. »Was soll der Aufstand?«, keifte sie.

Ich sah Una den inneren Kampf an. »Wells hat … es gibt einen … Florence scheint durchgedreht zu sein und einen Hockeyschläger kurz und klein gehauen zu haben«, sagte sie schließlich. »Ich glaube, es ist der Verschwundene. Miss Talent hat schon überall danach gesucht.« Inzwischen hatten sich Margaret, Lettice und Enid zu Una gesellt. Margaret wirkte erst verdattert, dann fiel der Groschen. Lettice war zutiefst erschrocken, während Enid gleichzeitig verschlagen und verängstigt dreinblickte. War ihnen bewusst, was es zu bedeuten hatte? Dass Elizabeths Mörder am Ende nun gefunden war?

»Wir sollten die Polizei verständigen!«, fuhr Daisy fort, woraufhin die Aufsichtsschülerinnen sich enger zusammenstellten, als hätte sich das unsichtbare Band, das sie miteinander verband, schlagartig zusammengezogen.

»Wegen eines Schlägers, Wells?«, sagte Una mit bebender Stimme. »Sei kein Dummkopf.«

»Unsinn, Wells. Geh sofort in deinen Schlafsaal!«, sagte die Hausmutter. »Aufsichtsschülerinnen, zu mir! Ich verlange eine Erklärung.«

»Ja, Hausmutter«, sagte Daisy, während Una, Enid, Lettice und Margarete zur Hausmutter schlichen. »Entschuldigen Sie, Hausmutter«. Dann lief sie zur Treppe und ich folgte ihr.

Doch wenn Florence wirklich die Täterin war … wo steckte dann Binny?

9

Wir mussten ins Silentium, doch ich machte mir so große Sorgen um Binny, dass ich mich so gar nicht konzentrieren konnte. Florence war im Sanatorium. Wie konnten wir sie dazu bringen, uns zu verraten, wo Binny war? Ich wusste, dass Kitty sich über dasselbe Problem den Kopf zerbrach. Ich musste mich regelrecht dazu zwingen, all das hier aufzuschreiben, und machte mir auch nach dem Silentium noch Notizen, als aus dem anderen Zehntklässler-Schlafsaal plötzlich ein Schrei ertönte.

Daisy war sofort auf den Beinen, wetzte zur Tür und wir anderen eilten hinterher. Mein Herz machte einen Satz. Die Mädchen aus dem anderen Zimmer stürmten keuchend auf den Flur. Rose sah aus, als wäre ihr schlecht, genau wie Sophie, nur Clementine glühte auf eine Art vor Aufregung, die mir gar nicht gefiel. Ihre Wangen waren gerötet, als hätte sie Fieber, und sie kicherte. »Es muss stimmen!«, sagte sie. »Ganz sicher! Ist das zu glauben? Igitt!«

»Was ist los?«, wollte Kitty wissen. Ein eiskalter Schauer durchzuckte mich, wie Wasser, das sich über meine Arme und Beine ergoss. Hatte es etwas mit Binny zu tun?

»Noch ein Geheimnis!«, rief Clementine.

»Aber ich dachte, damit wäre es zu Ende!«, sagte Daisy und klang genauso bestürzt, wie ich mich fühlte. Mit den Geheimnissen hätte eigentlich Schluss sein sollen: Binny hatte das Buch, daher sollten keine weiteren Skandale an die Öffentlichkeit dringen, solange sie vermisst war.

»Nicht mal ansatzweise!«, erwiderte Clementine. »Es gibt ein neues, und es ist bisher das Allerbeste! Als ich meine Sporttasche ausgepackt habe, lag es darin, ganz unten am Boden!«

»Und was ist es?«, fragte Kitty.

»Es geht um Margaret!«, berichtete Clementine schadenfroh. »Margaret Dolliswood hat angeblich *unnatürliche Gefühle* für Astrid Frith. Wenn das kein Skandal ist! Und es muss wahr sein, ich bin mir ganz sicher, dass ich schon beobachtet habe, wie sie Astrid manchmal komisch ansieht. Bäh! Himmel! Denkt nur – und eine von *denen* war unsere Aufsichtsschülerin! Wie oft sie uns angefasst hat! Wie eklig!«

»Sie hat uns nicht angefasst, sie hat uns *geschlagen*«, stellte Küken klar und runzelte die Stirn.

»Für Leute wie sie gibt es da keinen Unterschied«, sagte Clementine und kicherte hysterisch. Mir wurde bei ihren Worten ganz übel. Sie benahm sich so garstig! Was sie sagte, stimmte nicht, kein bisschen. »Und das Allerbeste: Endlich wissen wir, wer die Zettel in Umlauf bringt! Am unteren Rand stand ein Name. Er war halb abgerissen, aber ich hab's trotzdem gesehen.«

»Und wer?«, fragte Daisy schroff.

»Na, Florence! Stell dir das mal vor: Es war Florence, die all die Geheimnisse verteilt hat! Oh, Junge, ist die durchtrieben! Versteckt ihre Krankheit, zerkleinert Schuleigentum, verbreitet Geheimnisse …«

»*Florence* hat das Geheimnis da reingesteckt?«, rief Kitty und rings um uns herum wurde ungläubiges Keuchen laut. Einige der Elftklässlerinnen hatten sich neugierig zu uns gesellt genau wie die Neuntklässler, sodass es im Flur nun ganz schön eng zuging.

»Kann gar nicht anders sein«, sagte Clementine. »Merkwürdig. Ich war sicher, meine Tasche nach dem Spiel komplett umgekrempelt zu haben. Ich habe nämlich nach meiner Brosche gesucht.« Clementine trägt immer Banngut. »Aber, ha, wahrscheinlich war ich nach allem, was passiert ist, zu abgelenkt, um den Zettel zu bemerken. Bah! Margaret! Und Astrid!«

Neben mir versteifte Daisy sich. Als ich mich zu ihr drehte, sah ich die Falte über ihrer Nase. Clementines Worte bereiteten ihr Kopfzerbrechen, und ich hatte da so einen Verdacht, warum.

»Was soll dieser Aufstand?«, ertönte eine Stimme. Alle blickten schuldbewusst auf, einige rissen sogar den Mund auf. Es war Margaret persönlich.

»Nichts weiter«, sagte Clementine. »Wir kennen ein Geheimnis, sonst nichts. Ein sehr komisches. Über ein Mädchen mit blonden Haaren und über eine Aufsichtsschülerin, die sie *viel* mehr mag, als gut für sie ist.«

Margaret wurde vor Wut rot wie eine Tomate und zitterte am ganzen Körper. »Was soll das heißen?«, knurrte sie, und auch ihre Stimme bebte. Sie funkelte Daisy und mich an. Bestimmt glaubte sie, wir hätten etwas damit zu tun, dass ihr Geheimnis ans Licht gekommen war.

»Astrid Frith«, zischte Clementine. »Und *du*. Ich weiß, was du von ihr hältst. Es steht auf einem Zettel!«

»Ooh!«, quiekte jemand. »Astrid ist *hier*!«

Mir rutschte das Herz noch tiefer in die Hose, denn am anderen Ende des Flurs war Astrid Frith erschienen. Sie sah sich verwirrt um, während Mädchen kichernd und tuschelnd vor ihr zurückwichen. Automatisch fasste sie sich ans Haar. Doch natürlich ging es um etwas viel Schlimmeres.

»Was ist los?«, fragte sie. »Hört auf!«

»Aaastrid und Maaargret«, sang eine Neuntklässlerin leise. »Verliebt, verlobt, verheiratet.«

Als Astrid zu Margaret schaute, änderte sich ihre Miene

schlagartig, spiegelte Einsicht. Sie lief knallrot an, machte auf dem Absatz kehrt und eilte davon.

»Warte!«, rief Margaret und rannte Astrid hinterher. Wie nicht anders zu erwarten, explodierte der Flur, und mehr als eine Schülerin wiederholte den Singsang der Neuntklässlerin.

Mir war wirklich schlecht. Ich weiß, was es heißt, gehänselt zu werden, nur weil man anders ist – und ich hasse es. Ich glaube auch nicht, dass es irgendjemand anders weniger schlimm fände. Ich hoffte nur, Margaret hatte verstanden, dass wir nichts damit zu tun hatten.

Da packte Daisy mich am Arm, sodass ich mich zu ihr umdrehen musste. Ihre Wangen waren gerötet und ihre Nase noch immer gerümpft.

»Was denn?«, fragte ich. »Margaret?«

»Ach, das spielt nun wirklich keine Rolle!«, sagte Daisy überraschend nachdrücklich. »Mir geht es um Clementine. Was sie über das Geheimnis gesagt hat! Sosehr es mir widerstrebt, Hazel, ich muss zugeben, dass Florence den Zettel nicht in Clementines Tasche gesteckt haben kann. Genauso wenig, wie sie den Schläger in ihren eigenen Ranzen getan hat. Jemand versucht, *den Verdacht auf sie zu lenken*, und es gibt nur noch eine, die dafür infrage kommt: Una!«

10

Wir alle eilten zurück in unser Zimmer. Daisy hatte diesen typischen Blick aufgesetzt, der bedeutete, dass eine Lagebesprechung der Detektei auf dem Plan stand, und tatsächlich:

»Hazel, Fallbuch!«, rief sie. »Schnell!«

»Oh, was ist denn los?«, wollte Küken neugierig wissen.

»Florence«, sagte ich, während ich das Fallbuch herauskramte und eine neue Überschrift verfasste. »Das neue Geheimnis.«

»Sie hat es geschrieben!«, rief Kitty. »Ihr Name stand unter –«

»Meine Güte, weißt du denn nicht, dass das rein gar nichts bedeutet?«, unterbrach Daisy sie. »*Jede* könnte *Florence* auf diesen Zettel gekritzelt haben. Was wirklich zählt –«

»Sie kann den Zettel nicht in Clementines Tasche gesteckt haben«, beendete ich ihren Satz.

»Ach nein?«, keuchte Küken. »Woher wisst ihr das denn?«

»Weil Clementine erzählt hat, dass sie *nach* Florences Ohnmacht ihre Tasche durchsucht hat und dabei nichts von dem Geheimnis zu sehen war. Ich denke, das Blatt wurde erst danach darin versteckt. Florence kann es nicht gewesen sein!«

»Ooh!« Küken hatte begriffen. »Jetzt verstehe ich!«

»Könnte Clementine ihn nicht einfach übersehen haben?«, fragte Kitty.

»So bescheuert ist sie auch wieder nicht«, meinte Lavinia. »Sie ist ja *ziemlich* bescheuert, aber nicht so blöd.«

»Jemand will Florence als Sündenbock hinstellen!«, erklärte Daisy. »Und genau genommen gibt es nur noch eine, die dahinterstecken kann. Una!«

»Wir müssen sie zwingen, uns zu verraten, wo Binny ist!«, rief Kitty. »Schnell!«

»Das klappt nie«, sagte Daisy. »Nein, wir müssen nachdenken! Nachdem wir nun wissen, dass es Una ist – wo würde sie jemanden, den sie entführt hat, verstecken? Nicht im Oakeshott-Wald, da ist es zu schmutzig. Irgendwo in der Schule. Nur wohin haben wir Una gehen sehen …? Oh. Oh!«

»*Die Aula!*«, rief Kitty plötzlich. »Da ist sie in der Süßen Pause hingegangen, nicht? Was, wenn …?«

Alle sprangen auf – wir wussten genau, woran sie dachte. Daisy und ich hatten vergangenes Jahr bei unserem ersten Fall einen Raum entdeckt. Den Tunnel.

»Wir müssen runter zur Schule!«, sagte Kitty hektisch. »Jetzt! Sofort!«

»Aber wir können nicht so einfach das Wohnheim verlassen!«, gab Küken zu bedenken. »Das geht nicht! Die Hausmutter wird uns erwischen!«

»Ich gehe und damit basta!«, sagte Kitty bestimmt. »Ich breche aus. Ich laufe weg. Ihr könnt mitkommen oder ihr lasst es bleiben.«

Ich schaute zu Daisy.

»In die Schule zu kommen, ist leicht«, sagte sie, »sobald wir erst mal aus dem Wohnheim raus sind. Seit Jones gegangen ist, herrscht überall das reinste Chaos. Nichts ist mehr ordentlich verschlossen. Die Seitentür zum Altbau – ihr wisst schon, die kleine neben dem Haupteingang … Der Gärtner, der diese Woche mit dem Absperren dran war, weiß nicht, dass das Schloss nicht richtig einrastet. Wenn wir ein bisschen dagegendrücken, geht es auf und wir können rein.«

»Aber wie kommen wir aus dem Wohnheim?«, fragte ich.

Daisy grinste mich an – und schon war mir klar, dass die Antwort mir nicht gefallen würde.

»Regenrohre funktionieren in beide Richtungen, Hazel.«

• TEIL SIEBEN •

Detektei Wells & Wong ist der Held des Tages

1

Ich ratschte mir die Hände am Regenrohr auf, die Backsteine der Mauer zerkratzten mir die Beine und meine Arme fühlten sich an, als würde man sie mir aus den Gelenken reißen.

»Reiß dich zusammen, Hazel!«, keuchte Daisy und trat nach mir. Ich meinte schon, ich würde jede Sekunde den Halt verlieren. Gleich würde es passieren. Aber ich musste weitermachen. Ich durfte sie nicht im Stich lassen.

Wie immer kam ich zu dem Schluss, dass in Büchern immer alles viel leichter erscheint.

Unter mir stieß Küken ein leises Quieken aus und fiel in die Büsche.

»Psst, Küks!«, zischte Kitty. »Sei still!« Dann war auch sie unten, wesentlich eleganter.

Ungehalten stieß Lavinia etwas höchst Undamenhaftes aus, als sie unter Laubgeraschel aufkam und ein leises Scheppern ertönte.

»Assistentin Temple!«, zischte Daisy. »Hast du etwa die Taschenlampen fallen lassen?«

»Sind nicht tief gefallen!«, grummelte Lavinia. »Und die müssen so scheppern.«

»Ganz sicher nicht!«, sagte Daisy. »Gut festhalten, das *muss* man sie.«

»Warum hast du sie dann ausgerechnet mir gegeben?«, fragte Lavinia.

»Psst!«, wisperte Küken nervös. »Die Hausmutter!«

»Die hat zu tun«, sagte Daisy. »Sie und die Aufsichtsschülerinnen sind damit beschäftigt, die Shrimps in den Griff zu bekommen. Auf Betsy North ist Verlass, was?«

Die jüngeren Jahrgänge hatten zu gerne eingewilligt, als Daisy sie bat, uns zu helfen. Die Devise lautete inzwischen: wir gegen die Großen. Die Hälfte der Shrimps glaubte wie wir, dass man Binny entführt hatte. Daisy hatte keine Probleme gehabt, sie davon zu überzeugen, dass eine der Fünf dafür verantwortlich war und wir ihre Hilfe brauchten, um die Kleine zurückzuholen. Trotzdem machte ich mir Sorgen. Wir bauten darauf, dass Una zu beschäftigt war, um unser Verschwinden zu bemerken. Aber was, wenn wir uns täuschten? Oder wenn Enid und Lettice auffiel, dass wir weg waren, und es Una sagten? Was, wenn sie eins und eins zusammenzählte und nach uns suchte? Das Gemeine an den Großen ist, dass sie sich fast genau wie Erwachsene durch die Welt bewegen können. Gongs und Schlafenszeiten schränken sie kaum ein – sie befinden sich auf dem Weg in die Freiheit und das bedeutet, dass Una mit Leichtigkeit einen Grund erfinden könnte, um gegen acht Uhr abends noch einmal zur Schule zu laufen, während wir heimlich, still und leise vorgehen mussten, was doppelt so lange dauerte.

Ich ritzte mir die Finger schmerzhaft an einer Schraube im Rohr. Ein »Au!« rutschte mir heraus.

Ich war ganz leise, trotzdem hörte Daisy es natürlich.

»Oh, Hazel!«, schimpfte sie. »Spionagearbeit liegt dir einfach nicht, oder?«

»Ich wüsste auch nicht, warum!«, wisperte ich beleidigt zurück. »Ich bin Detektivin, keine Geheimagentin!«

»Heutzutage müssen Ermittler manchmal beides sein«, sagte Daisy. Da war mir klar, dass sie mal wieder Krimis gelesen hatte. Ich schnitt eine Grimasse.

»Zieh nicht so ein Gesicht, Watson«, sagte Daisy. »Es steht dir nicht.«

»Du weißt doch gar nicht, was ich gemacht habe!«, sagte ich und wurde rot.

»Ich weiß immer, was du machst«, sagte Daisy. »Das wird sich niemals ändern. Und jetzt hör auf, rot zu werden, und *klettere*!«

Ich kämpfte mich weiter, alles tat mir weh und ich hatte Angst, aber tief in mir drin strahlte ich vor Freude. Daisy und ich waren zusammen einem Rätsel auf der Spur. Daisy konnte schrecklich nervig sein, aber sie war meine beste Freundin.

Und wir waren der Wahrheit furchtbar dicht auf den Fersen. Wir wussten, wer und warum, auch wann und wie. Nun mussten wir nur noch Binny finden. Ich spürte Erde unter den Füßen. Keuchend ließ ich los und fiel zu Boden.

»Ausgezeichnet!«, sagte Daisy und leuchtete mit ihrer Taschenlampe in die Gruppe: Lavinia, mit Zweigen im Haar und Schlamm am Rock; Kitty, die sich angewidert Rostspäne von den Händen klopfte; Küken, die ihre Augen aufriss und in ihrem dünnen Schulpullover fror; und ich. Ich wusste, ich hatte noch immer einen roten Kopf vom Klettern und eine meiner Socken war eingerissen. Daisy hingegen war ordentlich und perfekt. »Na gut, Detektei, ihr wisst, was ihr zu tun habt. Unsere Mission lautet: Entert die Schule und befreit Binny Freebody!«

»Ohne, dass der Mörder uns findet«, ergänzte Lavinia.

»Ohhhh!«, wimmerte Küken. »Aber … Una würde uns doch nichts tun, oder?«

Daisy rollte mit den Augen und sah zu Kitty. Kittys Miene war verbissen und ausnahmsweise zog sie Küken nicht auf. In diesem Moment war mir klar, wie schrecklich viel ihr das alles bedeutete. Anders als für Daisy und mich ging es ihr nicht nur um eine Ermittlungsmission. Es ging um ihre Familie. Wenn alles schieflief oder wir zu spät kamen, wäre ihr Leben nie wieder so wie früher. Kitty sah aus, als wäre ihr das bewusst, als sähe sie sich mit zwei völlig verschiedenen Versionen ihrer Zukunft konfrontiert.

»Nicht, wenn wir es nicht zulassen«, sagte Daisy. »Und genau deshalb müssen wir leise und schnell vorgehen und dürfen nichts dem Zufall überlassen. Verstanden?«

»Aber was genau machen wir, wenn wir auf Una stoßen?«, wollte Lavinia laut wissen.

»Schreien«, antwortete Daisy. »Sie schlagen. Himmel, Assistentin Temple, lass dir was einfallen! Und überhaupt: Sie ist hinter uns im Wohnheim. Wir haben nichts zu befürchten, solange wir *jetzt* aufbrechen.«

Ich hatte da meine Zweifel, trotzdem sah auch ich ein, dass es absolut wichtig war, sich zu beeilen. Ich umklammerte meine Taschenlampe und gemeinsam machten wir uns auf den dunklen Weg hinunter zur Schule.

2

Wind pfiff um uns herum und sämtliche Bäume raschelten. Die Härchen in meinem Nacken und auf meinen Armen stellten sich auf. Meine Hände fühlten sich kalt und klamm an. Wir liefen, ohne die Taschenlampe einzuschalten – noch konnten wir ihr Licht nicht riskieren –, daher hatte ich das Gefühl, als hätte die Dunkelheit uns verschlungen, als wären wir darin verloren. Ich hörte unseren Atem, die Geräusche beim Laufen und gelegentlich Kükens leises Wimmern. Sie flüsterte leise vor sich hin, bis ich irgendwann verstand, was: »Ich bin tapfer, ich bin tapfer, ich bin tapfer.«

Ich wünschte, dasselbe von mir behaupten zu können.

Stolpernd und staksend erreichten wir endlich den Eingang zum Altbau.

Daisy trat an die kleine Seitentür und drückte genau an der richtigen Stelle sehr vorsichtig mit der Hüfte dagegen. Ganz leicht schwang sie auf. Küken klatschte.

»Psst!«, tadelte Daisy sie. »Nicht vergessen: Wir sind Spione! Los, gehen wir rein!«

Wie immer kam es ihr über die Lippen, als wäre auf der ganzen Welt nichts selbstverständlicher. Manchmal frage ich mich, ob Daisy weiß, wie außergewöhnlich sie selbst und wie unnormal ihr Leben ist – und komme zu dem Schluss, dass es ihr nicht bewusst ist. Sie hält nie inne, um darüber nachzudenken. Sie ist einfach wie sie ist.

Wir schlichen uns rein und stiegen über einen Stapel Werkzeuge und Rohrstücke, die von irgendeiner Reparaturarbeit liegen geblieben waren. Ohne Jones war die Deepdean nicht mehr so ordentlich wie früher. Der Altbau erstreckte sich über und um uns herum, sehr hoch und finster. Unter den Deckenbalken lungerten Schatten, der Holzboden hallte unter unseren ersten eiligen Schritten laut wider – bis wir unseren Weg wesentlich langsamer und leiser fortsetzten und verstohlen atmeten, während wir einen Fuß vor den anderen setzten. Als Daisy ihre Taschenlampe anknipste, tanzte der Lichtkegel vor uns durch den Raum, machte ihn blendend hell und die Schatten sanfter.

»Wohin gehen wir?«, fragte Küken leise.

»In die Aula«, antwortete Daisy, während sie uns vorbei an der Garderobe des Altbaus in den Bibliotheksflur führte.

Ich wusste natürlich, wohin wir gingen. Der Tunnel war wirklich der einzige Ort im ganzen Internat, an dem man jemanden verstecken konnte. Wie ich in einem früheren Fallbuch erklärt habe, gibt es zwischen der Aula und dem Altbau einen unterirdischen Gang. Vor langer Zeit, als der Bibliotheksflur erbaut wurde, hat man ihn zugemauert. Die kleine Tür, die von der Aula aus hineinführt, ist abgesperrt, kam allerdings schon einmal zum Einsatz, als Miss Bell ermordet wurde, und nun schien es sehr wahrscheinlich, dass sie erneut benutzt wurde.

So liefen wir also durch den Bibliotheksflur, vorbei am Aufenthaltsraum der Lehrerinnen, der Bibliothek selbst und dem Büro des Pastors, bis wir am Ende rechts abbogen. Mein Herz setzte einen Schlag aus. Ich hatte ein gruseliges Déjàvu, als wären wir wieder im letzten Jahr, als Daisy und ich auf der Jagd nach Miss Bells Leiche waren.

Doch diesmal waren wir zu fünft und suchten nicht nach einer Toten, sondern einem lebendigen Mädchen. Das hofften wir zumindest.

Auf Zehenspitzen trippelten wir durch die Aula, wobei das Licht der Taschenlampen auf das Gerümpel aus alten Tischen und Stühlen fiel.

»Oh«, sagte Kitty plötzlich. »Binny! Binny!« Mit einem Mal rannte sie durch den Saal.

»Himmel!«, murmelte Daisy leise. »Komm zurück! Leise!« Und sie wetzte hinter Kitty her – was ein ziemliches Durcheinander auslöste: Küken fetzte Kitty und Daisy hinterher, ich jagte Küken und Lavinia polterte unter lautem Fluchen hinterher.

Wir veranstalteten einen Höllenlärm, aber ich redete mir ein, dass es keine Rolle spielte. Diesmal war niemand hier, der uns hören könnte – nicht wie letztes Jahr.

Wir liefen fast bis zur Turnhalle am hinteren Ende, als Daisy anhielt und sich scharf nach rechts zur Tür in den Tunnel wandte.

»Abgesperrt«, stellte Lavinia fest. »Hier hängt ein Schloss. Da kommen wir nie rein.«

»Pah!«, entgegnete Daisy. »Verstehst du denn gar nichts von Spionage? Die besten Spione knacken jedes Schloss der Welt, und *ich* habe geübt.« Sie griff sich ins Haar und zog eine Nadel heraus, die sie in die Schlossöffnung schob. Wir hielten den Atem an, dann ertönte ein Klicken. Das Schloss sprang auf.

»Una muss es geölt haben«, meinte Daisy. »Mit dieser kleinen Flasche, wisst ihr noch? Und der Haarnadel.«

Mir fiel ein, was wir in Unas Schultasche gefunden hatten: die Haarnadel, genau wie diejenige, mit der Daisy gerade das Schloss geknackt hatte, und das Fläschchen mit der Flüssigkeit, die wie Tinte aussah, obwohl Una keinen Füller hatte. Es muss Öl gewesen sein, um das Schloss zu ölen. Alles ergab Sinn.

»Und jetzt«, fuhr Daisy fort wie ein Zirkusdirektor, »gehen wir hinein und sehen, was wir entdecken.«

3

Kitty schob sich an ihr vorbei und trat in die Dunkelheit. »Binny!«, rief sie. »Binny! Wo bist du?!«

Eine Weile herrschte Stille. Ich hielt vor Verzweiflung den Atem an, dann ertönte eine Stimme: »Kitty? Was um alle Welt machst du denn hier? Was ist los?«

»Binny!«, kreischte Kitty, als ihre Schwester in den Schein der Taschenlampe trat, völlig verschmutzt und mit Spinnweben in den Haaren, doch anscheinend unverletzt. Kitty sprang auf sie zu und schlang die Arme um sie, sodass der Schmutz auf Binnys Kragen und Wange abfärbte. »Du Kamel!«, rief Kitty, wich zurück und wischte sich übers Gesicht. »Du *starrst* vor Dreck! Schau dir das an, das bekomme ich nie wieder raus!«

Im Lampenlicht glitzerte etwas, knapp unterhalb von Kittys Auge und auf ihrer Hand, doch ich behielt es für mich. Kitty hätte es mir nie verziehen. »Was ist passiert? Warum bist du … warum … oh, *Binny*!«, rief Kitty. »Das ist mal wieder typisch!«

»Typisch!«, wiederholte Binny abfällig. »Oh, mach dir bitte keine Sorgen. Mir geht's gut, ich langweile mich nur zu Tode. Und ich hab Hunger. Ihr habt nicht zufällig ein Milchbrötchen für mich, oder?«

»Aber was hat Una dir angetan?«, fragte ich. Warum war Binny so unbeschadet und unbekümmert? Wir waren gekommen, um sie aus den Klauen ihrer Entführerin zu retten. Wieso freute sie sich darüber nicht ein bisschen mehr?

»Hat mich eingesperrt, das Biest«, beklagte Binny sich. »Nach der Schule hat sie mich zur Seite genommen und gesagt, sie wüsste, dass ich die Geheimnisse verteilen würde. Dann hat sie mich hierhergeschleift.«

»Oh!«, quietschte Küken.

»Oh, Binny!«, sagte Kitty.

»Aber warum hat sie dich nicht umgebracht?«, fragte Daisy. Küken riss entsetzt den Mund auf und Kitty riss Binny erneut an sich. »Was denn?«, meinte Daisy. »Das ist eine vollkommen vernünftige Frage. Warum bist du nicht tot?«

»Warum sollte ich denn?«, fragte Binny verdattert. »Jetzt sagt endlich, habt ihr was zu essen? Ein Keks würde schon reichen.«

Lavinia kramte in ihrer Tasche und holte ein ziemlich luftiges Stück Schokolade heraus. »Hier, kannst du haben«, sagte sie grummelig.

»Weil Una die Mörderin ist!«, sagte ich.

»Was?«, fragte Binny, den Mund voller Schokolade. »Nein, sie hat mich hier nur eingesperrt, weil sie Angst hatte, die Mörderin würde mich kriegen, wenn sie mich nicht versteckt. Sie hat auch so getan, als würde sie den Tunnel absuchen, damit die Polizei mich nicht findet. *Una* hat niemanden umgebracht. Was redest du da?«

In diesem Moment krachte die Tür hinter uns ins Schloss.

4

Küken schrie auf. Kitty schlang schützend die Arme um Binny, während sie ihre Taschenlampe in hektischen Kreisen über die Tunnelwand blitzen ließ, bis sie damit eine graue Deepdean-Uniform und die Krawatte einer Aufsichtsschülerin erhellte. Mein Herz donnerte und meine Hände waren zu Fäusten geballt. Mir war schwindelig. Das Licht der Lampe ließ mich Punkte sehen. Dann fuhr Daisys Taschenlampe hoch. Sie kennt keine Furcht, wie die Personifikation von Rudyard Kiplings Gedicht *If* über die Gelassenheit behält sie die Ruhe, wenn andere den Kopf verlieren – und sie strahlte, nein, nicht Una, sondern *Enid* an. Ihr Gesichtsausdruck war gefasst und entschlossen, in der Hand hielt sie eins der Rohre, die im Altbau herumgelegen hatten.

»Hab ich dich also gefunden«, sagte Enid zu Binny.

Ich schnappte nach Luft und öffnete die Fäuste. Wenn Una nicht die Täterin war, auch nicht Florence, wenn Lettice und Margaret es nicht sein konnten, dann … war es doch Enid.

Nur konnte Enid es nicht getan haben! Wir hatten sie ausgeschlossen. Sie hätte nicht genug Zeit gehabt, außerdem war sie zu schwach, um alles zu tragen und Elizabeth niederzuschlagen. Mit Sicherheit! Und doch war sie hier.

Mein Herz schlug schneller und flatterte heftig. In allen Fällen, in denen Daisy und ich ermittelt haben, gab es grässliche Momente, Augenblicke, in denen ich Angst um uns hatte, doch in diesem Moment, war mir klar, dass ich bisher noch nie wirklich um mein Leben gefürchtet hatte. Enid hatte uns in die Ecke gedrängt und sie hatte eine Waffe. Jeder Nerv in meinem Körper lag blank und jeder Knochen war wie Wasser. Doch Daisy senkte die Lampe nicht. Wie ein Schild hielt sie sie auf Enid gerichtet, während ihre freie Hand meine streifte. Ich griff danach, nach meiner Rettungsweste. Sie zitterte.

»Hast du Elizabeth umgebracht?«, fragte Daisy, deren Stimme nichts von ihrem Inneren preisgab.

Enid blinzelte. »Das werde ich euch bestimmt nicht verraten. Ich bin kein Trottel.« Sie ließ die Rohrstange durch ihre Finger gleiten.

»Du warst es, stimmt's?«, sagte Daisy. »Du hattest Riesenangst, dass Elizabeth dein Geheimnis ausplaudern würde. Du hast das Feuer zu Beginn des Abends geschürt und dabei den Rechen am Pavillon lehnen sehen – genau wie den Hockeyschläger, der daneben lag. Er war die perfekte Waffe und der Rechen das perfekte Ablenkungsmanöver. Dir war klar, dass du Elizabeth mit dem Schläger töten, ihn im Feuer verbrennen und den Rechen neben ihr platzieren konntest, damit jeder es für einen Unfall halten würde. Du – oh! – du hast dich ums Feuer gekümmert, als die ersten Raketen gezündet wurden, dafür hast du gesorgt. Bei deinem letzten Gang hast du zusammen mit einigen Scheiten Holz den Rechen und den Schläger geholt, bist damit hinter Elizabeth getreten und hast sie niedergeschlagen. Den Rechen hast du neben sie gelegt, dann das Skandalbuch aus ihrer Tasche gezogen und bist danach zum Feuer, um Buch und Schläger zu verbrennen. Doch das Buch hast du verloren, und in der Dunkelheit konntest du es nicht wiederfinden, und dann ist der Schläger nicht richtig verbrannt, weil Lettice das Feuer niederbrennen ließ.«

Enid wurde unruhig. Ich verstand, dass es absolut wichtig war, weiterzureden, ihr keinen Augenblick Stille zu gönnen, damit sie keine Zeit fand, sich zu sammeln und ihren nächsten Schritt zu entscheiden.

»Hast du so das Buch gefunden?«, fragte ich Binny.

»Ich bin draufgetreten«, berichtete Binny, »kurz nach dem Feuerwerk. Als ich auf den Boden geguckt habe, lag es da. Ich hab es aufgehoben und kurz reingelesen, da ist mir klar geworden, was das für Zündstoff ist. Junge, das war die Wucht, all diese Geheimnisse zu verbreiten und die Großen auch mal schlottern zu sehen!«

»Du kleines Biest«, sagte Kitty schwach. Sie hatte begriffen, dass ich Zeit schinden wollte. Enid war vielleicht nicht groß, aber sie war älter und hatte eine Waffe, während wir alle wehrlos waren. Und wenn sie Elizabeth getötet hatte, musste sie kräftiger sein als sie vorgab.

»Wusstest du, dass Binny hinter den Zetteln mit den Geheimnissen steckte?«, fragte ich Enid. »Also schon vorher?«

»Ich hatte so eine Ahnung«, platzte Enid plötzlich heraus. »Ich dachte mir, dass es eine aus der Neunten ist. Deshalb bin ich am Donnerstag ins Wohnheim, um ihren Schlafsaal zu durchsuchen. Aber das Buch war einfach nicht zu finden – dann ist Binny verschwunden.«

Mir fiel ein, dass ich Enid im Hauptgang getroffen hatte, und fröstelte. Wir waren so dicht dran gewesen, ohne es zu wissen!

»Wie hast du es geschafft, Elizabeth niederzuschlagen?«, wollte ich wissen, jetzt wo wir Enid einmal zum Reden gebracht hatten, wollte ich sie in die Falle locken. »Mit dem Rechen und dem Holz in den Händen – wie hast du da genug Kraft haben können?«

Und tatsächlich erklärte sie spöttisch: »Indem ich sie vorher weggelegt habe, natürlich. Ich habe mit beiden Händen zugehauen. Außerdem bin ich stärker als ich aussehe. Als ich behauptet habe, ich wäre schwach, hast du mir geglaubt, nicht? So wie jeder.«

In mir prickelte es, wir hatten ihr Geständnis. Daisy drückte meine Hand.

»Und du weißt, warum Enid es getan hat, oder, Binny?«, fragte ich. »Schließlich hattest du das Buch. Sie hat bei den Prüfungen betrogen, damit sie es nach Oxford schafft.«

»Das stimmt nicht!«, fuhr Enid mich bissig an. Da wurde mir klar, dass ich das Falsche gesagt hatte. Mein Magen zog sich zusammen. »Das könnt ihr nicht beweisen!«

»Was meinst du damit?«, fragte mich Binny. »Davon steht nichts im Buch. Von den Aufsichtsschülerinnen ist kein einziges Geheimnis dabei. Das war echt eine Enttäuschung! Dabei hätte ich diese zu gerne verteilt, ihre zuallererst. Wisst ihr, ich glaube, Una dachte auch, dass ich ihr Geheimnis ans Licht bringen würde. Aber ich habe ihr schon erzählt, dass ich es nicht habe. Wahrscheinlich hat Elizabeth die der Fünf nur in ihrem Kopf aufbewahrt.«

Also hatte Elizabeth, trotz all ihrer Fehler, die Geheimnisse ihrer Kameradinnen auf ihre eigene seltsame Art doch bewahrt. Vielleicht hatte sie vorgehabt, Miss Barnard davon zu erzählen, doch aufgeschrieben hatte sie nichts davon. Kurz mochte ich sie dafür sogar.

Dann allerdings schaute ich Enid ins Gesicht. Sie war absolut entsetzt, wütend, verwirrt – und dann erregt. Ich konnte ihre Gedanken beinahe hören. Wenn das Geheimnis nicht auf Papier gebannt war, dann wussten nur wir Bescheid. Und das hieß, dass wir in schrecklicher Gefahr waren.

Sie trat auf uns zu. »Ihr kleinen Biester!«, sagte sie. »Ich habe so schwer gebüffelt. Meine Eltern wüssten nicht, was sie machen sollen, wenn ich nicht aufgenommen werde. Sie pauken schon seit Jahren mit mir. Ich bin ihre große Hoffnung. Sie haben gespart und gespart und meine kleine Schwester extra nicht auf eine gute Schule geschickt, damit ich größere Chancen hatte. Und Elizabeth wollte das alles ruinieren. Das konnte ich nicht zulassen, genauso wenig wie jetzt!«

»Warte!«, sagte Daisy schnell. »Sei nicht dumm.«

»Ich glaube, ich bin absolut vernünftig«, keifte Enid und holte aus.

Mit einem Schrei zischte etwas an mir vorbei.

»NEIN!«, kreischte Küken, und noch bevor eine von uns sie aufhalten konnte, noch bevor eine von uns überhaupt begriff, was sie vorhatte, hatte sie sich auf Enid gestürzt. »MEINEN FREUNDEN TUST DU NICHTS!«, brüllte sie. Dann sauste Enids Hand nach unten.

Auch ich schrie, genau wie Kitty. Lavinia brüllte. Daisy ließ die Taschenlampe fallen und ein lauter Knall ertönte. Ich konnte nicht sehen, was vor sich ging – alles war das reinste Chaos und mir pochte der Schädel. Was sollten wir nur tun, wenn Küken verletzt war? Jemand schrie, eine andere schluchzte, dann wurde es schlagartig hell. Der lange Strahl einer Taschenlampe schwang umher und fiel in unsere Gesichter. Enid war fort – nein, sie lag am Boden und jemand kniete auf ihr, drückte ihr die Arme auf den Rücken. Den Mantel kannte ich, auch den Hut. Es war der Inspektor.

»Keine Bewegung!«, befahl er Enid. »Es reicht! Aufhören, sofort!«

Doch wenn der Inspektor hier war, wer hielt dann die Taschenlampe? Und woher hatte er überhaupt gewusst, dass wir Hilfe brauchten? Wie konnte er uns retten?

Der Lampenschein senkte sich, sodass wir endlich sahen, wer sich auf der anderen Seite befand. Es waren Miss Barnard und neben ihr eine kleine Gestalt, die ich zu gut kannte.

»Hallo«, sagte Binnys Freundin Martha schüchtern. »Hab euch gefunden!«

5

»Küken!«, rief Kitty. Küken lag ebenfalls am Boden, zu einer kleinen Kugel zusammengekrümmt. Mein Herz machte einen Satz, als Kitty zu ihr eilte. Als sie unsere kleine Freundin umdrehte, wurde mir erneut schwindlig. Kalkweiß lag Küken reglos in Kittys Armen.

Kitty schüttelte sie. Ein endloser, grauenhafter Augenblick verging. Dann stieß Küken ein leises Seufzen aus und blinzelte.

»Oh«, sagte sie. »*Oh*. Was ist passiert?«

»Du bist nicht tot, Küks?« Kitty schluckte.

»Natürlich nicht!«, sagte Küken. »*Autsch*. Mein Kopf tut weh. Warum weinst du?«

Wir scharten uns um sie und einen Herzschlag lang war alles andere vergessen.

»Mädchen!«, sagte Miss Barnard streng. »Passt auf! Bedrängt sie nicht so!«

»Mir geht's gut«, wehrte Küken ab. »Nur … nur der Kopf tut mir weh.«

Der Inspektor hatte Enid fest im Griff. Er legte ihr Handschellen an und drückte sie gegen die Tunnelwand. Nachdem er einen Blick mit Miss Barnard gewechselt hatte, wandte sie sich an uns. »Miss Martineau könnte eine Gehirnerschütterung haben. Miss Freebody – alle beide –, Sie begleiten sie sofort ins Sanatorium. Sagen Sie Mrs Minn, dass ich Sie schicke. Gute Güte, Binny Freebody, ist Ihnen klar, dass die ganze Schule und sogar die Polizei nach Ihnen gesucht hat?«

Binny grinste.

»Una hat sie zu ihrem eigenen Schutz eingesperrt«, erklärte ich. »Sie konnte nicht raus!« Ich konnte kaum fassen, dass ich Binny verteidigte, andererseits konnte ich kaum irgendetwas von dem, was eben geschehen war, begreifen.

»Sie alle haben sich höchst schockierend verhalten«, sagte Miss Barnard. »Morgen werde ich darüber ein Wörtchen mit Ihnen wechseln. Miss Freebody, nehmen Sie Ihre Schwester und Miss Martineau und *gehen* Sie! Alle anderen, Sie können sie begleiten. Ich will, dass Sie diesen Ort auf der Stelle verlassen.«

»Wir nicht!«, protestierte Daisy. »Hazel und ich müssen mit dem Inspektor sprechen!«

»Auf keinen Fall«, fuhr Miss Barnard sie an.

»Miss Barnard«, sagte der Inspektor, »könnten die beiden kurz bleiben? Ich würde mich gerne mit ihnen unterhalten.«

Miss Barnard zog ein finsteres Gesicht. »Inspektor!«, protestierte sie unglücklich.

»Sie haben mir schon früher behilflich sein können«, erklärte Inspektor Priestley. »Ich habe gute Gründe, anzunehmen, dass sie es auch diesmal sind.«

Miss Barnard hielt inne, dann seufzte sie. »Na gut, von mir aus.« Lavinia reckte hoffnungsvoll den Hals. »Sie nicht, Miss Temple! Ins Sanatorium, sofort!«

Lavinia brachte Binny, Kitty, Martha und Küken aus dem Tunnel. Obwohl ich wusste, dass sie sich ärgerte, nicht bei uns bleiben zu dürfen, hatte ich sie noch nie so stolz erlebt. Vielleicht gefiel ihr das Ermitteln inzwischen doch.

Sobald die anderen fort waren, führte der Inspektor mich, Daisy, Enid und Miss Barnard ebenfalls aus dem Tunnel in die verlassene Aula. Ich schaute auf die vielen Sitzreihen, die schummrige Gewölbedecke weit über uns und die Holztäfelungen mit den angedeuteten Gemälden von riesenhaften Frauen, die auf uns herabstierten, als wären sie von uns enttäuscht. Als der Inspektor zu reden anfing, hallte es im ganzen Raum wider.

»Also«, sagte er, während Miss Barnard zuschaute. »Ich bitte um eine Erklärung, Mädchen.«

6

Eilig erklärte Daisy unseren Fall und ich ergänzte all die Details, die sie vergaß (zum Ende eines Falls wird Daisy immer so aufgeregt, dass sie nicht mehr so ganz systematisch vorgeht). Wir erklärten, warum Elizabeths Tod eigentlich Mord war – kein Unfall; wie Enid sie mit dem Hockeyschläger erschlagen und dann den Rechen platziert hatte, um auf eine falsche Fährte zu locken. Später hatte sie versucht, die Tatwaffe zu vernichten, und als der Schläger dann doch gefunden wurde, wollte sie ihre Spuren verwischen, indem sie Margarets Geheimnis aufschrieb und Florences Namen darunter setzte. Die Miene des Inspektors wurde immer ernster, während Miss Barnard verdutzt und entsetzt den Mund aufriss. Sie konnte die Augen nicht von Enid lassen.

Ich dagegen bemühte mich, sie nicht anzusehen. Enid hatte aufgehört, sich zu wehren, und saß nun völlig still auf einem Stuhl, starrte uns aber voller Verzweiflung an, was mein Herz ins Stocken brachte. So ist das immer: Zu wissen, wer der Mörder ist, macht aus ihm keinen anderen Menschen. Aber was er getan hat, legt sich irgendwie über das, was ihn als Person ausmacht, und verwandelt ihn in etwas Grauenhaftes. Ich hatte mich geirrt. Ich war kein bisschen wie Enid. Vielleicht bin ich keine Heldin, aber ich würde ganz bestimmt niemals meine Freunde verletzen, nicht absichtlich. Mir ist vieles wichtiger, als gut in der Schule zu sein.

Ich stellte mir den Moment vor: Enid, die den Hockeyschläger mit beiden Händen in die Höhe reckte und dann mit Gewalt auf Elizabeths Kopf knallen ließ. Sie musste schrecklich große Angst gehabt haben, um so etwas zu planen und dann auch noch auszuführen. Gewissermaßen hatte sie nichts anderes getan als Elizabeth: jemanden in eine Falle gelockt, aus der er nicht entkommen konnte. Schlimm, dass Enid keinen anderen Ausweg mehr gesehen hatte. Und jetzt würde ihr Geheimnis so oder so herauskommen.

»Elizabeth wollte allen sagen, dass sie eine Betrügerin ist«, erklärte ich dem Inspektor. »Sie hätte nicht zur Universität gehen können, obwohl ihre Eltern dafür alles getan haben.«

Daisy schnaubte abfällig. »Das stelle man sich mal vor! Einen Mord zu begehen – *dafür*!«

»Es war nicht nur das!«, rief Enid plötzlich. »Es war … es war einfach alles. Ich *muss* aufgenommen werden, versteht ihr das nicht? Daddy hätte mir nie vergeben. Mein Leben wäre rein gar nichts mehr wert gewesen.«

»Tja«, sagte der Inspektor. »Nun wird es ganz sicherlich nichts mehr wert sein.«

Wieder fühlte ich mich grauenhaft.

»In diesem Fall«, sagte Inspektor Priestley und lächelte uns breit an, »bin ich zugegeben außerordentlich froh, dass Sie heldenhaft entschieden haben, mitten in der Nacht in die Schule einzubrechen. Sie haben eine Vermisste gefunden und einen Mord aufgedeckt. Wie immer muss ich Ihnen gratulieren, obwohl ich Sie – gleichfalls wie immer – darauf hinweisen muss, dass Sie schrecklich leichtsinnig gehandelt haben.«

»*Schrecklich* leichtsinnig!«, wiederholte Miss Barnard. »Warum haben Sie keinem gesagt, wohin Sie gingen?«

»Wir haben es den Shrimps erzählt!«, sagte Daisy. »Verstehen Sie? Deshalb haben Sie ja auch davon erfahren.«

»Um ein Haar hätten wir das nicht«, sagte der Inspektor. »Ich habe rein zufällig im Wohnheim vorbeigeschaut, um mit der Hausmutter zu reden. Dort hat mich Miss Grey angesprochen, die unbedingt mit mir reden wollte. Sie hat mir erzählt, dass Sie aus dem Wohnheim ausgebrochen waren, wo Sie hin wollten und dass sie beobachtet hatte, wie Enid Ihnen folgte. Ich habe sofort Miss Barnard angerufen und bin anschließend selbst hergeeilt, um Sie zu suchen. Sie sollten Miss Grey gratulieren. Ich glaube, sie hat das Rätsel noch vor allen anderen gelöst.«

»Ha!«, machte Daisy. »Machen Sie sich nicht lächerlich. Wir wussten genau, was passiert war.«

»Ach ja?«, sagte der Inspektor zweifelnd. »Laut Miss Grey waren Sie davon überzeugt, Una Dichmann wäre die Schuldige. Miss Grey war allerdings sehr besorgt, weil sie sich nicht erklären konnte, warum dann ausgerechnet Enid Gaines Ihnen nachgeschlichen war.«

»Sie hatte einfach Glück beim Raten«, meinte Daisy leichthin. »Außerdem hatten wir alles unter Kontrolle. Auch wenn Sie nicht aufgetaucht wären, hätten wir gesiegt.«

»Daisy!«, sagte ich. »Das stimmt nicht!«

»Aber so gut wie!«, entgegnete Daisy. »Jedenfalls haben wir den Fall aufgeklärt.«

»Miss Martineau wurde sehr schwer verletzt«, sagte Miss Barnard streng.

»Auf die idiotischen Dinge, die meine Assistenten anstellen, habe ich keinen Einfluss!«, sagte Daisy gereizt. »Ich habe sie nicht gebeten, sich so auf Enid zu stürzen.«

»Vermutlich wollte sie Ihnen helfen«, sagte Miss Barnard.

»Sie wollte tapfer sein«, sagte ich. »Wird sie wieder gesund?«

»Da bin ich sicher«, antwortete Inspektor Priestley. »Aus Erfahrung würde ich sagen, dass sie im schlimmsten Fall eine sehr leichte Gehirnerschütterung hat. Der Hieb ist an ihr abgeglitten, es war kein direkter Treffer. Schwester Minn wird sich um sie kümmern.«

»Und stellen Sie Jones nun wieder ein?«, fragte Daisy Miss Barnard. »Er ist unschuldig! Es war Mord, kein Unfall, also kann er gar nichts dafür.«

Miss Barnard seufzte. »Das werde ich. Und ich werde mich in aller Form bei ihm entschuldigen. Wenn Sie nun soweit wären, müssen Sie zurück ins Wohnheim, wenn ich bitten darf. Ich glaube, Ihre Hausmutter vermisst Sie bereits.«

»Und was wird aus mir?«, fragte Enid und klang dabei sehr ängstlich.

»Sie begleiten mich aufs Revier«, antwortete Inspektor Priestley traurig. »Dort wartet einige Arbeit auf uns, unter anderem müssen wir einen Prozess vorbereiten. Nachdem Sie gestanden haben, sollte es nicht allzu schwierig werden.«

Enid schluckte hörbar. »Es tut mir leid«, sagte sie leise. »Ich musste es tun.«

»Da wäre ich mir nicht so sicher«, entgegnete der Inspektor. »Obwohl der Richter und die Jury natürlich anderer Ansicht sein könnten. Nun denn«, er drehte sich zu uns um. »Sie waren als Detektivinnen höchst erfolgreich. Es tut mir leid, je an Ihnen gezweifelt zu haben. Aber nun ist es an der Zeit für Sie, wieder normale Schulmädchen zu sein. Betrachten Sie es einfach als aufwendigen Deckmantel. Einverstanden?«

Daisy nickte. Sie wandte sich mir zu und grinste. »In Ordnung, Hazel?«, fragte sie. »Gehen wir und tun so, als wären wir normaler Durchschnitt.«

7

Unsere Hausmutter war natürlich außer sich und konnte nicht verstehen, was wir unten in der Schule zu suchen gehabt hatten – »... noch dazu in dem schmutzigen Tunnel!«, rief sie. Wir fingen uns beide eine recht ordentliche Ohrfeige ein und wurden sofort auf unser Zimmer geschickt. Aber ich vermute, der Inspektor und Miss Barnard haben anschließend mit ihr gesprochen, denn am nächsten Tag bekamen wir zum Abendessen eine Extraportion Nachtisch und ganz unerwartet umarmte uns die Hausmutter fest.

Am Nachmittag besuchten wir Küken im Sanatorium. Kitty saß schon an ihrem Bett, genau wie Binny, Lavinia und Martha. »Mir geht's gut«, sagte Küken und blinzelte uns unter einer großen weißen Bandage entgegen, die man ihr um den Kopf gewickelt hatte.

»Sie hat einen üblen blauen Fleck«, sagte Binny schadenfroh. »Einfach herrlich. Ich hab nur Kratzer aus dem Tunnel, total langweilig. Das war eine ganz schön öde Entführung, ehrlich. Una hat mich mit Essen und Trinken versorgt, ich hatte sogar eine Decke, auf der ich schlafen konnte. Es war wie Zelten!«

Ich erinnerte mich an den Apfel in Unas Ranzen. Sie hatte sich wirklich um Binny kümmern wollen.

»Du Ekelpaket! Küken wäre fast gestorben!«, keifte Kitty, die sich schon wieder über ihre Schwester ärgern konnte, nachdem die nun in Sicherheit war.

»Gar nicht!«, widersprach Küken.

»Was hast du dir eigentlich dabei gedacht?«, wollte Daisy wissen.

»Nichts«, antwortete Küken und ließ beschämt den Kopf hängen. »Es tut mir leid, Daisy. Ich wollte nur … ich wollte nicht, dass eine von euch verletzt wird. Ihr seid meine Freunde und ich könnte es nicht ertragen, wenn einer von euch was passiert.«

»*Küks!*«, sagte Kitty und schlang die Arme um sie. Daisy grinste mich an, dann warfen wir uns über Kitty. Lavinia folgte ebenfalls, sodass Küken unter uns allen begraben war und quietschte. Da wusste ich, dass wir nie wie die Fünf sein würden, um nichts in der Welt. Wir waren wahre Freunde, und was auch geschah, wir würden uns niemals gegeneinander wenden.

Enid wurde aufs Polizeirevier gebracht und von dort nach London. Natürlich wusste Montagmorgen bereits die ganze Schule Bescheid. »Enid hat Elizabeth getötet!«, wurde in sämtlichen Fluren und Räumen getuschelt. Jemand erzählte sogar leise Horrorgeschichten vom exakten Ablauf, die sowohl harmloser als auch schlimmer als die Wahrheit waren. Miss Barnard wartete angespannt darauf, dass die Mütter und Väter sich auf sie stürzen würden. Und einige Mädchen wurden in dieser Woche tatsächlich von der Schule genommen. Die Deepdean schien erneut ein gefährliches Pflaster zu sein, sogar ein noch schlimmeres, weil die Mädchen sich nun schon gegenseitig umbrachten, doch dass Enid bereits gefasst war, war unsere Rettung, glaube ich. Die Gefahr war gebannt, noch bevor sie bekannt wurde, daher lag sie in der Vergangenheit, nicht in der Gegenwart und wir wurden nicht von der Schule genommen.

Eine Woche später war Jones ohne große Umschweife zurück. Eines Tages harkte er einfach wieder die Winterbeete. Er hob grüßend die Hand und lächelte Daisy schief zu, bevor er sich dem Unkraut widmete. Daisy seufzte zufrieden und ich verstand sie gut – die Schule war wieder so, wie sie sein sollte.

Es stimmte, die Deepdean fühlte sich anders an. Die Flure waren freier, man hörte wieder Lachen und selbst die Lehrerinnen lächelten. Die übrig gebliebenen Mitglieder der Fünf hatten sich ebenfalls verändert. Ich weiß nicht, ob sie nun *Freunde* geworden waren, doch sie hielten zusammen. Was geschehen war, hatte aus ihnen etwas Neues gemacht, und das war es, was zählte. Sie waren zu den Jüngeren nicht länger gemein, sondern verhielten sich vorsichtig, als wüssten sie, was ihnen blühen könnte. Wir hatten noch immer so viel Macht wie sie.

Sogar unser Zimmer hielt fester zusammen als vorher. Gemeinsam den Fall zu lösen, hatte auch zwischen uns etwas verändert. Daisy und ich mussten unsere Detektei nicht länger verstecken, und das fühlte sich herrlich an. Daisy sah Küken, Kitty und Lavinia in neuem Licht – sie alle hatten sich endlich bewiesen und unser volles Vertrauen verdient. Kitty, die ziemlich geschickt mit den Händen ist, fertigte uns allen Detektivabzeichen an, die wir an die Rückseite unserer Krawatten hefteten. Und der Inspektor schickte uns ein gigantisches Paket. Als wir es auspackten, fanden wir darin lauter Köstlichkeiten: Kuchen, Kekse und fünf verschiedene Sorten Marmelade. Wir hatten ein absolut festliches Mitternachtsgelage – es gab so viel, dass wir sogar noch Charlotte, Binny, Betsy, Emily und Martha einladen konnten. Wenn das die neue Deepdean war, dachte ich, während Lavinia und Binny sich einen Wettkampf lieferten, wer den meisten Kuchen auf einmal verputzen konnte, und Küken und Martha die Haselmaus (eine Woche nach Elizabeths Tod hatte sie sich wieder in Kükens Knabbertruhe eingefunden, wo sie seither ein rundum glückliches Leben führt) mit Kekskrümeln fütterten, dann mochte ich es sehr.

8

Die Folgen für die Fünf waren dagegen gemischt. Was genau Una im Tunnel getrieben hatte, blieb etwas verworren, aber es galt als bewiesen, dass sie Binny hatte beschützen wollen, und dafür wurde sie zur Schülersprecherin ernannt. Sie kommandierte die Jüngeren nicht länger herum, stattdessen verbrachte sie die meiste Zeit in der Nähe der Postfächer im

Eingangsbereich des Wohnheims. Man munkelte, dass ihre Familie beschlossen hatte, nach England zu ziehen – sie war bereits auf dem Weg, nur gestaltete sich die Ausreise aus Deutschland schwierig. Ich drückte ihnen die Daumen.

Obwohl Margaret wusste, dass wir nichts dafür konnten, dass ihr Geheimnis aufgeflogen war, trat sie als Aufsichtsschülerin zurück – eine fiese kleine Nachwehe Elizabeths. Eine Zeitlang sahen wir sie so gut wie überhaupt nicht mehr. Sie blieb für sich. Mir war klar, dass sie schwer an dem, was über sie durchgesickert war, zu knabbern hatte. Doch eines Tages, gegen Ende des Trimesters, bog ich eilig um eine Ecke des Wohnheims und wäre um ein Haar gegen sie und Astrid gerempelt. Ich erhaschte nur noch einen kurzen Blick darauf, doch ich bin sicher, dass Margaret Astrids Hand gehalten hatte, bevor sie sich hastig losriss und beide sich mit geröteten Wangen abwanden. Darüber freute ich mich.

»Margaret –«, sagte ich später zu Daisy, woraufhin sie mich prompt unterbrach: »Psst, Hazel! Keine Fragen stellen.« Also wusste Daisy bereits Bescheid – was sonst. Danach war das Thema für uns abgehakt.

Florence kehrte nicht ans Internat zurück. Man schickte sie auf Kur. Ihr Traum von den Olympischen Spielen ist endgültig geplatzt. Lettice allerdings blieb. Sie zog sich in sich zurück und wurde sehr still, doch ich bemerkte, dass sie zu den Essenszeiten etwas mehr zu sich nimmt. Manchmal sehe ich sie sogar lächeln. Man wird sie im Januar immer noch bei Hofe einführen und ihr Kleid ist fast fertig.

Alexander habe ich in einem Brief erklärt, was passiert war und wie wir den Fall aufgeklärt hatten. Eine Woche vor Unterrichtsschluss bekam ich einen Brief zurück:

Weston-Schule, Donnerstag, 28. November

Liebe Hazel,

es freut mich ehrlich, dass ihr den Fall gelöst habt! Ich hätte nie erraten, wer wirklich dahintersteckt. Ich habe auf Florence getippt. George behauptet, er hätte gewusst, dass es Enid war, aber George erzählt manchmal Käse. Freut sich Daisy, dass nun alles vorbei ist? Hazel, ich habe eine Idee. Georges Bruder geht aufs St. John's College in Cambridge, und in den kommenden Weihnachtsferien fährt er ihn besuchen. Vater will, dass ich mit ihm gehe, damit ich mich dort umsehen kann (er selbst war in Cambridge auf dem Trinity College und möchte, dass auch ich dort studiere). Ich dachte mir ... Daisys Bruder geht aufs Maudlin, nicht? Tja, könnte sie (und natürlich auch du) es einrichten, ihn zur selben Zeit zu besuchen? Würden ihre Eltern das erlauben? Dann könnten wir Weihnachten nämlich alle in Cambridge verbringen. *Wäre das nicht die Wucht? Sag, dass ihr es zumindest versucht* – einverstanden?

Schreib mir, sobald es geht.

Alexander

»Daisy«, sagte ich und versuchte zu verdrängen, dass mir das Herz bis zum Hals galoppierte und meine Wangen erröteten. »Alexander will, dass wir in den Ferien nach Cambridge kommen.«

Daisy runzelte die Stirn. »Ganz schön kess«, meinte sie. »Er will mich natürlich wiedersehen.«

Ich biss mir so fest in die Wange, dass meine Augen tränten.

»Nicht, dass er dich nicht mag, Hazel«, fuhr Daisy fort. »Selbstverständlich tut er das! Nun, lass mich überlegen … oh! … Ich habe am St. Lucy's College eine Großtante, bei der wir wohnen könnten. Wir reden nicht sonderlich viel über sie – sie ist schrecklich langweilig.«

»Was ist mit deinen Eltern?«, fragte ich und Daisy bekam den furchtbaren Ausdruck, den sie immer aufsetzt, wenn ich die beiden erwähne.

»Ich wüsste nicht, inwiefern sie das stören sollte«, sagte sie trocken. »Nein, das Problem bist du.«

»Meinem Vater würde es auch nichts ausmachen!«, sagte ich schnell. »In Cambridge dreht sich alles ums Lernen. Solange wir eine Anstandsdame haben, würde es ihn sogar freuen.«

»Wir könnten Hetty wieder mitnehmen«, meinte Daisy. »Ooh, Hazel! Wenn ich so darüber nachdenke, finde ich, das könnte ein ziemlich guter Plan sein!«

Ich schickte meinem Vater ein Telegramm. Die Antwort lautete:

JA STOPP ABER NUR UNTER AUFSICHT STOPP
SEID VORSICHTIG STOPP KEINE MORDE

Als wir das lasen, quietschen Daisy und ich vor Freude. Wir gehen nach Cambridge! Wir werden Alexander treffen und George kennenlernen – und einen Riesenspaß haben. Das wird die perfekte Kur, um sich von diesem Trimester zu erholen.

Und mit uns allen an einem Fleck – wer weiß, was alles passieren kann?

Daisys Deepdean-Führer

Wieder einmal hat Hazel mich gebeten, einige Begriffe in diesem Fallbuch zu erklären. Meiner Meinung nach erklären sich die meisten, die sie ausgesucht hat, ja von selbst – aber wenn man das Pech hat, nicht auf die Deepdean zu gehen, versteht man wahrscheinlich wirklich nicht alles. In dem Fall kann mir jeder nur ehrlich leid tun.

- **Aufsichtsschülerin**: eine der Großen, die jüngere Mädchen herumkommandieren darf. Eine Art stellvertretendes Fräulein.
- **Banngut**: etwas, wie zum Beispiel ein Schal oder ein Armband, das man laut Schulregeln eigentlich nicht tragen darf, entweder weil es nicht zur Uniform gehört oder Schmuck ist. Die meisten von uns tragen trotzdem jeden Tag Banngut.
- **Chelseaschnecken**: herrlich süße Hefeschnecken mit Rosinen und klebrigem Sirup – eine hervorragende Süße-Pause-Leckerei.
- **Debütantenball**: eine Feier, die bei Hofe mit dem König und der Königin abgehalten wird. Man nimmt teil, wenn man achtzehn und heiratsfähig ist. Wahrscheinlich gehe ich mit achtzehn auch, obwohl ich nicht vorhabe, danach zu heiraten.
- **erhärten**: ein Detektiv-Ausdruck, der »bestätigen« bedeutet.
- **Exeat**: ein besonderes Wochenende an Internaten, an de-

nen deine Eltern dich über Nacht aus dem Wohnheim holen können.
- **Flaggenzeichen**: eine Zeichensprache mit Flaggen, auch Winkeralphabet genannt. Man wedelt wie verrückt mit zwei Flaggen und buchstabiert damit das Alphabet.
- **Fräulein**: die Deepdean-Bezeichnung für »Lehrerin«.
- **die Großen**: die ältesten Mädchen am Internat. Sie sind sehr unnahbar und wichtig.
- **Große/Kleine**: gehen Schwestern an dieselbe Schule, kann man sie nicht nur mit ihrem Nachnamen rufen. Also nennt man die ältere Große und die kleinere Kleine. Eigentlich liegt das auf der Hand.
- **Haltung**: ein Fach, in dem man lernt, wie man sich als Dame zu bewegen, zu sitzen und zu essen hat. Ich liebe es. Hazel ist darin sehr schlecht.
- **Hausmutter**: die Dame, die das Wohnheim leitet und sich um uns kümmert. Unsere Hausmutter ist ziemlich unfreundlich, aber ich schätze, wir hätten es schlechter treffen können.
- **Kamel**: ein Trottel. Jemand, der es nicht verdient, in der Detektei Wells & Wong zu sein.
- **Kameradschaft**: ein Wort, das aus dem Französischen stammt und »Freundschaft« bedeutet. Den Rest der Detektei Wells & Wong verbindet Kameradschaft – ich bin ausgenommen, da ich die Vorsitzende bin.
- **knausern**: wenn man Geld spart und geizig damit ist.
- **Krokodilstränen**: wenn man weint, ohne wirklich traurig zu sein.
- **Mädchenpensionat**: eine spezielle Schule, in der man lernt, eine Dame zu sein. Genau genommen eine Schule, in der die ganze Zeit nur Haltung unterrichtet wird.
- **miesepetrig**: wenn man wütend oder schlecht gelaunt ist.

– **Pavillon**: das Gebäude auf dem Sportplatz, in dem wir uns umziehen und unsere Ausrüstung lagern.
– **Pax**: ein lateinisches Wort, das »Frieden« bedeutet. Das sagt man, wenn man sich mit jemandem wieder vertragen möchte.
– **Schlafsaal**: das Zimmer in unserem Internatswohnheim, in dem wir wohnen und schlafen. Kitty, Küken und Lavinia teilen sich mit Hazel und mir einen Schlafsaal.
– **Sanatorium**: der Teil der Schule, in den wir gehen, wenn wir uns verletzt haben, egal wie klein oder groß die Verletzung ist. Unser Sanatorium wird von Krankenschwester Mrs Minn geführt.
– **Schwärmerei**: So nennt man es, wenn man sich in jemanden verliebt hat, aber ganz höflich und auf keine romantische Art. Sich in ein anderes Mädchen wirklich zu verlieben, ist nicht annehmbar, dagegen ist es vollkommen vertretbar, für ein anderes Mädchen zu schwärmen.
– **Shrimp**: die kleinsten Mädchen an der Schule, eigentlich noch Babys.
– **Spanische Inquisition**: eine Gruppe ziemlich unfreundlicher Leute aus Spanien, die ihre Mitbürgerinnen und Mitbürger gefoltert haben. Das war allerdings vor ziemlich langer Zeit, also brauchst du dir ihretwegen heute keine Sorgen mehr machen.
– **Süße Pause**: findet an jedem Schultag um elf Uhr statt. Wir bekommen Kekse oder Gebäck und dürfen exakt zehn Minuten lang im Freien herumtoben. Die beste Süße Pause gibt es am Samstag, wenn sie uns Zermatschte Fliegen servieren.
– **Wohnheim**: das Haus, in dem wir während der Schulzeiten wohnen, da wir ja nicht nach Hause können.
– **Zermatschte Fliegen**: Kekse mit Rosinen.

Danksagung

Dieses Buch zu meistern, war ungeheuer schwierig. Ein riesiges Dankeschön daher an die Frauen, die es zu dem gemacht haben, was es ist: meine Lektorin, Natalie Doherty, und meine Agentin, Gemma Cooper. Eure Freundlichkeit und Vernunft haben nicht nur meine Worte verbessert, sondern irgendwie auch mich selbst.

Danke an die anderen, die mir währenddessen dringend benötigten Rat und Unterstützung gegeben haben, einschließlich (aber nicht ausschließlich) Charlie Morris, Non Pratt, Rebecca Waiting, Katie Webber, Katy Watson und die ganze liebevolle Team-Cooper-Truppe.

Danke an Penguin Random House, mein neues Verlagshaus, das meine Bücher so unglaublich toll unterstützt! Auf bessere Autorenerfahrung hätte ich nicht hoffen können! Ich bin allen, die bei *Feuerwerk mit Todesfolge* eine Rolle spielten, so dankbar, vor allem Harriet Venn (hervorragende Presseagentin), Tom Rawlinson, Annie Moore, Sue Cook, Francesca Dow, Laura Bird, Nina Tara und Annie Eaton.

Danke auch an meine wundervollen Kollegen bei Egmont, die so hilfsbereit und verständnisvoll sind: Sarah, Stella, Hannah, Lins, Lucy, Ali und Lydia. Ich liebe es, zu eurem Team zu gehören, und wünschte, ich könnte es noch länger sein.

Ein Mensch hat für *Feuerwerk mit Todesfolge* gelebt, ohne je ein Wort davon gelesen zu haben: Danke David Maybury, der mir zugehört, an mich geglaubt und diesem Buch seinen Titel beschert hat. Und Frühstück. Danke fürs Frühstück.

Daisy und Hazel haben nun vier Abenteuer, wesentlich mehr, als ich erwartet hätte, als ich mich vor vier Jahren zum ersten Mal hinsetzte, um *Mord ist nichts für junge Damen* zu schreiben. Das verdanke ich euch allen, meinen Lesern. Ich kann nicht oft genug sagen, wie sehr ich es zu schätzen weiß, was ihr für meine Reihe getan habt und weiterhin tut. Indem ihr über meine Bücher redet und sie mit euren Freunden teilt, habt ihr *Feuerwerk mit Todesfolge* überhaupt erst möglich gemacht. Ganz bestimmt habe ich die intelligentesten, leidenschaftlichsten und interessiertesten Fans der Welt – mit euch zu sprechen, euch zu treffen, eure Mails zu lesen und euch Briefe zu schreiben ist der unerwartet genialste Teil dieses seltsamen neuen Lebens. Soweit es mich betrifft, hättet ihr es alle verdient, Mitglied der Detektei Wells & Wong zu sein. Danke.

Und zum Schluss, danke an die beiden Menschen zu Beginn dieses Buchs: meine Eltern, Kathie Booth Stevens und Robert Stevens. Ich hatte wirklich von Geburt an Glück. Ich hab euch lieb.

Robin Stevens
Thanksgiving 2015